# 浮现

# SURFACING

上海译文出版社

［加］玛格丽特·阿特伍德 —— 著　蒋立珠 —— 译

目录

# 第一部

# 第一章

我真不敢相信，又回到了这条路上。道路蜿蜒曲折，绕过湖岸，而岸边的白桦树或要死去，它们患上了从南方传染过来的某种树木病。我注意到这里也有水上快艇出租了，可它依然属于城市的边缘。以前我们没有来到这么远的地方，现在城市扩张了许多，还修了辅路，真是很了不起。

我从来都没把这个地方看作城市，它只不过是我们路途中的第一个或最后一个村镇，这要看我们是继续前行还是掉头返回。低矮的房屋和棚户屋混杂在一起，主街上有一家电影院，招牌正面Royal字样上的红色字母“R”已然破损。有两家小饭馆出售同样灰黑色的牛排汉堡，上面淋着黑糊糊的肉汁和罐头豌豆，看起来水汪汪的、十分苍白，像鱼的眼睛。饭馆还出售炸薯条，蔫蔫巴巴的，肯定是用猪油炸的。我母亲说过，点荷包蛋时，只看蛋的边缘就知道它新鲜不新鲜。

我出生以前，我哥哥有一次爬到一家饭馆的餐桌下面，把手伸到上菜女招待的大腿上上下乱摸，当时还是战争时期，我哥哥没见过她穿的那种发亮的橘黄色人造纤维长筒袜，我母亲不穿这种袜子。还有一年，我们光着脚跑过满是积雪的人行道，我们没穿鞋子，鞋子早在夏天就磨烂了。那时，我们用毯子裹着脚坐在汽车里，假装受了伤。我哥哥说，德国鬼子把我们的双脚给打飞了。

此时此刻，我却坐在另一辆车上，是大卫和安娜的车。车顶有明显的车鳍，车身是条条的镀铬，十年前就淘汰了的车型，看起来像个笨拙的怪物，大卫得把手伸到仪表盘下才能把车灯打开。他说他们买不起更新一点儿的车，这话倒未必尽然。我发现大卫车开得好极了，尽管如此，我还是用外侧的手握住车门把手，一是为了撑牢自己的身体，再就是发生紧急情况时我可以立刻从车上跳出去。以前我和他们一起坐过这辆车，但行驶在这条路上，情形好像有些不对头，不是他们三个有问题，就是我出了毛病。

我坐在后座上，旁边放着行李。乔，就像一件行李，坐在我身旁；他嘴里嚼着口香糖，还握着我的手，这样他便很容易打发掉时光。我打量着他的手：手掌宽大，手指短小但张弛有度，正摆弄着我的金戒指，转过来转过去，这是他的习惯性动作。他有一双地道的农民的手，而我却长着一双种田人的脚，这是安娜告诉我们的。眼下每个人都喜欢卖弄小魔术把戏，安娜就常常在聚会时给人看手相，她说这样可以替代言语交流。给我看手相时，她问我："你是双胞胎吧？"我说不是。"你肯定？"她接着说，"因为你的一些手纹是双重的。"她用食指描绘着我的手纹，"你有个美好的童年，可后来竟出现了这条莫名其妙的断纹。"她皱了皱眉头，所以我只好对她说我就想知道我能活多久，不必泄露别的什么天机。随后她说乔的手表明他是一个值得依赖的人，只是不敏感。对此我置之一笑，我不该那么做的。

从侧面看，乔简直就是美国五分硬币上的水牛像，毛发浓密，鼻子塌矮，一双眯缝眼流露出反叛且愚蠢至极的神态，就好像某种曾经统治过地球而如今又面临灭顶之灾的动物一样。他恰好也是这么看自己的：备受欺辱，怀才不遇。可暗地里，他奢望人们为他建造一座公园，比如一座鸟类禁猎区公园。两面的乔。

意识到我在注视他，他便松开我的手，吐出口香糖，用口香糖纸包好塞进烟灰缸，然后抱起双臂。这意味着我不该看他，于是我转过头，注视前方。

行程的前几个小时，我们翻过牛群点缀的平缓山坡，穿过阔叶林和枯死的榆树林，又进入针叶林，驶过炸药炸开的路段——这里的石头都是粉红色和灰白色的花岗岩，路过那些看起来摇摇欲坠供旅行者憩息的小屋，上面挂着**通往北方**的木牌，至少四个小镇都挂有同样的牌子。未来在北方，这曾经是一句政治口号。我父亲听到这句话时，曾说道：北方，除了过去，什么都没有；即便有过去，也不值得一提。现在，无论他在哪里，是死是活，没人知道，他不再说那些警句格言了。他们没有权利变老。我羡慕那些年纪轻轻就失去父母的人，他们的父母很容易被记住，他们的形象不再改变。我想，我的情形也不会例外，即使我晚些时日动身返回，我对父母的记忆还是一成不变的。我把他们看作是生活在另一时代的人，他们只为自己的事情忙碌，安全地躲在果冻一样半透明的墙壁后面，好似冷冻在冰川里的猛犸象。我本应该做的是，一旦准备好就立刻返回，可我不断推迟行期，借口总是太多。

我们驱车驶过岔道，朝着美国人曾经挖掘的掩体方向开去。从这里看，那座掩体好似一座平静的山丘，上面长满了云杉树，可林中又粗又重的电线却泄露了它的秘密。我听说美国人早已离去，但这或许是个骗局，他们还是有可能长此以往地驻扎在这里。将军们住在混凝土筑起的掩体内，普通士兵则住在灯光昼夜通明的地下房屋里。我们无法走进去亲自看一眼，因为我们没有被邀请，但这座城市邀请了他们，他们滞留此地对本地的生意大有好处，他们很能喝酒。

“那里是放火箭的地方。”我说。我本该说*曾经是*，但我并没有纠正。

大卫脱口而出“该死的法西斯蠢猪美国佬”，可口气却好似在评论天气。

安娜一言不发，她把头靠在座位靠背上，微风从侧窗没有关紧的缝隙钻进来，将她的发梢轻轻吹起。刚刚她一直唱着《旭日之屋》和《莉莉·玛莲》这两首歌，一连唱了好几遍，还尽量地把嗓音控制得低哑、深沉，可挤出来的声音却是沙沙的童音。大卫扭开收音机，什么也收不到，我们正处在两家电台之间的盲区。安娜的《圣路易的布鲁斯》刚好哼到一半时，大卫突然吹起口哨，于是安娜把嘴闭上了。她是我最好的朋友，我最要好的女性朋友，我认识她有两个月了。

我向前倾了倾身子，对大卫说："那个'瓶屋'就在附近，再向前左转弯就到了。"他点了点头，放慢了车速。我对他们提到过这家"瓶屋"，我想他们会对此感兴趣的。他们正拍摄一部片子，乔负责摄影，虽说他从未干过这行，可大卫说他们是新潮的文艺复兴多面手，一边干一边学，自己教会自己。拍电影大概是大卫的主意，他自称导演：他们已经把片尾的演职员表排好了。他要把他们遇到的一切都拍下来，并把这一创意称作"随意取样"。这也是他们这部影片的名字：随意取样。他们拍完胶片后（胶片是他们唯一需要购买的东西，摄影机是租来的），还要从头到尾再看一遍，然后对拍摄的内容进行剪辑。

在大卫描述这部电影的拍摄计划时，我曾经问他："要是你不知道你拍摄的主题是什么，你怎么知道该拍些什么呢？"他用教导新手入门的眼神瞥了瞥我，"如果你事先限定了你的想法，就像你的问题一样，那你就什么也做不成。你需要做的，就是'随遇而拍'。"安娜正弯腰在炉灶旁舀着咖啡，说她认识的每个人都在拍电影。大卫接着说没什么他妈的理由认定他就不能拍电影。安娜回答说："对不起，你当然可以。"可背地里，她却对他们的做法大大地嘲讽了一番，说那是"任性的粉刺"。

这幢"瓶屋"很特别，是用混凝土把饮料瓶子粘在一起建成的，瓶底朝外，绿色和褐色的瓶子呈锯齿状交错排列，就像他们在学校教我们画在圆锥状帐篷图案上的那种。不仅如此，围绕房屋的围墙也是用瓶子砌成的，瓶子按字母顺序排列，于是褐色的瓶子就拼成了**瓶屋**。

“挺不错的。”大卫说。他们手提摄影器材从车上走下来，安娜和我也随后下车。我俩抻了抻胳膊，安娜点燃一支烟，她上身穿着一件紫色束腰外衣，下身是白色喇叭裤，上面沾有一块在车子上蹭的油污。我说她应该穿牛仔裤或类似的裤子，可她说牛仔裤使她看起来显胖。

“上帝啊，是谁造的呀？真是太绝了！”安娜赞叹不已。说实话，我对这幢房屋倒没什么印象，只知道它一直就在那儿。环绕四周的那片黑杉木杂生的沼泽使“瓶屋”看起来更加不讨喜，犹如一座荒诞的建筑物，专门为某个古怪的流放者，或者一位像我父亲那样自愿成为隐士的人建造的，因为只有这片沼泽才能让他实现居住在瓶子房屋里的人生梦想。围墙内是一块尚未修剪成形的草地，周边是一簇簇橘黄色金盏花。

“太妙了，”大卫感慨地惊叹，“真带劲啊！”他一边说一边拥抱了一下安娜以表达他的喜悦，就好像安娜与这座“瓶屋”有什么关联似的。随后我们便离开，回到汽车上。

我从车的侧窗望去，窗外的景象就像是电视风景片。我们抵达城市界标之前，我的大脑一片空白，什么也没记住。界标的标志就是一块牌子，一面写着法语的**欢迎**，另一面写着英语的**欢迎**。牌子上有好多弹孔，它们的四周泛着红锈。秋天，狩猎爱好者们老把它当作练习射击的靶子，不管人们换了多少块牌子，或给它刷上多少层油漆，弹孔照样重现不误，好像它们不是被子弹打出来的，而是由于其内在规律或染上疾病才长出来的，就像霉菌或疖子一样。乔想把这块牌子也给拍下来，大卫急忙阻止他，“别，别，有意思吗？”

现在，我们已进入我家的地界了，一片陌生的地域。我的喉咙开始发哽，因为当我发现人们说了什么传进我的耳朵而我听不懂时，我的喉咙就会控制不住地发哽。相反，装聋作哑倒是比较容易。当人们向你索要二十五分硬币时，他们会把卡片塞给你，上面是手写的字母。可即便如此，你也得学会辨认他们的拼写。

前方最先扑鼻而来的是锯木厂的味道，院子里堆放着一堆一堆的木屑和码放整齐的木板。造纸用的木料被运到各地的造纸厂，较大的原木在河里被绑成水栅状，绑在一起的原木形成一个巨大的圆圈，中间漂浮着散状的原木。这些原木将通过高架滑木道运进锯木厂，这一点没什么变化，还是老样子。我们的汽车在高架滑木道下驶过，然后七拐八拐地进入这个仅有一家锯木厂的小镇。镇上的公共花坛设置得井然有序，中间矗立着一座十八世纪样式的喷泉，还有几尊石凿的海豚和一个面部缺损的小天使。小天使看起来是仿制品，但也可能是真迹。

安娜说：“哇，多么漂亮的喷泉啊！”

"那家锯木厂建造了这一切。"我对他们说。大卫说了句"腐朽的资本主义杂种",随后又吹起了口哨。

我要他向右转,于是他便把车拐了过去。那条路应该就在这儿的,可一块磨损的、上面涂有方格的大木板横在我们的面前,把路给堵死了。

"现在怎么办?"大卫问道。

我们没带地图,因为我认为我们用不着地图。"我去问问路。"我回答他。于是他把车倒回去,沿着主街向前开,一直开到街角的一家杂货店,出售杂志和糖果的那种。

"你是指那条老路吧?"店里的那个女人略带口音地回答我,"那条路已经不通了,有好几年了,你们得走新的那条。"我买了四个香草味的蛋卷冰淇淋,只问路不买点东西可不大好。那女人用一把铁勺从一个硬纸桶里往外挖冰淇淋。从前,冰淇淋用纸卷包着,吃的时候像扒树皮那样把纸撕掉,然后用拇指把短短的冰淇淋柱捏成圆锥状。显然,这种老办法已经过时了。

我回到车上告诉大卫新的行车路线,而乔说他更喜欢巧克力味的冰淇淋。

一切都与从前不一样了,我竟然认不出路了。我用舌头舔着冰淇淋,仔细地品尝它的滋味,人们现在往冰淇淋里添加海藻了。突然,我开始颤抖起来,为什么道路都不同了呢?他不应该允许他们这样做的,我想要立即倒车返回城里去,不再查寻他到底怎么样了。我简直就要喊叫起来,这太可怕了。要是我真的喊叫，他们会不知如何是好，我也会不知所措。我猛地咬了一大口冰淇淋，一时间我全身毫无感觉，我的脸刀割般地刺痛。麻木是一种骗局，如果还能感到疼痛，那就是另一种完全不同的疼痛。我随即恢复了正常。

大卫吃完蛋卷冰淇淋，把带有纸桶味的蛋卷尖扔到车外，然后发动汽车。我们驶过小镇向周边开发、扩展的地段，当年我第一次来到这儿时，这地方还是一片荒地。新建的四方形平房，除了粉红色和淡蓝色的边廓以外，与城市里的平房差不太多。再往前一段距离，出现几座长方形的棚户屋，是用沥青纸板和刨光的木板搭建的。一群小孩正在权作草坪的泥地上玩耍，大部分孩子的衣服都十分宽大，这使他们看起来又矮又小。

“他们肯定干了太多的性事，”安娜说，“瞧，那边有一座教堂。”然后她又补充说：“我的用词不算过分吧。”

大卫接话说：“真正的北方是强悍和自由的。”

那些房屋的不远处，两个年龄稍大一点的孩子，肤色黝黑，双手拎着听罐，向我们的汽车奔跑过来，里面大概是山莓之类的野果。

我们驶向加油站，里面的女人说我们应该从这儿向左拐。突然，大卫兴奋地大叫一声：“噢，快看呀。”他们随即一个个地跳下车，好像要是跑得不快那东西就会消失不见似的。他们兴冲冲想看的，是加油枪附近平台上三只剥制的驼鹿，它们披着人的衣服，后腿用金属丝支撑固定着。雄驼鹿身上是军用雨衣，嘴里叼着一根烟斗；母驼鹿身穿印花女装，头戴花帽；旁边的小雄驼鹿套着一条短裤和一件条纹运动衫，头顶棒球帽，一只蹄子擎一面美国国旗。

安娜和我紧跟过去。我走到大卫身后对他说："要不要给车子加点儿油。"他不该不付钱就去拍摄驼鹿，它们就像这里的洗手间，主要目的是用来招揽顾客的。

"噢，瞧，"安娜兴奋地喊叫着，一只手捂住了嘴巴，"屋顶上还有一只。"果然，一只小雌驼鹿身穿一条有褶边的短裙，头上扎着一根淡黄色的小辫，一只蹄子撑起一把小红伞。他们也把它拍了进去。穿着衬衣的加油站主人，站在厚厚的玻璃橱窗后面，透过上面的那层灰尘，阴沉着脸，看着我们。

我们再次回到车上，我似乎在为自己辩解："从前可没有这些东西。"安娜摇了摇头，我的声音听起来一定有点儿怪。

"在什么以前？"她问道。

这条新铺的路很直，双行道中间划有一条标线。道路的界标开始出现，路边竖立着零星的几块广告牌，还有一座十字架，上面是木雕的耶稣像，它的肋骨凸出，一尊外来的神，可在我眼里它依然与以往一样神秘。耶稣像下面有几个果酱罐子，里面插着鲜花，有雏菊和红色的橙黄山柳菊，还有人们通常用来晒干的白花，山桃草，永生花。这儿一定发生过交通事故。

不时地，从前的老路出现在我们面前。路面很脏，到处都是隆起和坑洼；道路依地势而筑，一会儿爬坡，一会儿下坡，有时还绕着悬崖和石砾而行。过去人们总是得尽可能快地通过这一危险路段。他们的父亲对这儿的路段了如指掌,(他说)就是蒙上眼睛也能开出这条路。他们似乎经常真的这样行车,掠过标有“小村庄”的路牌,从有如升降机般陡峭的崖边疾驰而下,擦过岩石断面,**靠右行驶**,喇叭高鸣,坐在车里的人紧紧地抓住车上的东西,可他们还是感到越来越晕,他们的母亲早已准备好的“救命稻草”[1]丝毫不管用,最后他们总是头晕目眩地吐进路旁蓝色的翠菊和粉色的杂草里。那是他及时停车的情况;要是他来不及,你就得把头伸出窗外呕吐或是吐到纸袋里,他总是未雨绸缪,以防万一;因为如果他很急的话,车子根本就不停。

这可不太好,我不能把他们称作“他们”,好像他们是别人家的成员:我必须得遏制自己不再讲述那些往事了。虽说如此,可看到那条老路在不远的前方蜿蜒起伏,穿过林子(车辙印因蔓延的野草和小树变得模糊不清,它不久就会消失),这景象让我不自觉地把手伸进包里去抓我早已准备好的“救命稻草”。然而,这东西不再有用了,虽说前方路段已经由铺面路变成了砾石路,(“上一次肯定是投票选错了竞选人。”大卫开玩笑地说。)熟悉的尘土味从车后卷起,与汽油味和汽车坐垫散发的气味混杂在一起。

1 指晕车药片。

## 第一部

“记得你说过这段路会很糟糕，”大卫回头对我说，“其实这路一点也不糟糕。”我们差不多快到村庄了。两条路在这里交会，路面变得更宽了——岩石被炸开，树木连根拔起，根须暴露空中，针叶变得发红——我们驶过平整的崖面，那上面被多次刷上选举口号，有的变淡了，有的已经看不清了，还有一些是刚刚刷上的黄色和白色的标语：**投高得特一票，投奥布莱恩一票**；此外，上面还涂有心形图案、首写字母、单词和广告，诸如**色拉达茶叶，蓝月山庄距此半英里，自由魁北克，去你妈的，请喝冰镇可口可乐，基督救世，**等等。形形色色的诉求，各种语言的杂烩。要是用X光透视的话，人们就可通晓这个地方的全部历史。

可他们确实骗了人，我们出乎意料地顺利到达这里。我感到被剥夺了什么，好像我只有遭受痛苦折磨的旅程后，才能真正地抵达这里；同样，此刻我们第一眼看到的湖光景色，好像就该透过泪水和挨过呕吐的晕迷，才算得上是真正意义地看到，就像只有赎罪后才能看到蔚蓝和清爽一样。

# 第二章

我们的汽车疾驰冲下最后一个山坡，车下蹦起的石子发出砰砰声响。突然，前方冒出一个本不该出现的东西。**汽车旅馆**、**啤酒吧**，一块招牌映入眼帘，甚至还使用了霓虹灯，可效果并不明显，门前没什么车辆停靠，**空房**的牌子高高地悬挂着。与其它廉价的汽车旅馆一样，它的外表是用拉毛水泥涂抹的，大门是铝制的，但它周围的泥土仍很夯实，处于原始状态，没有被路旁的野草淹没。

“我们去喝几杯吧。”大卫对乔提议道，说着便把车开了过去。

我们朝酒吧门口走去，突然我停下脚步。这是躲开他们的最佳时机，于是我对他们说：“你们先进去喝点啤酒或别的什么，我大约半小时后回来。”

“好的。”大卫答道。他深知不该多问。

“要我一起去吗？”乔搭讪着问我。可当我回答说不必时，他那满是胡须的脸竟然泛起光来，一副石头落地的轻松样。他们三个消失在酒吧的纱门后，我独自一人沿着山坡走了下去。

我喜欢他们，我信任他们，我想不出有什么人比他们更亲近。即使这样，我还是宁愿他们此刻不在这里。当然，他们对我来说是不可或缺的：大卫和安娜的车，是唯一能让我抵达这里的交通工具。这里没有长途汽车，不通火车，而我从来就不搭便车。事实上，他们是在帮我，可他们谎称说这样很有意思，说他们喜欢旅行。但我来这里的理由却使他们感到困惑，他们不能理解。他们早已与双亲脱离关系，或许许多人都这样：乔从不提及他的母亲和父亲，安娜说她的双亲是小人物，而大卫把他的父母称作猪。

这个地方曾经有座棚桥，可在这遥远的北方，它看起来并没有什么稀奇。在我离开的前三年人们便把它给拆了，据说是为了提高水坝的效能。取而代之的是现在这座混凝土桥，它壮观、宏伟，使村庄更加相形见绌。正是修建了这座水坝，人们才控制住了湖水：六十年前，人们提高了湖的水位，为的是有足够的水力把原木顺着狭窄的河道流放到锯木厂去。可现在这儿的人，不再使用水道来大量运送原木了，有几个人去维修铁路了，每天都要运走一车皮的原木。有两户人家开起了杂货店，店规模小一点的那家过去说英语，另一家不大说英语。其余的人操起了旅游业的行当，成了生意人，他们穿在身上的花格衬衫皱皱巴巴的，依然带着它们在包装玻璃纸里面受到挤压的痕迹。他们的妻子，要是她们来了，就会成双成对地坐在单间木屋外装有防黑头蝇纱帘的门廊下，相互倾诉苦衷，而她们的丈夫们正在钓鱼玩乐。

我停下脚步，倚靠在河沿的栏杆上。闸门开着，褐色泡沫状的急流卷向岩石，发出轰隆的响声。这声音是我首先回忆起的诸多事情中的一件，正是这声音在那一刻提醒了他们。那天夜晚，我躺在独木舟的底板上；他们已经驶离村庄，可空中升起了浓雾，他们很难看清湖面。最后，他们终于划到岸边，沿岸而行。当时静得出奇，他们听到了好似狼嗥的声音，由于山林和大雾的阻隔，那叫声变得十分压抑。也就是说，他们前进的方向是正确的。随后他们听见了急流席卷过来的轰隆声，就在水流将要把他们吞没之前，他们意识到了险境。他们开始往回划，原来那嗥叫声正是村子里的狗叫声。要是独木舟倾覆，我们就会淹死，但他们十分冷静，可以说是临危不乱。存留于我脑海中的，只有那雾气的白茫，以及静静的流水，还有独木舟前行时的晃动，绝对的平安无事。

安娜说的很对，我确实有个美好的童年。那时候正是战争时期，而我从未看过斑斑点点的灰蒙蒙的新闻纪录片，没见过炸弹和集中营，没见过领袖们身穿制服发出声音，冲着人群大喊大叫，没见过痛苦和毫无意义的死亡，没见过旗帜伴随着国歌在空中挥舞。直到后来我才知道这些，是我哥哥知道后告诉我的。那时的情形只是让人觉得平静。

现在我已身在村庄，穿行其间。我期待着怀旧心境的出现，期待着一群难以名状的建筑就像接通电源的基督诞生画一样闪着灵光，因为这情景经常出现在我的记忆中。然而，什么也没发生。村庄一点儿也没变大，眼下孩子们可能都到城里去了。

还是老样子的两层木屋，窗台和四方形的屋角爬满了旱金莲属植物，房屋上垂落着五颜六色的晾衣绳，有如一条条风筝的尾巴。当然，有些房子建造得比较花哨，粉刷上了不同的颜色。坐落在满是碎石的山坡上的教堂，远远看去就像白色的玩具小房子，显然人们对它保护不当，油漆剥落，窗户破损。那位老神父一定不在了，我是说他死了。

沿着湖岸，有许多船只停靠在政府的码头上，岸上却没几辆汽车：船多车少，正是旅游淡季。我想找出哪一辆车是我父亲的，可当我的目光掠过这些汽车时，我意识到我竟然想不起他开的是什么牌子的车了。

我走向通往保罗家的岔路。这条小路有些脏，上面有轮胎轧出来的车辙印。它横穿铁路，继续向前通过一片沼泽地，有许多原木堆放在浸水的路旁。几只黑头蝇追逐着我，尽管是七月，孳生期已过，但像往常一样，还是有几只残存了下来。

小路缓缓向上，我顺着几座房子的阴面爬了上去。这些房子是保罗为自己的儿子和女婿以及另一个儿子盖的，这是他的家族的标志。保罗家的房子建造得很特别，黄色调，带有栗色的点缀，典型低矮的农家院落。这里不是纯粹的农业乡村，到处是石头，即便有些土壤，它们也十分贫瘠，沙质明显。保罗所从事的最接近农业的事就是养了一头奶牛，后来因为过度挤奶而过早地死去。从前圈养这头奶牛和另外几匹马的小屋棚，现在变成了车库。

## 第二章

在房子后面的空场地上，停靠着两辆五十年代的汽车，一辆是粉色的，另一辆是红色的。它们被搁放在大木头上，车轮已被卸掉，旁边散落着一些生了锈的旧汽车零件：与我父亲一样，保罗把一切有用的东西都积攒起来。这座房子添加了教堂塔尖一样的尖顶，是用从前的汽车零件焊接而成的，尖顶上竖立着电视天线，天线上又接了避雷针。

保罗恰好在家，正在房屋旁边的菜园里。他直起腰向我张望，皮革一样的脸上的表情毫无变化，像一只紧闭的手提箱。我猜他不会认出我的。

“早上好，先生。”我走到栅栏前对他打招呼。他往前迈了一步，仍然有些疑虑的样子。于是我接着说，“您不记得我了”，我对他笑了笑。令人窒息的感觉再次袭来，我的喉咙发哽。保罗是会说英语的，他在外面闯荡过。“谢谢你给我写信。”

“啊。”他说道。尽管没认出我，至少已推断出我是谁了。“你好。”他随即也笑了笑。他双手合什，像个教士，或是一尊达官贵人瓷像。他没再说别的。我俩各站栅栏一侧，表情呆板，嘴巴张开成圆形，一副欲言不能的样子。终于，我发话问道：“他回来了吗？”

听到这话，他的下颌垂了下来，头在脖子上晃了晃。“啊，没有。”他双眼斜视，似乎在责备地看着左脚边的一棵土豆秧。突然，他猛地把头抬起，变得有些愉快地说道：“还没有，唉！他也许很快就会回来的。你父亲，他对这片林地了如指掌。”

这时，大妈出现在厨房门口，保罗便用略带鼻音的法语对她说了些什么。我听不大懂，因为我在学校只学过一点最初级的法语单词，也学唱过法语民歌、圣诞颂歌，高年级时还背诵过拉辛和波德莱尔的作品片段，显然这时已派不上用场。

“进来吧，”保罗对我说，“喝杯茶。”随即他弯腰打开木门的挂钩。我径直向门口走去，大妈站在门旁，伸出双手以示欢迎，然后她又哀伤地微笑着摇摇头，好像我遭遇的什么处境，并非因为我犯了什么过错，而完全是命中注定。

大妈在一个新的电炉上煮茶，它的上方有一尊圣母马利亚怀抱粉色婴儿的蓝色陶瓷像。我走过厨房瞥见电炉时，心中忽然涌起一种被捉弄的感觉，她应当本本分分地使用木柴作燃料才是。我们坐在挂有纱帘的门廊里，一面眺望着湖水，一面不时地保持平衡。我们手里托着茶杯，在三张摇椅上来回地晃动。他们给我拿来店铺里常见的那种坐垫，上面绣着尼亚加拉大瀑布图案。一只黑白色的牧羊犬蜷缩在我们脚下镶边的地毯上，它若不是那只曾让我恐惧的狗，便是它生下的崽。

大妈从头到脚浑圆肥胖，穿着长裙套衫和黑色筒袜，腰上系一条带兜的印花围裙；旁边的保罗身穿背带高腰长裤，法兰绒衬衣的袖子挽了上去。他们的样子使我感到不舒服，他们看起来非常像雕像，即在手工艺品旅游商店里才出售的那种具有当地居民风格的雕像。当然，应该反过来说，雕像看起来更像他们。我不知道他们怎样看我，也许他们觉得我的牛仔裤、汗衫和挎在肩上的饰边小挎包也很奇怪，或许有伤风化，虽说这类东西自旅游业兴起和电视出现后，它们在乡村也变得十分普及。不管怎样，我会被原谅的，因为我的家族名声不仅具有英国传统，而且还不同寻常。

我举起茶杯，他们正焦虑地注视着我：此时我该礼节性地称赞一下茶的味道了。“茶不错，”我试图避开大妈的目光，“味道好极了。”我感到一丝疑惑，法语中的茶可能是阴性名词吧。

我想起了父亲走访保罗时母亲也不得不跟随、作陪大妈的情形。父亲和保罗总喜欢呆在室外，谈论着船只、汽车、森林火灾或他们的某次探险，而母亲和大妈坐在屋子里（我母亲坐在绣着尼亚加拉大瀑布的坐垫上），两人满怀期望地开始了交谈。因为彼此掌握对方的语言不超过五个词，所以在相互问好的开场白“你好”之后，两人都不自觉地提高了嗓音，好像对一个聋子说话。

“天气不错。”我母亲大声地说。不管当时天气如何，大妈总是勉强地笑着，然后回应说：“什么？噢，天气很好。是的，天气很好。的确好极了。”当母亲无话可说时，她俩都拼命地想说些什么，摇动着椅子。

“你近来可好？”大妈尖声喊道。我母亲辨明其意思后，总回答说“好。我很好”。随即她重复大妈的问话：“你好吗，夫人？”可大妈总也回答不上来。她俩仍然微笑着，同时透过纱帘向外看去，希望她们的男人前来帮她们摆脱窘境。

与此同时，父亲会给保罗带去自家产的甘蓝或菜豆，而保罗则送给我父亲一些菜园里的西红柿或莴苣作为回礼。因为各自的菜地都有相同的蔬菜，这种蔬菜的交换只是一种纯粹的礼仪：仪式过后，我们便知，造访正式宣告结束。

大妈一边搅着茶，一边发出叹息。她对保罗说了些什么，然后保罗对我说："你母亲，是个好女人哪。我妻子说她的去世真是让人伤心，她那么年轻就离开了。"

"是啊。"我回答说。母亲和大妈几乎同样年龄，可没人说大妈年轻，我母亲从未像她那么胖过。

我去医院看她时，一位医生告诉我，直到完全不能走路了，她才让人把她送到医院。她肯定隐瞒了好几个星期的病痛，骗得我父亲认为那只是一次很普通的头痛，就是她会说的那种善意的谎言。她讨厌医院，也不喜欢医生，她担心医生在她身上做试验，尽其所能地用各种导管、针头延长她的生命，虽说病情确实已到了他们所说的晚期。她印象里的医生就是这样，而实际上他们的确也是这么做的。

他们给她用了吗啡，她说眼前好似有蜘蛛网在空中晃动。那时她骨瘦如柴，比我能够想象的还要衰老，皮肤紧巴巴地掬在略显弯曲的鼻梁两侧，床单上的手好像抓紧栖木的鸟爪一样蜷缩着，发亮茫然的眼睛紧盯着我。她大概没有认出我来：她没问我为什么要离开我呆得好好的地方，或许她根本就没有问，她一向认为询问个人私事是不礼貌的。

# 第二章

“我不参加你的葬礼了。”我对她说。我不得不把头凑近她的身体，她的一只耳朵失去了听觉。我要她早些明白，得到她的同意。

“我从来都不喜欢它们，”她对我一字一顿地说，“你该戴顶帽子。我不喜欢烈性酒。”她一定是指教堂或鸡尾酒会。她缓慢地把手抬起，好像从水中拾起似地捋了捋头顶，一缕白发竟然竖立起来。“我没带寒暑表，外面下雪了吗？”

病床旁的小柜上摆放着鲜花——菊花，还有她的日记，她每年都记一本日记。日记中全是对当日天气和所做事情的记载：没有感想，没有感情。每当她想比较一下年份，判断春天是否迟早或夏日是否潮湿，她就把它们拿出来作为参照。看到那本日记毫无用途地躺在那间没有窗户的病房里，我感到有些恼火。待她闭上眼睛后，我便悄悄地把它拿起来放进我的小挎包。我走出门来把它翻了个遍，我猜里面也许有记录我的事情，但除了日期外，里面一片空白，她几个月前就停止记日记了。

“做你认为最值得做的事情吧，”她闭着眼睛对我说，“下雪了吗？”

我们又在座椅上摇晃了一会儿。我想问问保罗有关我父亲的情况，他应该首先提起才对，他一定有什么消息要告诉我。或许他避而不谈，或许这是他的策略，让我有心理准备。终于，我开口问：“他发生什么事了？”

保罗耸了耸肩。“他只是不见了，”他回答我说，“那天我去看他，门开着，船也停靠在那儿，我想他去附近的什么地方了，于是我就等了一会儿。第二天，我又去了，一切如故。我开始担心起来，他到底在什么地方？我不知道。所以我给你写信，他留下了你的地址和屋门的钥匙，我把屋子给锁了起来。他的车在我这儿，和我的车停在一起。”他打着手势指向后面的车库。我父亲十分信任保罗，他说保罗什么东西都会做，什么东西都会修。有一次他俩被困在暴风雨中长达三个星期，我父亲说要是你和另一个人在潮湿的帐篷里度过三星期，既没有杀死对方也没被对方所杀，那么他一定是个好人。保罗认为他过简朴生活的理想是符合理性的，但保罗自己的生活落伍于时代则并非出于本意，他从未刻意地这样选择。

“你去岛上找过没有？”我问道，“要是船还在的话，他不可能离开那个岛。”

“我找过了，”保罗回答说，“我通知了巡逻警察，他们也去寻找，什么都没找到。你丈夫也来了吗？”他问起了不相关的事情。

“是的，他来了。”我回答道，自己也没意识到这是句谎话。他的言外之意是，这事应该由男人来处理。当然，乔可以做替身。我的身份是个问题，他们显然认为我已经结婚了。我戴着结婚戒指，从未把它扔掉，因为这对女房东来说很有用。婚礼后，我给父母寄去一张明信片，他们大概对保罗提起过，当然他们绝不知道离婚的事。这不是此刻要谈论的话题，我不该使他们感到不安。

我等待着大妈接着问孩子的事，我已做好准备，随时可以应付。我会告诉她我把孩子留在城里了。这倒是千真万确，只不过是不同的城市罢了，孩子和我的丈夫，即前夫，生活得很好。

可大妈并没有提及孩子的事，她从身旁的盘子里又夹起一块方糖，此时我的脑海里现出他的身影。那是一家咖啡店，不在城里，而是在路旁，或是从什么地方去那儿，或是路过那儿去什么地方，或是去办什么事，或是一次偶然相遇。他把印有广告的包装纸从一块方糖上剥下，把它放进咖啡里。我一直在说着什么，他十分宽容地回应着，那肯定是有孩子以前的事了。他笑着，我也笑着，想起了插在他买的总汇鸡肉三明治顶端的一块黄瓜腌菜。一块圆形的历史牌匾挂在超市的墙上或停车场里，标明那个地方曾经有过一座建筑，里面发生过一桩不太重要的事件，真是荒唐。他把手放在我的手上，一次又一次地，可每一次都被我轻易地推掉了。我没时间讨他欢心，我把话题转到该谈论的问题上。

我喝了口茶水，摇晃着座椅，躺在脚边的狗也挪动了一下身子。前方的湖水，在刚刚吹起的风中泛起涟漪。我父亲就这么说不见就不见了，消失得无影无踪。我接到的保罗的信上写着——“你父亲失踪了，谁也找不到他”——这太不可思议了，但似乎又是真的。

门廊的墙上曾经挂着一个晴雨表，那是一座双门的木头小屋，里面有一男一女两个木头人。天气晴朗的时候，那个穿长裙系围裙的女人便出现在门口；天要下雨时，她就返回屋里，那男人走了出来，手里拎着一把板斧。当他们第一次向我描述晴雨表时，我以为是木头人控制着天气而不是它们回应着天气。我用眼睛寻觅着那所小房子，我需要预兆，可我没有找到它。

“我要沿着湖去看看。”我说。

保罗抬起双手，掌心向外摊开。“我们已经找了两三趟了。”

他们一定漏掉了什么。要是我去找，或许情形就不一样，说不定我们到了那里，我父亲已从他去的某个地方返回，可能就坐在屋子里等着我们呢。

# 第三章

在返回汽车旅馆的路上，我绕道来到那家过去人们只说英语的杂货店：我们得买些食物。我踩着木梯走了上去，一只杂种狗被一根晾衣绳拴在门廊里，它毛发蓬乱，打着瞌睡。纱门的把手上贴着**黑猫香烟**的广告纸。我推开门走进去，一股甜甜的杂货店的味道迎面袭来，那是包装饼干和冷饮冰箱散发出来的混合味。这间房子从前曾短时间地作为邮局，一块**禁止吐痰**的标牌上盖有政府部门的印章。

柜台后面是一位与我年纪相仿的女人，有着胸罩状的前胸，嘴边长着淡褐色的毛须，头上卷着发圈，裹着粉色网罩，上身一件无袖运动衫，下身一条宽松长裤。老神父一定是去世了，他反对人们穿宽大的裤子，坚持妇女做礼拜时要穿长长的能遮住身体的裙子和黑色的长筒袜，手臂必须遮盖得严严实实。穿短裤更是违背神意，因此，她们当中许多人即便在湖边生活了一辈子也不曾学会游泳，她们羞于身着泳装。

那女人盯着我看，满脸好奇，没有笑容。另外两个男人，仍然留着埃尔维斯·普雷斯利猫王式的发型，涂有头油向前凸出的头发在额头上打着卷儿，后脑勺看起来就像鸭屁股。他们见我进来，停止了谈话，把双肘支撑在柜台上。我有些犹豫不定：

也许习惯变了，也许他们不再说英语了。

“有肉吗?”我用法语问她。我立刻感到有些脸红，我的口音听起来很怪。

那女人露齿而笑，那两个男子也跟着发笑。他们不是冲着我，而是相视而笑。我恍然大悟，我犯了一个错误，我该假装成美国人才对。

“切块牛肉?嘿，我们有的是。要多少?”她问道。她把H音发得很随意，表明如果她愿意的话，她也会把这个音发得正正确确。这里是边缘乡村。

“一磅，不，要两磅。”我急忙说。我脸红得更加厉害，因为我的发音轻易便暴露了我。他们正在开我的玩笑，可我却没办法使他们知道我是可以领略他们的玩笑的。此外，我也很理解他们：假如你在某个地方生活，你就该说当地的语言。可这里不是我生活的地方。

她用切肉刀切下一块冻肉，然后在秤上称了称。“两个半磅。”她模仿着我从学校里学来的口音，那两个男人又窃笑起来。此刻，我只好回忆起那个所谓的政府官员，姑且安慰一下自己。他是来参加一个艺术馆的展览开幕式的，一个手工艺品的展览，诸如一串串挂在墙壁上的装饰物，编织的坐垫，早饭使用的成套瓷器餐具。乔当时也想去，后来因为没去成还着实懊恼了一阵子。那家伙好像是文化参赞之类的人物，说不定还是个大使。我问他是否知道这个国家的这个地方，即我生活过的地方，他摇了摇头回答：“蛮夷之地，未有文明。”当时真把我气得够呛。

我买了罐装苍蝇喷雾剂，这是给他们三个预备的，又买了几个鸡蛋，一些熏肉、面包和奶油，还有各种罐头。这里什么东西都比城里的贵，人们不再饲养母鸡、奶牛和猪了，它们全得从更富裕的地区运来。面包是用蜡光纸包着的，被切成了一片一片的。

我想倒退着出门，不想让他们从后面盯着我看，但我还是强迫自己慢慢地向前走去。

从前这里只有一家店铺。它位于一座房屋的前边，由一位也叫“大妈”的老妇人经营：那时候女人都没有自己的名字。大妈出售十分便宜的土黄色糖果，可那时我们不准买糖果吃。大妈主要的力量源泉出自她仅有的一只手臂，而另一只手臂好似大象的鼻子，其末端是淡粉色的拱状。如果她要把系包裹的绳子弄断，她就把绳子的一头缠在假手的末端，然后用力一拽。她那只无手的胳膊简直就是一个难解之谜，几乎像耶稣一样令我不解。我想知道她的那只手是怎样失去的（也许她自己把它砍掉的），现在那只断手又在哪里？我还特别想知道我的手是不是也会这样断掉。尽管如此，我从来没问过这件事，答案肯定会吓到我。走下台阶时，我试图回忆起她身体的其它部位——她的脸，但我只看到那些吸引人的糖果，它们装在玻璃罐中，如同圣骨盒一般无法企及；那只手臂也是如此，不可界定，不可思议，有如圣徒的脚趾，或是那些被肢解的早年殉难者的躯体，放在盘子里的眼睛，切割下来的乳房，下方标有字母的心脏——像一个灯泡，透过画在胸膛上有边饰物的小孔向外闪光，纯粹的艺术史。

我找到他们三个时，他们坐在标示**酒吧**的凉爽小屋里，是那里仅有的顾客，橙色的隔热塑料桌上放着六瓶啤酒和四个玻璃杯。他们的身旁多了个混血儿，留着杂货店里那两个男人一模一样的发式，只不过头发的颜色有些金黄。

我走进去，大卫朝我挥了挥手：一定有什么事使他开心了。“喝瓶啤酒吧，”他对我说，“这是克劳德，这家旅馆和酒吧是他父亲开的。”

克劳德有些不情愿地起身去给我拿酒。吧台下部雕刻着一条带有红点和蓝点的鱼，木头鱼雕刻得很粗糙，估计是一条斑点鳟鱼，其跃起的背部支撑着假大理石台面。吧台的上方有一台电视机，关闭着，也许是坏了。一幅常见的风景画镶嵌在一个卷边的镀金框里，那是一张放大了的照片，上面有条小河，岸边有树木，水流湍急，一个男人正在河边钓鱼。那是一幅模仿其它地方的绘画，其南方特征更为浓重，被模仿的本身也是仿制品。原型是某人记不大清楚的零碎回忆：十九世纪英国绅士的狩猎小屋，里面陈列着猎物头部，摆放着鹿角制作的家具。维多利亚女王就曾拥有过这样一套家具。既然这种模仿做法是可行的，为什么他们不效仿呢？

# 第三章

“克劳德说今年的生意很不景气，”大卫对我说，“换句话说，就是附近的鱼都给捕光了。他们准备到别的湖区去，克劳德的父亲用快艇送他们去，很不错，不是吗？他还说有些人在春天带着拖网去，那儿有各种各样的鱼，还有大家伙呢，只不过这些鱼变得狡猾、聪明了。”大卫的口音带上了乡下佬的腔调，他这么说话只是为了逗笑取乐，这种模仿是对他自身的模仿。他说五十年代他曾想成为一名牧师，于是便用这种口音挨家挨户地推销《圣经》，为的是能够完成神学院的学业：“喂，女士，要买一本‘脏’书吗？”此刻，他的口音听起来是无意识的，或许是为了给克劳德听，想要证明他是劳苦大众的一分子，或许这是他的“交际方式”的一种尝试，那是他晚间需要说教的内容—— 一个成人教育课程项目，乔也在那儿工作。大卫把那个项目称作“成人植物园”，他能得到那份工作，是因为他做过电台播音员。

“有什么新消息吗？”乔问我。他的口气听起来毫无感情色彩，他极愿意以这种口气说话，除非我作出反应，否则不管发生什么事，他都这样说话。

“没有，”我说，“没什么线索。”我的语气平稳、镇静。也许这就是他当初喜欢上我的原因；当然，肯定还有别的什么。虽然我总是无法重新勾勒出我们第一次见面的情形，此刻我想起来了：那是在一家小店，我在买画笔和一管喷液固色剂。他问我是否住在附近，然后我们就去街角喝咖啡，我只喝了一瓶七喜汽水。当时我给他留下的印象是冷漠，他后来提到这件事，就是这么说的。他说他感觉就和我脱衣服然后再穿上衣服那种不紧不慢的情形一模一样，好像我一点也没有激情。事实上我真的没有激情。

克劳德拿来一瓶啤酒递给我，我说了声“谢谢”。我抬头看看他，他的脸突然消失了，马上又出现在我眼前。上次我在这儿见到他时，他才八岁。过去他经常在政府管理的码头向钓鱼人兜售用锈铁罐装着的蚯蚓。此刻，克劳德显得很不自在，他意识到我已认出了他。

“我想到湖区的深处呆上几天，”我对大卫说，因为汽车是他的，“如果可以的话，我想到附近看看。”

“太好了，”大卫回答说，“我要去钓条聪明鱼。”他随身带来了一根借来的钓鱼竿，尽管我提醒他说他的鱼竿可能派不上用场：要是我父亲真的露了面，我们就得马上回去，不必让他知道我们来了。要是他安然无恙，我就不去见他。没有必要，他们不会原谅我，他们理解不了我的离婚。我想他们甚至不理解这桩婚姻，这毫不奇怪，就连我自己当初也不曾理解为什么要结婚。使他们恼怒的，是我做事的方式——唐突地结婚，然后又离丈夫、孩子而去，搞什么吸引人的彩色杂志插图，那种适合放在框架里的图片。抛下自己的孩子，那是不可饶恕的罪孽。要是我对他们解释，说那不仅仅是我的孩子，这丝毫不会管用。我承认我的做法有些愚蠢，而从结果来看，愚蠢无疑就是犯罪。我没有任何借口可以辩解，我从来就不善于辩解。我哥哥倒是很善于找借口，过去他每次犯事前总是事先找好借口。合乎逻辑的做法。

“噢，上帝呀！”安娜叫道，“大卫还以为他是个了不起的白人钓鱼好手呢。”她在开大卫的玩笑，她经常拿大卫开心。可大卫没有听见，他站了起来，克劳德正推他出去，他要给大卫办张钓鱼许可证，好像他是专门给人家办各种许可证的。大卫回来时我想问问他付了多少钱，可他太兴奋了，我不想破坏他的兴致。克劳德也高兴得不得了。

克劳德说我们可以雇用伊文斯，他是蓝月山庄的老板，可以用船送我们到湖区深处。保罗可以免费送我们去，他主动提出来的，但我婉言谢绝了。我猜他肯定对乔乱七八糟的胡须和大卫的小胡子，以及他俩留着三个火枪手的发型很反感。这些都是当今的时尚，和留平头没什么两样，可保罗也许觉得他们具有潜在危险，他们这种人意味着骚乱。

大卫在岔道上放慢了车速，沿着道中间的两条车辙前行，一块隆起的石头把车的底盘刮擦了一下。汽车在一座挂有“办事处”牌子的房子前停了下来。伊文斯正好在，他体形魁梧，说话干练，一个典型的美国人。他身穿一件方格衬衣，外面是背后印有老鹰图案的厚厚的针织外套，头戴一顶遮阳帽。他当然知道我父亲的住处，老向导们都熟悉湖区的每一家住户。他把烟头往嘴角一挪，说他会把我们送到那儿的。十英里水路，只需五元；两天后的上午他再把我们接回来，不过还得付五元。这样我们就可以在当天剩下的时间内赶回城里去。他无疑对我父亲的失踪也有耳闻，可他并没有提及此事。

“一个精明能干的老伙计，不是吗？”走出来时大卫对我们说。他真的很自鸣得意，他认为这就是现实：边远地区的经济现状和头发花白的老人，简直就是大萧条时期的论文图片。他在纽约呆了四年，很有政治头脑，学了某个专业，那是六十年代的事，我不知道确切的时间。我对朋友们的过去一向是不大清楚的，他们彼此间也不甚了解，要是我们当中一人患了多年的健忘症，其他人绝对不会注意到的。

大卫把车倒进“蓝月”码头。我们把车上的东西卸了下来，几个装衣服的背包，摄影器材，装着我的职业用具的新秀丽牌旅行箱，他们在汽车旅馆里买的半打“红帽子”啤酒以及一些装在纸袋里的食品。我们踉踉跄跄地上了船，一条船身已经磨损了的木制船。伊文斯发动了引擎，我们便晃晃悠悠地出发了。夏天度假的小别墅开始出现，它们像麻疹一样铺开，那条路一定是铺面路。

大卫坐在船头紧挨着伊文斯。“可以钓到很多鱼吗？”他问道，毫不拘束，亲密且随意。“到处都是，到处都是。”伊文斯答道，他可不会免费提供任何信息。随后，他加足马力，我什么都听不到了。

我总是这样，待船驶到湖的中间，我才把头转过去。眼中的那个村庄忽地变远，但清晰可见，岸上的房屋纷纷向后退去，连成一片，白色的教堂和黑色的树木形成强烈反差。我从前期待但从未体会过的感觉终于出现了，想家——想念一个我未曾住过的地方，一个离我太远的地方。村庄渐渐地缩小，这是视觉的幻象。我们转过陆地尖岬后，村庄被抛到后面去了。

我们三个坐在船尾，安娜挨着我。“真不错，”她对我说，尖叫声盖过了引擎的轰鸣，“离开城市对我们大有好处。”可就在我扭头看她时，我发现她的脸上淌满了泪水。怎么回事？她总是兴高采烈的。随即我意识到那不是泪水，天下起了毛毛雨。雨衣就放在背包里，刚才我没注意到乌云已聚集成片。我们不会被雨淋透的，乘这种快船再有半个小时就到了。要是从前那种老式发动机牵引的笨重船，我们就得行驶二三个小时，并且还得是顺风而行。在城里，人们或许会这样对我母亲说:“你不害怕吗？出了事该怎么办？”他们只想到去请医生要花多长时间。

我感到冷意，便耸起肩膀，雨点不时地滴洒在我的肌肤上。向前行驶时，湖岸线展开又收拢。离此往前四十英里还有一个村庄，在此之前我们得通过一条弯弯曲曲的水路：低矮的山丘浮出水面逶迤前伸，小小的水湾不时嵌进，岛屿以及那些变为诸多小岛的半岛和狭窄的陆地伸向其它湖区。在地图或水域图上，其分布就像蜘蛛的形状，但在船上你只能见到其中很小的一部分，即你所在的那部分。

湖面神秘莫测，天气变幻无常，大风说起就起。溺死人的事情年年发生，重心不稳或醉酒船夫驾驶的船全速行进撞向沉木。年代久远的树木浸在湖水里，部分腐烂，漂在水面之下，好多是砍伐原木和提升湖水水位时遗留下来的。湖面水域复杂，记不住陆地标志便会迷失航向。此刻我紧盯着它们，圆屋顶状的小山，枯死的松树区，浅滩上竖立着被砍下树干的树桩，我信不过伊文斯。

可到目前为止，伊文斯转过的航路弯道都是准确无误的，我们就要进入我家的水域了：再绕两个弯，穿过两边是花岗岩岸滩的水道，驶进一片更加宽阔的水域。这个半岛就是我离开家的地方，它从我家房子所在小岛的沿岸延伸过来。由于树木遮掩，人们很难看清房子。虽说我知道房子的位置，可伪装一向是我父亲的伎俩。

伊文斯驾船绕过半岛的顶端，然后放慢速度向船坞靠去。船坞已经倾斜，因为每年冬天的冻冰都会带走它的一部分。另外，年复一年的湖水把它冲蚀得歪歪斜斜，有些腐烂。船坞被修过多次，已看不出从前使用的材料了，但还是我哥哥掉下去差点淹死的那个船坞。

那时候，他经常在父亲为他建造的鸡圈一样的围栏里玩耍——大笼子或小玩耍场，里面有树木、秋千、岩石和沙堆。栅栏很高，他爬不出去，但栅栏有个门，有一天他竟然学会了开门。母亲一个人呆在屋里，她从窗口望去，四下查看，发现他竟然没有在围栏里。那是一个寂静的日子，没有风声，她听到什么东西掉进了水中。她跑到船坞上，没见到他，可跑到船坞的尽头向下看时：我哥哥就在下面的湖水里，脸朝天空，眼睛睁得老大。他失去了知觉，正慢慢地下沉，口中冒出气泡。

那是我出生以前的事，可我仍然记得清清楚楚，仿佛我亲眼目睹一般，或许我真的看见了：我相信未出生的婴儿会透过母亲的腹部向外观看，就像玻璃罐里的青蛙。

# 第四章

我们将行李从船上卸下，伊文斯让发动机空转着。大卫付他钱时他对我们面无表情地点点头，然后他把船倒回去，调转船头，驶过半岛的尖岬。发动机的轰鸣声渐渐变成呜呜声，小船随着与陆地距离的不断拉大而消失远去。湖水冲击着湖岸，水面逐渐平稳。船离去后什么也没留下，只有少许机油在湖面上呈现出一道彩虹——紫色、粉红色和绿色。此间的世界煞是宁静，风势渐弱，湖水平静，银白一片。这是一整天（也是好久以来，许多年来）的第一次，我们摆脱了机器的烦扰。在经受马达的轰鸣和乘船的颠簸后，我的耳朵鸣响，身体刺痛，就像双脚刚从旱冰鞋中拔出来一样。

他们三个木然地站在岸上，好像等待着我告诉他们下一步该做什么。“我们把东西拿上去。”我对他们说。我提醒他们要小心，毛毛雨滴落在船坞上，使它的表面变得又湿又滑。雨下得小些了，几乎成了一片雾。此外，一些木板不大结实，有潜在危险。

我想大声叫喊一声“嗨！”或“我们来了！”但我没有喊，我不想听到没人回应的失落。

我背起一个背包，走过船坞，登上陆地，走向那座木屋。

## 第四章

我沿着小径，踏着嵌进山坡的台阶缓缓而上，路旁劈好的杉木码成一垛，两侧由木桩固定着。房子建在沙丘上，那是冰川时期留下来的山岭的一部分，上面几英寸厚的土壤和稀稀落落的树木还在顽强地守护着它。湖边的沙地裸露荒凉，沙土在流失：他们第一次在这里支起帐篷开始生活时搭建炉灶的石头和木炭早已不见踪迹，而且湖岸边的树木渐渐倾倒在湖水里，有几棵我印象里直挺挺的树木，现在也倾斜了。红松的树皮正在脱落，顶部树枝上的松针已弯曲成结。一只在红松树上栖息的翠鸟，断断续续闹钟般地鸣叫着。翠鸟在崖边上筑巢、沙土里打洞，加速了土壤的流失。

房屋前面，鸡圈的围栏依然如旧，虽说它的一端几乎越出了崖边。他们从未把它拆掉，甚至那个小秋千也还矗立在那儿，秋千的绳子由于风吹日晒已经破损，松松垮垮地吊晃着，绳子上面污迹斑斑。保存不再有用的东西似乎不是他们的一贯做法，或许他们期待着孙儿们前来造访。他过去一直希望像保罗那样建立起一个王朝——众多的房屋，子孙后辈围绕着他。这围栏变得好似一种谴责，直指我的失败。

可我不能把孩子带来，我从未把它当作是我自己的，我甚至没有像别的母亲那样在它出生前就给它起个名字。它是我丈夫的孩子，是他把它强加给了我。它一直在我体内生长，可我总觉得我像个孵蛋器。他控制一切，他安排我的饮食，他在我身上哺育它，他要一个与他一模一样的复制品。孩子生下后，我就不再有用了，虽说我还无法证实这一点，可他太狡猾了：他总说他爱我。

这座房屋变小了，因为（我注意到）它周围的树木已长大成材。九个年头里，木屋变得更加灰白，就像人们的头发一样。砍伐的杉树原木竖立在那里，而从前原木都横放着。竖立的原木看起来较短，一个人较为容易摆弄。杉木不是最好的木料，它比其它的树木更容易腐烂。我父亲曾说："我并不是要建造一幢永不腐朽的房屋。"我当时想为什么不呢？你为什么不呢？

我希望那扇门是开着的，可门上却挂着锁头，正如保罗所说，是他给锁上的。我从包里摸出他给我的钥匙，小心翼翼地走上前去：不管我在屋里找到什么，都是线索。要是保罗锁上门后他返回来进不去屋，又会怎样呢？当然，还有别的办法进屋，他可以砸碎一扇窗户玻璃。

乔和大卫拎着其余的背包和啤酒走了过来。安娜跟在他们后面，拎着我的旅行箱和装在纸袋里的食品，她又哼起了小曲——《知更鸟希尔》。

我打开木门和里面的纱门，仔细察看了一遍房间，然后才走进去。桌上铺着蓝色油布，旁边是一条长凳，另外一条长凳是由一个木箱子改成的，紧靠墙壁。金属框架的沙发上铺着薄薄的垫子，展开便是一张床，那是我们的母亲过去经常躺卧的地方：她整天一动不动地躺在上面，身体蜷缩着，身上盖着褐色的方格呢毯子，脸部没有一丝血色。我们小声地说话，她看上去很不对劲，即使我们对她说话，她也听不见，可第二天她又与平常无异。我们相信她有力量摆脱疾病并恢复健康，不管是什么病。我们不再把她的患病当作一回事，患病对她而言，正如蚕茧一样，是某个自然而然的阶段。她去世的时候，我对她感到了失望。

屋子里的一切都井然有序。雨水从树上滴落到屋顶上。

他们跟随我走进屋子。“这就是你住过的地方?”乔问我。他竟然问起我的事情，这可真有点不同寻常：我说不清他是兴奋，还是沮丧。他走向挂在墙上的雪地鞋，取下一只，那鞋子似乎找到了知音。

安娜把装在纸袋里的食品放在桌子上，环抱起双臂。“真是不可思议，”她说，“就这样与外界中断了联系。”

“不是的。”我说。对我而言，这很正常。

“按你们的习惯，”大卫说，“我认为这房间是很整洁的。”实际上他并不肯定。

还有两个房间，我迅速地打开了它们的房门。每个房间各有一张床，还有架子，衣服都挂在衣钩上：夹克衫、雨衣，它们总是挂在那里。另外有一顶灰色的帽子，他有好几顶这样的帽子。右手房间里有一张当地地图，用图钉固定在墙上。另一个房间有几幅画，水彩画，现在想起那是我十二三岁时画的，可我竟然把它们给忘掉了，这是眼下唯一令我感到不安的事。

我回到起居室。大卫把他的背包放在地板上，然后伸开四肢躺在沙发上。“上帝啊，我是来擦沙发的吗？”他叫道，“哪位给我开一瓶啤酒？”安娜递给他一瓶。他拍了拍安娜的屁股，说道：“这才是我需要的——服务。”安娜给她自己，又给我们取出罐头，我们坐在长凳上喝起了啤酒。因为不再走动，我们感到屋子里有些冷。

就是这味儿，来自杉木、烧木柴的火炉，还有为防老鼠塞在原木间的麻絮上的柏油味。我抬头看了看天花板，又看了看架子。灯旁有一摞纸，或许就在事情发生之前，即他离去前，他还在上面写着什么呢。也许是给我留下的，便条、信件或遗嘱。母亲死后，我一直期待得到这类东西，几个字，不是钱，而是一件东西，一件信物。有一段时间我一天两次去邮政信箱取信，那是我留给他们唯一的地址，可是我什么也没收到，恐怕她没时间了。

没有脏碟子，没有四处乱扔的衣物，没有任何迹象。这不像是整个冬天都一直有人住的房子。

“几点钟了？”我问大卫。他抬手看了看手表：差不多五点了。我该去准备晚饭了。某种意义上说，我是这里的主人，他们是我的客人。

火炉后面的箱子里有引火物，还有几块白桦木柴，南方蔓延而来的树病还没有侵袭到这个地区。我找到火柴，在火炉前跪下，我差不多已经忘记怎样做这等事了，划了三四次我才把炉火点燃。

## 第四章

我从挂钩上取下陶瓷圆盆和一把大砍刀。他们望着我：谁也不问我去哪儿，只是乔看上去有些担忧。或许他一直认为我应该歇斯底里地发作一通。他很焦虑，因为我丝毫没有这迹象。“我到菜园里去摘些菜。”我这么说是为了让他们放心。他们知道菜园的位置，从湖岸走过来的时候他们或许看到了。

小径和菜园门口长满了杂草，野草已经一个月没有清除了。往常我会花上几小时来拔掉它们，可现在太不值得，我们只在这儿呆两天。

青蛙从我的脚边向四周跳去，它们倒是喜欢这个地方。菜园离湖很近，土地潮湿，我的帆布鞋都湿透了。我摘了几片还没开花变苦的叶莴苣，又拔了棵洋葱，把散乱的外层的黄皮去掉，洋葱球茎雪白，像一粒大大的白眼球。

菜园被重新整理过了：从前有些红花菜豆缠绕在一边的栅栏上，它们的花比菜园里其它的东西都红。蜂鸟飞向它们，在上面盘旋，翅膀飞速扇动，使人不辨其形。菜豆若是长时间不采撷，便在第一次霜降后变黄并绽裂。成熟的菜豆里面是坚硬的豆子，紫黑色的，怪吓人的。我小时候就如此之想，要是我能摘取一些并把它们保存起来的话，我就会变得力大无穷。后来我的个头足以使我摘到这些豆子，我发现根本就不是那么回事。另外，即使我能够摘到豆子，我也不知道用我的那份力气来做什么。假如我也成了那些有力量的家伙的话，我就会变坏的。

我到胡萝卜地里拔了一棵胡萝卜。胡萝卜间苗不当，长得过于集中，又粗又短。我把洋葱叶子摘掉，削去胡萝卜的顶部，把这些不能吃的东西扔到肥料堆上。我把洋葱和胡萝卜放到盆里，向菜园门口走去，脑子里却计算着时间，蔬菜和杂草生长的时间。六月中旬他肯定还在这里，不会比这更晚。

安娜站在栅栏外面，她是来找我的。“厕所在哪儿?”她急急地问我，“马上就憋不住了。”

我带她到另一条小径的入口处，给她指明了方向。

“你没事吧?”她问我。

“当然没事。”我回答说。她的问话让我感到惊讶。

“很遗憾，他不在。”她略带悲哀地说。她那圆圆的绿眼睛注视着我，仿佛这是她的忧伤，她的灾难。

“没什么，”我安慰她说，“径直朝前走，便会找到厕所，虽说远了点，”我又笑着对她说，“不要走丢了。”

我拿着盆走到船坞边上，在湖里把菜洗净。湖水里有一条水蛭，就在我的脚下，它是那种背部有红点的良种水蛭，像船头被拴住的来回摇晃的汽船不停地扭动着。非良种水蛭的斑点则呈灰色或黄色。这种合乎道德的区分是我哥哥做出的，他某种程度上对水蛭着了迷，一定是在水蛭打架的时候，他把它们捉到了岸上。什么东西都分好的和坏的。

我做好了汉堡包。吃完后，我在有缺口的洗碗槽里把碟子洗净，然后安娜再把它们揩干。这时，天也快黑了。随后，我把被褥从靠墙的长凳上拿下来开始铺床，安娜铺他们的床。他肯定一直在起居室的沙发上睡觉。

天一黑就上床睡觉，他们肯定不习惯，我也不再习惯了。我担心他们会感到厌烦，因为没有电视或别的什么。我开始寻找供人娱乐的东西：一副多米诺骨牌、一副纸牌，它们都放在叠着的毯子下面。卧室的书架里有许多平装书，大部分是侦探小说，消遣读物。这些书的旁边是关于树木的技术性书籍和其它方面的参考书，如《可食用的植物和嫩芽》《如何固定鱼饵》《常见的蘑菇》《木屋建筑方法》《鸟类指南》和《怎样使用你的照相机》。他认为适当的指导性书籍能让你亲自做所有的事情。他的正经藏书是《圣经》钦定本——他说他只喜欢它的文学价值，还有《彭斯全集》、鲍斯威尔的《人生》、汤普森的《四季》，以及哥尔德斯密斯和柯柏的选集。他赞美那些他称之为十八世纪理性主义作家的人：他把他们看成是避开了“工业革命”腐败的人，深谙中庸之道，过着和谐的生活，并且断定他们都从事施用有机肥料的农业生产。很久以后，其实是我丈夫告诉我的，我才惊讶地发现：彭斯是个酒鬼，柯柏是个疯子，约翰逊博士患有狂躁抑郁症，哥尔得斯密斯是个穷光蛋，而汤普森也有点不对劲，用他的话说，是个逃避现实的人。从那以后，我反而更喜欢这些人了，因为他们不再是完人。

“我把灯点上吧，”我说，“我们可以读点什么。”

大卫急忙阻止说：“别，别点，在城里可以做的事何必在这儿做呢？”他正旋拧着收音机，可收到的只有静电的嗡嗡声和可能是音乐的呜咽。它们一会儿出现，一会儿消失，还传出小虫子低鸣般的法语。“他妈的，”他嘟囔道，“我想要听比赛结果的广播。”他指的是棒球比赛，他是个球迷。

“我们可以打桥牌。”我提议说，但没人响应。

过一会儿，大卫说：“好吧，孩子们，该是出去抽大麻的时候啦。”他说着打开了他的背包，在里面摸索着什么。安娜对他说：“那也不是放东西的地方，那帮人会首先查看的。”

“放到你的屁股上，”大卫边说边朝她笑着，“那才是他们第一眼要看的地方。当看到一件好东西，他们就会把它没收的。亲爱的，用不着担心，我知道我在干什么。”

“有时候我真闹不懂。”安娜说。

我们一起走到船坞上，在潮湿的木板上坐下，观看落日，又抽了一会儿大麻。西边的云彩变得淡黄灰白，正渐渐消退，月亮从东南方晴朗的空中徐徐升起。

“太美了，”大卫说，“这里比城市感觉好多了。要是能把法西斯蠢猪美国佬和资本家赶走，这将是个多么美好的国家。可到那时，又有谁会剩下来呢？”

“噢，上帝呀，”安娜说，“可别说那种话了。”

“怎么才能，”我问他，“你怎么才能把他们赶出去呢？”

“把河狸组织起来，”大卫回答说，“让河狸把他们嚼成碎片，这是唯一的办法。那个美国股票经纪人正在海湾大街上走着，河狸们埋伏在那里准备偷袭，它们从一根电话杆上跳到他身上，嚼啊，嚼啊，一会儿就完了。你们听说最近有关国旗的事吗？九只河狸往一只青蛙身上撒尿。[1]”

这是老掉牙且毫无新意的笑话，但我还是笑了。喝点啤酒，支起小锅，讲讲听过多次的玩笑话，谈些政治还有极富价值的中庸之道，我们变成了新兴的小资产阶级，这间屋子也变成娱乐室了。不管怎样，我仍然为他们与我在一起感到高兴，我不想独自呆在这里，因为失落和空虚随时都会向我袭来，他们恰好替我挡开了。

“你们意识到没有，”大卫继续说，“这个国家是建立在死亡动物的尸体上的？死鱼、死海豹以及从历史角度看的死河狸。河狸与这个国家的关系就如同黑人和美国的关系一样。[2]不仅如此，在今天的纽约，‘河狸’这个词是个脏词。[3]我想这意义非凡。”他坐了起来，透过朦胧的夜色注视着我。

“我们可不是你的学生，”安娜插话说，“你躺下吧。”大卫把头枕在安娜的大腿上，安娜抚摸着他的前额。我清楚地看到她的手来回地移动着。安娜告诉我他们结婚九年了，他们一定是与我同时结婚的，尽管安娜要比我大一些。他们肯定有什么特殊的方法，程序化的东西，某种我没掌握的知识，或者说他

1 据说加拿大在为新国旗征集图案时，收到了一份九只河狸（代表九个英法地区）往一只青蛙（代表魁北克）身上撒尿的设计。

2 殖民地时期的加拿大盛产河狸皮，吸引了大量欧洲商人，尤其是法国毛皮商人前来交易，随着毛皮贸易升级为殖民竞争，英法开始了“七年战争”，最终加拿大成为大英帝国的“自治领”。

3 指女性生殖器。

是个错误的人选。我想，即使我什么也不做，这种事还是要照样发生，我将成为夫妻中的一员，两个人连接在一起，彼此保持平衡，就像保罗屋里从前那个晴雨表里面的木头男人和木头女人。起初一切都不错，但在我嫁了他，他娶了我，我们同时对那张纸承担责任义务后，他变了。我仍然不明白为什么在那张纸上签了名就会有什么不同，他开始要求这个，要求那个，他需要取悦。我们真该只在一起睡觉，而不必签那个什么名。

乔用双臂搂着我，我握着他的手指。出现在我眼前的，是过去常在湖上行驶的黑白色拖船或像一艘驳船一样平的船，它拖着水栅状的木排慢慢地驶向水坝。每当乘船经过它的时候，我都会向它招手，船上的人也向我们招手。船上有座小房子，船上的人住在里面，房子不仅有窗户，而且还有一个从房顶伸出来的烟囱。我感到这种生活方式最好不过了——漂流的房子，载着你需要的一切和你喜欢的人。要是想到别的地方去，那便是再容易不过的事了。

乔不停地摇晃着我，也就是说他感到十分惬意。又起风了，微风吹拂着我们，流动的空气忽热忽冷，树上的叶子在我们身后婆娑作响，荡起声音的涟漪；湖水发出冰冷的光芒，镀锌的月亮在微微细浪上被晃得支离破碎、残缺不全。潜鸟的叫声使我浑身颤抖，每一根毫毛都倒竖起来。回声此起彼伏，包围着我们，这里的一切都处在回声之中。

# 第五章

鸟的鸣叫声把我吵醒了。正是黎明之前，城里的交通还没开始，可我已经学会用睡眠来打发这段时光了。我曾经能辨别出许多种鸟的声音。此刻我侧耳倾听，听到的只是吱吱喳喳的叫声，我的耳朵锈住了。鸟与汽车有同样的理由鸣叫或鸣笛，它们在宣告自己的领地和范围：这是最基本的语言。我应该从事语言学，而不是什么艺术。

乔仍然半梦半醒，自言自语地嘟囔着什么，他的脑袋裹在毯子里，看起来像个僧侣。他把整张毯子从床铺扯到上身，瘦削的双脚露在外面，脚趾好似袋子里生芽的土豆。我不知道他记不记得天没亮时他弄醒了我。他猛地坐起来对我发问："这是哪儿？"我们每到一个陌生的地方他都会梦游般地如此发问。"没事儿，"我安慰他说，"我在这里。"可他还是追问："谁？你是谁？"他像猫头鹰一样地念叨着，然后便顺从地让我扶他躺下。这时候我害怕触摸他的身体，或许他会把我误认为他噩梦中的敌人。然而，他开始慢慢信任我的声音了。

我看着他露出的面部、眼睑和一侧的鼻子。他的皮肤苍白，好像一直睡在地窖里，不过我们确实在那种地方居住。他的胡须是深褐色的，近乎黑色，一直延伸到脖子周围，与毯子下后背的毛发连在一起。他后背上的毛比大多数男人的浓重—— 一块暖融融的织物，像玩具熊的毛皮。每当我提到他身上的毛时，他还是把它看作是对他人格的侮辱。

我使劲地想我是不是爱他。当然，这没什么要紧，但总有那么一刻，人们的好奇心使他们无法平静下来，他们总想过问一下，虽说他从未问过我是不是爱他。事先预备好答案是最好不过的：不管你回避还是直面，据实回答，起码你不会在没有防备的情况下受窘。我把他归类总结了一番：他是个真正的男人，做爱比前一个强多了；他多愁善感，却不让人讨厌；我们平摊租金，他却没有半句牢骚，这就是优点。他说我们该住在一起，我也没有片刻犹豫。与其说这是个重大决定，还不如说像是买条金鱼或一盆仙人掌更为恰当。这并不是因为你早就想买，而是因为你恰好在店里的柜台上看到了它们。我喜欢他，我愿意有他陪伴在我身旁，如果他对我来说远不止这些，那就更好了。事实是，他不会让我伤心难过：自打我离开我丈夫以后，还没有人让我伤心过。离婚就像截肢，虽然活了下来，却比从前少了些什么。

我睁开眼睛躺了一会儿。这里曾经是我居住的房间，安娜和大卫住的是有地图的那间。我们的这间墙上有几幅图画：女士们穿着奇装异服，腊肠状的鬈发横过她们的前额，红红的嘴唇鼓翘着，睫毛有如牙刷。我十岁时相信魔法，也许是某种宗教吧，图画上的这些人物便是我的圣像。她们的手臂和大腿呈夸张形态，摆出时装模特儿的姿势，一只戴手套的手搭在臀部上，一只脚伸向前方。她们穿的鞋有着帕尼亚猪蹄状的尖趾，后跟很高，上身穿着好似丽塔·海斯沃斯那种甜瓜状的无带上衣，下身是芭蕾舞演员穿的裙子，上面有黑色斑点的装饰亮片。我当时画得并不标准，比例欠妥，脖子太短，肩膀太宽。我一定是在模仿他们城里人做的纸娃娃，那些硬纸壳上的电影明星——珍妮·波维尔、艾斯瑟·威廉姆斯，身上印有两件式的泳装、正式礼服和有饰边的睡衣。女孩们身穿灰短外衣和白色衬衣，用粉色的条形塑料发夹把辫子固定在头上，她们拿着纸娃娃并对它们发号施令，还把它们带到学校去，休息时便拿出来展示炫耀，把它们靠在破损的砖墙上，双脚插在雪地里，可纸衣服抵御不住刺骨的寒风，它们在风中舞蹈，变成了跳舞晚会、庆祝活动，不断变化的服装款式，真是享乐的奴隶。

图画下面床脚边的衣钩上挂着一件灰色夹克衫，夹克很脏，皮革已开裂剥皮。看了好一会儿，我才把它辨认出来：那是好久以前我母亲穿过的衣服，她常常把葵花子放在夹克口袋里。我以为她早就把它扔了，它不该还挂在这儿，他应当在葬礼后把它处理了。死者的衣物应该随死者一同葬掉。

我转过身来，把乔向墙那边推了推，然后蜷起身子。

不久，我又露出头来。此刻，乔已完全醒来，从毯子下爬了出来。“你睡觉时又说胡话了。”我对他说。我常常认为他睡梦中的话比清醒时说的要多。

他十分含糊地嘟囔了一声。“我饿了。”随即，停了一会儿，他又问，“我说什么了？”

“还不是跟平时一样。你想知道你在哪里，我是谁。”我想听一听他做了什么梦。我过去经常做梦，可现在不做了。

“真没劲，”他说，“就这些吗？”

我把毯子一掀，双脚着地，真凉：即使在盛夏，这里的夜晚也很凉。我赶紧穿上衣服，走出去生火。安娜已经起来了，仍然穿着那件无袖尼龙睡衣，光着双脚，正站在那面有波纹、发黄的镜子前面。她前面的梳妆台上放着一个带拉链的小包，她正在化妆。我发现我从未见过她没化妆的样子。由于没涂腮红和眼影，她的脸出奇地难看，就像一个破布娃娃，她那化过妆的脸倒成了真正的脸了。她的胳膊外侧还长着一些小疙瘩。

“在这地方你用不着化妆，”我说，“没人会看你的。”这是我母亲的话，是我十四岁时她对我说的，当时我正往嘴唇上涂口红。母亲望着我，满脸的不高兴，我对她说我只是试试而已。

安娜小声地对我说，“他不喜欢看我没有化妆的样子，”随即又自相矛盾地补充道，“他不知道我脸上化着妆。”我想这一定是托词，或者说是一种忠实：难道她每天早晨都在他醒来之前偷偷溜下床，而晚上在熄灯后才爬上床去？或许大卫在说善意的谎言呢。不管怎样，安娜的化妆术实在高超，色彩调得那样柔和，大卫也许真的看不出来。

点燃了炉灶，我走出屋子。我先去了厕所，接着去湖边洗手、洗脸，然后打开“冰箱”，一个藏在地里面的金属垃圾桶，上面是防止浣熊进入的严严实实的盖子，再上面是一块沉甸甸的大木头。每当渔猎检察官乘快艇来进行年度例行检查时，他们竟然不相信我们没有冰箱，总是四处搜寻是否有非法捕获的鱼。

我伸手拿了几个鸡蛋。熏肉放在房屋下方盖有纱盖的盒子里，通风良好，既防老鼠又防蚊虫。在定居者的家里，这些东西通常放在储藏蔬菜的窖和熏房里，但我父亲是一个不离标准主题的即兴诗人。

我把食物拿进屋，准备做早饭。乔和大卫已经起来了。乔坐在靠墙的长凳上，脸上仍带着睡梦中的恍惚，而大卫在镜子前审视着自己的下巴。

“你要刮脸的话，我去给你弄些热水来。”我对他说。镜子里的他笑了笑，摇了摇头。

“不，不要了，”他说，“我还要把胡须蓄得更长些。”

“你敢？”安娜叫道，“我可不喜欢他留着长胡子来吻我，让我想到阴毛。”她马上用手捂住了嘴巴，好像大吃了一惊似的。“这么说太恶心了，是不是？”

“你这女人，嘴巴真下流，”大卫回应着，“她没教养，太粗俗了。”

“我知道我是什么人，我就这样。”

这是出短短的滑稽戏，乔和我是观众，可乔看起来依然心不在焉，若有所思，他大部分时间都这样。我在炉灶旁翻动着熏肉，不再看他们，他俩也就不再演下去了。

我在炉灶前蹲了下去，打开灶门，在炭火上翻烤着面包。不再有污言秽语了，它们已被阉割，可事实上脏话是谈话的一部分。我回味着那种感觉，我不解，我困惑，为什么我发现有些话不堪入耳，而有些话文明得体。就法语而言，令人难以忍受的是宗教语言，而不管在什么语言中，最糟糕的是那些人们最害怕的东西。在英语里，就是那些指称你身体部位的词汇，提到它们甚至比提到上帝还要令人恐惧。你也可以说“耶稣基督”来感叹什么，这只不过表示你感到生气或恶心罢了。我获悉宗教语言的途径就如同当时大部分的孩子获悉性知识一样，不是在街沟边上，而是在砂砾混凝土铺就的校园里，在正经学校的冬季学期中。孩子们总是聚集在一起，握着戴着连指手套的手，悄悄地说些什么。他们吓唬我说天上有个死人一直在注视我的所作所为，而我则告诉他们婴儿来自何处进行反击。一些母亲打电话向我母亲抱怨，可当时我认为我比他们更感恼火：他们没有相信我，可我却相信了他们。

我烤好了面包，熏肉也熟了。我把熏肉盛在盘子里端出去，然后把剩下的猪油浇在灶火上，尽量使手远离火焰。

吃过早饭，大卫问我：“今天有什么安排？”我告诉他们我要到湖边一条半英里长的小径上去看看，我父亲可能沿着那条小路去砍柴了。此外，还有一条小径可以折返，几乎与抵达那片沼泽一样远，那是我哥哥开辟的小径，这是个秘密。现在，小径肯定难以辨认。

他不可能离开这个岛，两条独木舟停放在工具棚里，铝金属外表的摩托艇仍然扣锁在船坞附近的大树上，油箱里并没有燃油。

“不管怎样，”我说，“他能去的地方只有两处：岛上或是湖里。”但我的大脑马上反驳我自己：可能有人从这儿把他接走了，用船把他送到湖对岸的村子，那是离开这里消失的最好办法。或许整个冬天他根本就没在这里住过。

但这似乎又不大可能，一个人在林中失踪是很正常的。这种事一年里会发生很多次，全都是因为小小的疏忽：冬天里走得离家太远，暴风雪突然袭来，或者把腿扭伤了，走不出那片林地；春天里的黑蚊子可以要你的命，它们钻进你的衣服，只需一天就把你咬得浑身是血、神志不清。我无法接受类似的事实，因为他懂得太多的林中知识，而且他行事过分小心。

我把大砍刀递给大卫，不知道那条小径现在变成什么样了，我们也许不得不砍出一条路，而乔拿起了那把短柄小斧。出发前，我在他们的手腕和脚踝上喷洒一层防虫剂，也给自己喷上一些。我过去不怕蚊子，因为被咬的次数太多了，可现在我失去了这种免疫力：腿上和身上还残留着昨晚被咬的几处红肿。这是北方爱的声音——亲吻、拍打。

天空浓云密布，乌云低垂，东南风徐徐吹来，恐怕过一会儿要下雨，但也可能淋不着我们。这里的天气特殊，降雨范围很小，像油一样稀缺。我们穿过菜园与湖水间没脖深的、夹杂着野生山莓枝条的草丛，又走过柴堆和肥料堆。我真该把那堆垃圾掀开，看看它到底堆放了多久。它旁边还有个小坑，里面埋着加热后踩扁的听罐，我倒是可以把小坑挖开。这样，我父亲便成了考古问题。

我们走进林中小径，小径的入口处很宽，我们不时经过锯断的但十分平整的树桩，以及这个地区从森林中开辟出来之前就已存在的树木残骸。树木再不会长得像过去那么高大了，它们刚刚长成就被砍掉，大树有如鲸鱼那样所剩不多了。

森林变得浓密起来，我看到了那些刀痕，十四年后它们的痕迹仍然清晰可见。那些在树上砍出来的伤口四周已经长出了鼓起的斑痕。

我们开始爬坡，我丈夫的身影再次短暂地出现在脑海中，还有他所擅长的框形留影纪念：那种白色背景的水晶透明影像。他正在围墙上写着他名字的首字母，优雅而卷曲的笔法向我展示出书写的技能，字母书写是他教授的一项内容。围墙上还有其它的首字母，但他写的首字母比别人的都大，留下了他的印记。我记不清日期和地点了，只记得是在一座城市，在我们结婚以前：我斜靠在他身旁，欣赏着冬日阳光照耀下他的颧骨和雕刻一样的鼻子，显得那样高贵，倾斜得那样恰到好处，有如罗马钱币上的侧面像。那是他所做一切都好得不能再好的时期。他的手上还戴着一只皮手套。他说他爱我，这是极富魔力的字眼，足以使一切都大放异彩，可现在我不会再相信那个词了。

因他产生的痛苦让我十分惊讶：我当时被认定是作为被告的一方，是要离开他的人，而他并没有要求我什么。他需要有个孩子，这是人之常情，他需要我们俩结婚。

早晨洗盘子时我决定问问安娜。她正揩干一个盘子，低声哼着歌曲《巨石糖果山》的片段。“你是怎么维持这事的？”我问她。

她止住了哼哼唧唧。“维持什么啊？”

“维持婚姻，你用什么方法把两个人拴在一起的？”

她很快地瞟了我一眼，表情有些疑虑。“我们在一起经常讲笑话。”

“不全是吧。”我说。要是有什么诀窍的话，我真想把它学到手。

她随后跟我说了些什么，或者说她不仅仅是对我说，而是对着悬挂在头顶上的隐形麦克风说：人们说教的时候，声音便会通过无线电波传出去。她对我说你只要做出情感承诺就足够了。婚姻，就和滑雪差不多，你无法事先预料会发生什么，但你得顺其自然，任其前行。我确实想知道任什么前行。我在用她所说的标准来衡量我自己。我意识到这也许就是我失败的原因，我不知道任什么前行。对我来说，婚姻不像滑雪，更像是跳崖。这是我结婚以来一直就有的感觉，悬在空中，往下坠落，等待着在崖下摔得粉碎。

“在你身上怎么就不灵了呢?”安娜问我。

“我不知道,”我回答说,“我想我太年轻了。”

她不无同情地点了点头。“算你幸运,你没有孩子。”

“是的。”我回答说。安娜没有孩子。要是她有孩子的话,她就不会对我这么说了。我从未告诉她我有过孩子,也没告诉过乔,这实在没什么必要。平常日子,他根本发现不了任何的蛛丝马迹。我的桌子抽屉或钱夹里根本没有诸如孩子从小床,或从窗户,或从婴儿学步车里探出脑袋的照片,因此他也不会因偶然看到它们而感到震惊、痛恨和悲伤。我必须作出它不曾存在的样子,因为对我来说它不可能存在,它被人从我身边夺走,被带走,被放逐。我生命的一部分,就像一个连体双胞胎婴儿那样被人从我身上扯掉,我自己的肉便失去了。它消失了,再重现,我必须忘却。

小径开始弯弯曲曲地穿过高地,上面有好多从地底下冒出来的圆石头,它们是被冰川从别处带到这儿的。这地方气候潮湿,石头上面长着青苔和蕨类植物。我双眼注视着地面,脑海里涌现出那些植物的名称:冬青、野薄荷、印第安黄瓜。过去,我一度能列出这地方可用或可食的每一种植物。我还记得几本生存手册:《如何在灌木林中生存》《动物行踪》《冬天的森林》。那时候,与我同龄的城里孩子正在读《真正的罗曼史》这类杂志。直到那时,我才意识到,事实上人还是有可能走失的。警句格言常在脑中出现:随时带上火柴就不会挨饿;暴风雪来时挖个洞；不要碰没吃过的蘑菇；你的手脚最重要，一旦冻僵便一命呜呼。这些都是无用的知识，而那些刊登教导劝诫故事的低俗杂志，比如那些委身于人，最终生出白痴婴儿、受到惩罚的少女，被打断的脊骨，死去的母亲或被最好的朋友偷走的男人，等等，反而更实用。

小径继续往下延伸，它穿过沼泽地直到一个小水湾的尽头。这里长着杉木，还有灯心草、蓝色香蒲花和烂泥。我慢慢地走着，寻觅着足迹。除了一只鹿的足印外，没有人的迹象：显然保罗和那些搜寻人员没有走到这么远。蚊子闻到了人的气味，蜂拥而来，盘旋于我们头顶。乔轻声地咒骂，大卫在大喊大叫，我听见走在最后的安娜用手拍打着蚊子。

我们绕过湖岸，来到一片林木之中，树枝横过小径，还有榛木、枫树和多木髓的大树。树干和树叶构成一道相互交织的坚固“栅栏”，呈现出绿色、绿灰和灰黄，两英尺之外什么都看不见。这里的树枝没有被砍，没有被折。如果他在前面，除非他奇迹般地绕过去，要么就是从树干和树叶之中穿过去，他绝对不会是走过去的。我站在一旁，大卫正用大砍刀砍着那些树木枝杈组成的树篱，他砍得并不熟练，与其说他在砍，还不如说他在撕扯、弄弯它们。

前面的小径上横倒着一棵大树，几株幼小的凤仙花藤枝也被它一同扯了下来。它们缠绕在一起，路被堵死了。“我想没人从此经过。”我说。乔接着说：“你说得很对。”他感到有些厌烦：这一点太明显不过了。我向林中深处张望，想看看被风吹落的树叶周围是不是还有另一条路径，没有任何迹象，或者说这样的迹象到处都是。我太焦虑了，每两棵树之间的缝隙看起来都是一条路径。

大卫用大砍刀戳着一棵枯死的树干，他在上面的树皮上挖着洞。乔坐在地上，气喘吁吁。他在城市里呆的时间太久了，周围的苍蝇一个劲地向他扑去，他挠着脖子和手背。“我想就到此为止吧。”我对他们说，因为我必须是那个得承认失败的人。安娜接着说：“上帝啊，蚊子快要把我活吞了。”

我们开始往回走。他仍有可能就在这里的什么地方，但我知道要是为找他而搜遍整个岛屿是不可能的。全岛大约长达两英里，起码需要二三十人拉开一定距离，一线铺开，在森林中向前推进。即使这样，也还是有可能错过他的藏身之处——不论死活，不论意外、自杀或他杀。倘若出于其它不可名状的原因，他有意隐去踪迹或躲藏起来，人们就永远别想找到他。在这个国家的这个地方，最容易的莫过于让搜寻你的人走在前面，而你保持着一定距离跟在后面。他们停你也停，置他们于视线之内，无论他们转向哪个方向，你都会一直跟在他们身后。如果是我，我也会这样做的。

我们走在绿色的光线之中，双脚陷进又湿又黏的腐烂树叶里。小径在我们返回时似乎变了样。我走在最后，每走几步我都朝两边看看，紧瞪双眼，生怕错过地面上的任何踪迹和线索，以及任何人类的痕迹：纽扣、弹壳、抛弃的碎纸片。

他就像在晚饭后的黄昏时与我们捉迷藏，但这次绝不是室内游戏，因为可供躲藏的地方实在是无边无际。即便我们知道他藏在某棵树的后面，还是会有这样的恐惧，在我们大声叫喊他的名字后，有可能出现在面前的是另外一个完全不同的人。

# 第六章

我不会发现任何新的线索了。我已搜寻、检查了所有的东西，尽了最大的努力。现在我再没什么可以知道的了。我该通知某个官员，填写各种表格，向外界寻求援助，就像人们身处危机时一样。尽管如此，这整件事依然像寻找一枚失落在沙滩或雪地中的戒指，其结果只能是徒劳。除了等待，我没什么可做的了。明天伊文斯就要把我们从岛上送回村子，然后我们再驾车返回城市，返回现在时。我已完成此行的目的，我不想在这里继续呆下去，我要返回有电、有消遣的地方。我已经习惯了那种生活，缺少那些东西可真是难熬。

他们三个倒是尽可能地自享其乐。乔和大卫划着独木舟去湖上游玩了，我真应该强迫他们穿上救生衣，他俩都不怎么会驾驭独木舟。透过前窗，我可以看见他们用桨来回来去地划着，而从侧窗我可以看到安娜，窗外的树枝把她挡住了少许。她面朝下趴着，身穿比基尼泳装，戴着一副太阳镜，正阅读一本凶杀谜案小说。她肯定不会感到暖和，天空刚有些放晴，可时常飘过来的白云把太阳的热量给挡掉了。

除了比基尼泳装和她的头发颜色，她就像十六岁的我，躲在船坞上生闷气。气恼的是离开了城市，离开了男朋友，只有拥有他才能够证明我是个正常人。我当时佩戴着他的戒指，戒指太大，我的手指没一个能戴得上，于是我就把它用链子穿了绕在脖子上，看起来像一个十字架或一枚军功章。乔和大卫已经划远了，距离不仅藏起他们的脸，也掩饰了他们的笨拙，他们好似变成了我的哥哥和父亲。唯一能让我记起的是我母亲，我总搞不懂，除了日常家务，即午饭和晚饭外，她每天下午都做些什么呢？有时候她会把面包屑或葵花子放到外面喂鸟的盘子上，等待松鸦鸟的到来，她静静地站在那儿，有如一根树桩。有时她也会去菜园拔草，可也有好多天根本就见不到她的人影，她独自一人走进森林不知干什么去了。像我母亲那样过活是很难的，因为她的时间与别人不一样，她要么落后别人一万年，要么超前他们五十年。

我站在镜子前开始梳头，以打发时光，随后我想起了我的工作，我的交稿期限，那个我突然意识到我正拥有的职业。我本不想从事这项工作，可我得出卖点什么以求得生存。至今我仍然对此不甚精通，我不知道与客户见面该穿什么衣服：对我而言，它是个桎梏，有如潜水呼吸器或多余的假肢。幸亏我有个头衔，有个职称，这倒还管用：我被人们称为商业艺术家，或是当这职业变得时髦时，他们就把我们这类人称作插画家。我画招贴画，搞封面设计，还做些广告以及与杂志有关的事，偶尔也搞搞类似这种受当事人委托的插图设计。有一段时间，我差点成为真正的名副其实的艺术家，他说那倒也是很不错的差事，只不过有可能会误入歧途，他说我应该学些能够用得上的东西，因为从未有过什么重要的女艺术家。他的这番话是在我们结婚之前说的，那时我还愿意听从他的劝告，所以我学习了设计课程，搞起了织物图案设计。他说的确实没错，真的还没有出现过什么重要的女艺术家。

这是我设计的第五本书。第一本是什么《劳动部门》的雇佣手册——年轻人的脸上露出迟钝的笑容，就好像得到了不该得到的东西窃喜不已，随后是《计算机程序员》《焊接工》《行政秘书》《实验技术员》。还有一些线条画和几张图表什么的。再就是儿童读物，包括手头的这本《魁北克民间故事》，是个翻译版本。这不是我擅长的领域，可我需要钱。这本打字稿已交给我三个星期了，而我还没能给出最后的插图。一般而言，三星期就足够了。

这本书里的故事并不像我希望的那样。它们与德国童话差不多，只是没有通红的铁拖鞋和铁钉紧箍的木桶。我不知道这种仁慈的改动是来自最初的故事叙述者，还是来自译者或出版商，也许是出版商帕西沃尔先生的主意。帕西沃尔先生是个谨小慎微的家伙，他把自认为“扰乱人心”的东西统统删掉。为此我们曾大吵一架：他说其中一幅插图太吓人了，而我反驳说孩子们喜欢吓人的图画。他说：“不是孩子们自己买书，而是他们的父母买书。”于是我作了让步：让步在先，工作在后，反而节省了时间。我领会了他所要求的一切：插图优雅且有风格，具有油酥点心一样的装饰色调。我可以那样做，我可以模仿一切：仿迪士尼风格，用乌贼墨颜料画的维多利亚蚀刻画，巴伐利亚小甜饼，国内市场需要的临摹的爱斯基摩人物画。当然，他们最喜欢的同样是那些他们希望能引起英国和美国出版商兴趣的东西。

净水盛在一个杯子里，画笔放在另一个杯子里，旁边是金属管牙膏一样的水彩颜料和丙烯酸。青蝇围着我的肘部飞来飞去，金属般的腹部熠熠发亮，它那吮吸的舌头好似第七只脚在油布上走来走去。雨天的时候，我们经常坐在这张桌子旁，用蜡笔或彩色铅笔在我们的剪贴簿上画画，画我们喜欢的任何东西。在学校里，你不得不做和别人同样的事情。

**大伙都看见的山顶上**

**上帝种了一棵红枫树**

被打印了三十五遍，挂在黑板的上端，连成一条线。每页上都粘着一片枫叶，夹在蜡纸之间，被压得平平整整。

我先画出一个公主的轮廓，一位极为平常的公主，苗条的时装模特的身子和一张儿童般的脸，就像我为《最喜欢的童话故事》而画的那些人物。从前，这些故事使我感到厌烦，因为它们从未揭示出与故事有关的基本内容，比如故事中的人物吃什么，他们的高楼和城堡建筑里是否有卫生间，就好像他们的身体是纯粹的空气。并不是彼得·潘能飞行的这个情节让我感到难以置信，而是他的地下洞穴附近竟然没有厕所。

我画的公主歪着头：她正注视着从火苗鸟巢里飞出的一只小鸟，它的翅膀张开，好像纹章官的徽章或一个防火保险公司的标志：《金凤凰的传说》。小鸟的颜色必须是黄色，这样火的颜色也只能是黄色了。他们要求降低成本，因此我就不能用红色，也无法用橙色和紫色了。我想用红色而不是黄色，可帕西沃尔先生要的是“冷色调”。

我停下画笔，又对我的公主审视了一番：她看上去十分愚蠢，完全没有表现出一丝神奇。我把它毁掉了，开始画第二幅，可这一次，我的公主成了斗鸡眼，一个乳房大，一个乳房小。我的手指变得僵硬，也许我患上了关节炎。

我把故事的另一段落大致地看了一遍，没有发现可作画的内容。很难相信这里的任何人，甚至包括他们的祖母，曾经知道这些故事：这不是一个有过许多公主的国家，“青春泉”和“七大奇观的城堡”不属于这个地方。他们肯定曾在夜里围坐在灶台边讲故事：也许是被施了魔法的狗或恶毒的树，还有那些互为对手的政治竞选人的鬼花招，他们的稻草编织像被对方毁于一炬。

事实上我并不了解村民们想什么，谈论什么，我与他们相隔甚远。那些年长的村民，当我们走过他们身边时，他们便在胸前画十字，很可能是因为我母亲穿的是便裤，可这并非是最好的解释。尽管我们做客时也得和保罗家那些正经却不大友善的孩子们一起玩耍，但这类玩耍是短暂的，并且没什么言语交流。我们从不知道他们在星期天排队走进半山腰的教堂去做什么：我们的父母不许我们偷偷地进去，也不许我们从窗户往里窥视，可这反而使它变得违禁且更具诱惑。冬天，我哥哥上学了，他告诉我那里面发生的事叫“弥撒”，他们在里面做的事情就是吃东西。我把它想象成生日晚会，有冰淇淋可吃——生日晚会是我当时唯一所知的人们聚集在一起吃东西的经历。我哥哥告诉我说，他们只吃苏打饼干。

到我上学的时候，我请求父母让我和别的孩子一同去主日学校。我希望发现教堂的秘密，也希望不那么与众不同。可父亲没有同意，他的反应就像我要去台球室打台球：基督教是他避而远之的，他要保护我们不受它的歪曲。但几年后，他认为我已经长大成人，可以明辨是非，有足够的理智保护自己。

我知道你们穿什么衣服：让人皮肤发痒的煞白的长筒袜，一顶帽子，一副手套。我是和同一所学校的一个女孩一起去的，她的家人对我有着苦口婆心的传教兴致。那是一座联合基督会教堂，矗立在一条长长的灰白大街上的块状建筑物中。塔尖上竖立的不是十字架而是一个旋转的洋葱状的东西，他们说是通风装置，而教堂里散发着香粉气和潮湿的棉毛裤味道。主日学校就在教堂的地下室，与普通学校一样，它也有黑板，其中一块黑板上面用橙色粉笔写着**可卡普快乐汁**，下面用绿色粉笔写着几个神秘字母“C.G.I.T.”。直到他们给我解释，我才知道那是“加拿大女孩训练营”（Canadian Girls In Training）的缩写。老师穿的是熠熠发光的栗色衣服，头上戴一顶蓝色的薄饼状帽子，用两个夹子固定在头发上。她给我们讲述许多有关她的追求者和他们的汽车的事。最后，她拿出耶稣画像，上面的耶稣没有荆棘环绕，没有露出肋骨，而且也没有死亡。他身上裹着床单，看起来十分疲惫，显然不能创造奇迹。

每次做完礼拜，与我同去的那家人就会驱车到火车站旁边的一座小山上去看火车转轨，这是他们礼拜日的娱乐。娱乐过后，他们让我和他们一同吃午饭，午饭的食物总是同样的东西：猪肉、豌豆和作为甜食的菠萝。吃饭前那位父亲总会做感恩祈祷：“为我们即将吃到嘴里的食物，愿上帝允许我们表示诚挚的谢意，阿门。”与此同时，四个小孩子你掐我拧，或是在桌子下踢来踢去。最后他总是说：

猪肉、菜豆是音乐的佐餐，
你吃得越多你吹奏得越响。

那女孩的母亲，绑成圆髻的头发开始变白，嘴角周围长着一层皮刺，看起来傻傻的。她皱着眉问我当日上午都了解到哪些有关基督的事情，而那位父亲却露齿而笑，没人理会他。他是一家银行的职员，礼拜日看火车转轨是他唯一的消遣，而听那越轨的节奏是他唯一的不得体行为。一段时间内我有种错觉，认为罐装的菠萝确实能产生乐感，会让你的歌唱得更美，后来我哥哥帮我纠正了这种错觉。

“也许我会成为一个天主教徒。”我对哥哥说。我不敢在父母面前说这话。“天主教徒都是些疯子。”他说。信奉天主教的孩子们的学校，就在我们那条街的下一道街。冬天，男孩子们在他们上学的路上向他们掷雪球，而秋天和春天就向他们扔石子。“他们信仰圣母马利亚。”

我不知道那是什么意思，他也不知道。他说：“他们认为你要是不去做弥撒，就会变成狼。”

“你信吗？”我问他。

“我们没有去呀，”他回答我，“况且我们也没有变成狼。”

大概这就是他们不愿意花气力去寻找我父亲的缘故，他们感到害怕，他们认为他已经变成了狼。因为他从不做弥撒，他是最有可能变成狼的人。该死的英国佬，他们就是这个意思。他们相信，我们真的都该死。《魁北克民间故事》应该编撰一个狼人故事，也许原来真的有，只不过帕西沃尔先生把它给砍掉了，这类故事对他来说太粗鄙了。对于其它故事，他们采用了另一种方法加以处理：那些动物都有人的内心，它们剥下皮有如脱衣服那样容易。

我想起了乔后背上的毛，那是尚未进化的部分，像阑尾和小脚趾一样：我们不久就要进化为光秃秃的了。我喜欢他身上的毛，喜欢他那厚实的牙齿，宽阔的肩膀，窄窄的臀部，还有我的皮肤能感到肌肤组织的那双手，它们由于摆弄陶土而变得十分粗糙坚硬。他身上我所珍惜的东西好像都是肉体的，别的方面，或是不知，或是令人讨厌，或是荒唐可笑。我不大喜欢他的气质，他一会儿粗暴一会儿阴郁；我也不喜欢他随意地把那些过大的泥罐转来旋去，然后再把多余的部分抹去，在上面挖洞，捏拿，再劈开。这真不公平，他从不使用刀，只用他的手指，好多时候他只是把它们弄弯，再给它们定形。尽管如此，这些陶罐仍然缺乏令人愉悦的气质，没人欣赏它们：那些心有抱负的家庭妇女们，她们每星期两个晚上来向他学习制陶术——陶器和制陶432-A，只是想做一点儿印有雏菊图案的烟灰缸和盘子。仅有的几家手工艺品商店根本就不卖这些陶罐，并且也不打算进这种货。所以陶罐子便越来越多地堆放在已经杂乱不堪的地下室公寓里，就像零碎的记忆和被谋杀的替罪羊。我甚至不能用它们插花，因为水到半腰处就会流出来。它们唯一的功能便是确认乔追求非语言高雅艺术的严肃性：每次我出手一张招贴画或者接受一项新的业务，他就捣毁一个陶罐。

我想让我的第三个公主轻盈地跑过草地，因为纸张太湿了，画中的公主失去了控制，其臀部变得奇大。我试图把她改成一个有撑裙的公主来挽救这幅画，可还是失败了。于是我放弃了，心不在焉地在上面乱画一气，给她添上尖牙和八字胡，又在她的周围画上一些月亮和鱼，还画了一匹颈上长着短硬粗毛的正在咆哮的野狼，可这狼画得也不像，它更像一只过于肥大的牧羊犬。公主们的替代品是什么？家长们还会给他们的孩子们买什么？是具有人形的熊和会说话的猪。新教培养出了那些在学校里获得高分和所谓成功的人。

或许我喜欢的不仅仅是他的身体，或许我还爱他的失败，失败同样具有某种纯洁。

我把第三个公主揉成团，把沾有颜料的水倒入脏水桶，然后把画笔涮洗干净。我再次向窗户望去，大卫和乔仍在湖上，他们好像往回划了。安娜正沿着台阶往上走，肩上搭着毛巾。我透过纱门望着安娜，她走了进来。

“嗨，”她说，“做完什么事了吗？”

“一点儿。”我回答说。

她来到桌子旁边，把我揉皱的三位公主抚平。“画得不错呀。”她说，可口气听起来满不是那回事。

“这些都是画坏了的。”我解释说。

“哦。”她把三张纸翻过来，画面朝下。“你小时候就相信这玩艺吗？”她问我，“我是相信的。我认为我是个真正的公主，我会在城堡里终结我的一生，可他们不应该让小孩子看这样的东西。”她走到镜子前，开始按摩她的脸，然后踮起脚尖看看后背是否晒红了。“他当时在这儿做什么呢？”她突然问道。

过了一会儿，我才明白她问话的意思。我父亲，他的工作。“我不知道，”我回答她，“嘿，你懂的。”

她奇怪地看了我一眼，好似我违反了什么礼节。与此同时，她的问话使我感到困惑，因为她曾说过不该根据你从事的职业来判定一个人，而应该根据你是什么人。当他们问起她是做什么的，她就会大谈什么是流动，谈“是什么”而不是“做什么”。要是她不喜欢问话的人，她就说“我是大卫的妻子”。

“他在这儿生活。”我说。这差不多是事实，她听了很满意，然后进卧室换衣服去了。

一瞬间我对他以这种方式消失感到愤怒，他给人留下悬念，以至于他们问起此事时我几乎无言回答。假如他要去死，他应当死在人们的眼前，死在公开场合，这样人们就可以给他立一块碑，一了百了。

他们一定觉得离奇，像他这样年纪的人，一个人竟然能整个冬天呆在方圆十英里之外才有人家的木屋里。对此我从未怀疑，我认为这十分合理。他们总这样想，一旦可能就永久移居到这儿，在退休后，隔绝是他所向往的。他并不是不喜欢其他人，他只是觉得他们缺乏理性。他说过，动物反而是始终如一的，至少它们的行为是可预测的。对他来说，希特勒已经证明了这一点：不是罪恶的胜利，而是理智的失败。他同样觉得战争是无理性的，我的父母都是和平主义者。不论如何，如果可能的话，他参加战斗或许是为了捍卫科学。这是唯一把植物学者当作国家防务关键人物的国家。

事实上他逃避了。我们本有可能在那个有唯一锯木厂的小镇里生活到现在，可他却用敌对双方——城市和林地把我们分隔开来。在城里我们住在一连串的公寓里，而在林地中他为自己选择了一个他能找到的最偏僻的湖区。我哥哥出生时，还没有通到这里的路。对他来说，那个村庄也过于人口密集，他需要一个小岛，一个地点，一个能让他创造某种生活的地方，不是他的父辈们过的那种定居的农场生活，而是最早开拓者们过的那种生活。他们初来之时，除了森林什么都没有，除了他们带来的思想没有别的思想。他们说的“自由”，指的不是约定俗成的自由，他们指的是不受干扰的自由。

那一摞纸还在灯旁的书架上，我一直在回避它。倘若他还活着，我动它就是侵犯。可此时此刻，我假定他不在了，我就应该找一找他给我留下了什么。这是遗嘱执行人必须要做的。

我期待着报告之类的东西出现，比如树木生长或树病的情况，以及未完成的事项，可第一页出现的竟然是一只手的轮廓，是用毡笔或画笔画的，还有一些记号：几个数字、一个名字。我翻了翻下面的几页，画的全是手，然后是一个僵硬的小孩模样的人形，没有脸，也没有手和脚。下一页画的好似一个动物，头上长着两个东西，树枝或鹿角什么的。每页纸上都写有数字，有些纸上还有几个潦草的字：**莱切斯红色服装尚有剩余**。显然我无法弄清其含义。那笔迹确实是我父亲的，只是与以前的字迹略有不同，写得更快或更漫不经心了。

我听到外面传来了木头间的撞击声，那是独木舟靠上了船坞，只是他们靠岸的速度太快了，随即我听到他们的笑声。我把那摞纸放回书架上，我不想让他们看见。

这就是他整个冬天所做的一切。他把自己关在屋子里画这些难以辨认的图画。我坐在桌旁，心跳加快，好似我打开一个自认为是空空的柜橱，里面竟然出现了不该有的东西，一只爪子或一根骨头。有这种被忽视的可能：他精神失常了。发疯，变成傻瓜。“森林迷惘”，就是你独自一人在森林中呆的时间太长而出现的失常行为。设陷阱的猎人们就是如此称呼这一现象的。要是他真的精神失常，或许他就没有死：没有一成不变的规则。

安娜走出卧室，又穿上了牛仔裤和衬衫。她在镜子前梳头，她的发梢呈淡色，根部却很黑。她一边梳头一边哼着《你是我的阳光》这首歌，烟雾从她的香烟上旋绕着升起。帮帮忙吧，我默默地看着她，说些什么。果然，她说话了。

“晚饭吃什么？”她问我，随即她摆了摆手，“他们回来了。”

# 第七章

晚饭时我们喝光了啤酒。大卫说他想去钓鱼，因为这是最后一晚了，所以我让安娜洗盘子，自己一个人拿着铁锹和空豌豆听罐来到菜园里。

我在肥料堆旁杂草茂密的地方挖了起来，先把泥土掀开、敲碎，然后用手指把蚯蚓过滤出来。这里的泥土十分肥沃，蚯蚓纷纷钻了出来，有红色的，也有粉色的。

谁也不喜欢我
人人都讨厌我
我要到菜园里去吃蚯蚓

他们经常在课间休息时反复唱这首歌：本意是一种侮辱，但蚯蚓或许真的是可食的。到了钓鱼季节，蚯蚓和苹果同样在路边被兜售，可以卖到五分钱。后来涨价了，涨了一倍。法语课上我把“自由体诗”翻译成了“免费蚯蚓”，她当时真的以为我很聪明呢。

我把蚯蚓放到听罐里，又往里面添了点儿土。我手捂着罐口开始往回走，走到木屋时蚯蚓蠕动着要爬出罐口，它们竟想重获自由。我从装食品的纸袋上撕下一块，做了个纸盖，然后用橡皮筋把它固定在罐口上。母亲是个喜好收藏的人：橡皮筋、线绳、别针、果酱罐子。在她心中，大萧条永未过去。

大卫把借来的钓鱼竿一节一节地连接起来，虽说这鱼竿是玻璃纤维的，可我仍然信不过它的拉力。我把金属钓鱼竿从墙上的挂钩上摘下。“给你这个，”我对大卫说，“你那鱼竿只能在岸上钓鱼。”

“告诉我怎样把灯点上？”安娜说，“我要在这儿看书。”

我不想让她独自一人呆在屋里。我担心的是我父亲，他可能就在岛上的某个地方隐藏着，也许他会被灯光吸引过来，像一只乱闯的飞蛾在窗前盘桓。或者说，要是他清醒的话，他会问她是谁，会叫她离开他的屋子。只要我们四个人都在，他就会远远地躲开，他从不喜欢人群。

“多可怜的消遣。”大卫说。

我对安娜说独木舟需要她压重，否则就不稳。显然这是个谎话，因为她的加入已经使独木舟超过负荷，可她竟然相信了我的话，认为我是内行。

他们登上独木舟时，我又返回菜园捉了一只小小的斑点青蛙，这是应付钓鱼不时之需的最后一招。我把青蛙放进果酱罐子里，在盖子上面戳几个洞给青蛙透气。

我们带上渔具箱，还有蚯蚓罐子和装青蛙的小罐，刀和吸收鱼血的欧洲蕨叶。渔具箱散发出腐鱼的臭味，那是好久以前的战利品遗留的味道。乔坐在船头，他身后是安娜，穿着一件救生衣面对着我；大卫也穿了一件救生衣，背对着我，他的腿与安娜的腿相互交叉。在把独木舟划离湖岸之前，我把一个红玉色的玻璃球状的金银色旋式诱饵装在了大卫的鱼钩的上端，然后又穿上了一条蚯蚓。蚯蚓诱人地翻着跟头，两端打着卷儿。

“哎呀。”安娜叫了一声，她看到了我在干什么。

“那不会伤害它们的，”我哥哥说，“它们感觉不到。”“那它们为什么要蠕动呢？”我问他。他说那是神经紧张的缘故。

“不管发生什么事，”我告诉他们，“千万要呆在独木舟的中间。”我们小心翼翼地划出水湾。独木舟已大大超载：我已好多年没划独木舟了，我的肌肉变得松弛无力。乔划着桨，好像用一把长勺子搅动着湖水，而且我们的重量都偏向船头，只是他们感觉不到而已。我想，我们不以钓鱼为生倒是一件好事：忍饥挨饿，咬破手臂，吸吮鲜血，那就是困在救生艇上的人们的所作所为；或者像印第安人那样，要是没有钓饵，干脆就从自己身上割下一块肉。

岛岸线在我们身后退去，他不会追随我们到湖上的。树林那边的天空，一条条鲭鱼样子的云彩扩散开来，有如颜料滴洒在潮湿的纸页上。湖面上没有风，下雨前的空气十分柔和。鱼儿欢喜，蚊虫也欢喜。我无法使用杀虫喷剂，它会沾到钓饵上，鱼儿闻到它的气味就不会上钩。

我划着独木舟沿岸漂流。一只蓝色苍鹭在水湾那边捕鱼，突然它腾空而起，在我们头上掠过，脖子和嘴喙向前伸展，两条长腿向后蹬去，就像一条插上翅膀的蛇。它发现了我们，发出翼龙般动物的呱呱声，然后向东南方高高飞去，那儿是它们的栖息地，它肯定还在。现在，我不得不把注意力更多地集中在大卫身上。铜色的钓线斜插入水中，激起一片小小的涟漪。

“有什么动静吗？”我问大卫。

“只是稍微有点儿跳动。”

“那是假饵在转动，”我说，“把竿梢再往下坠坠。如果你感到有轻微咬动的话，稍候片刻，然后往上一拉，明白了吗？”

“好的。”他回答说。

我的手臂已经没劲了。身后传来青蛙跳跃的扑扑声，它正用它的头部去顶撞罐子盖呢。

我们划近陡峭的悬崖边时，我告诉大卫把钓线收回来。我们要停船垂钓，他可以用他自己的鱼竿了。

“安娜，快躺下，”他说，“我要用自己的鱼竿钓鱼。”

安娜说：“噢，上帝呀，你什么事都得躺着做，是不是？”

大卫朝她轻笑了几声，然后收回钓线。水珠从钓线上纷纷滴落，发出苍白亮光的匙状假饵在出水的一瞬间摇曳了一下。钓钩拉了上来，我发现蚯蚓已不见踪迹。鱼钩上只剩下一层蚯蚓外皮。我过去常常迷惑不解：看起来有着原始非洲人崇拜偶像的双眼的诱饵怎能欺骗得了鱼儿，也许它们真的学精了。

# 第七章

我们恰好在峭壁的对面，笔直的灰白色石板就像一块纪念碑，摇摇欲坠地在那里悬垂着，而突兀的壁岩好似一个半悬的台阶，它的缝隙里长着棕褐色的苔藓。我把一个铅坠、另一个假饵和一条新的蚯蚓固定在大卫的钓钩线上，然后把它抛出。那蚯蚓往下坠落，起初是粉红色，然后变成粉褐色，渐渐隐没在峭壁下的阴影中。黑色鱼雷状的鱼儿看见了蚯蚓，嗅了嗅它，然后用鼻尖去戳它。我就像别人相信上帝那样相信鱼儿的存在：虽然看不见它们，但我知道它们肯定在水下。

“坐着别动。”我对安娜说。这时她正不安地要移动身子，鱼是能听见响动的。

天空渐渐暗了下来，四周一片静悄悄。那边的森林里传来画眉的叫声，它们只在黄昏时分才鸣叫。大卫的胳膊上下移动着。

我看一点动静都没有，就让他把钓线收回，蚯蚓又不知哪去了。我抓出那只青蛙，这是我的杀手锏。尽管青蛙一个劲地挣扎，我还是把它牢牢地穿在钓钩上。以前钓鱼时总是别人帮我做这件事。

“天啊，你这个冷血动物。”安娜说。那青蛙潜入水中，好似一个游水者蹬着双腿。

每个人都凝神屏息，就连安娜也是：他们意识到这是我孤注一掷的最后招数。我紧盯着水面，这时刻总是该祈祷一番才好。我哥哥靠技巧钓鱼，他能猜透鱼儿，可我靠祈祷钓鱼，听：

在天国的我父

请让鱼儿上钩

后来，我知道我的做法行不通，因为只凭诸如请上钩这样的咒语或催眠是不起作用的。他钓的鱼多，但我假装我的鱼儿愿意上钩。鱼儿选择了死亡，且事先已原谅了我。

我开始想，青蛙也不灵了。然而，祈祷的魔力并未消失，钓竿像占卜者的魔棍突然弯曲起来，安娜也惊讶地大叫一声。

我说："紧紧抓牢钓线。"可大卫毫不在意，他像魔术师一样缓慢地收着钓线，嘴里还自言自语地叨念着"喔，喔"。果真，一条鱼浮出水面，那鱼儿跃起，清晰可见，就像吧台上面镶有框边的一幅鱼的照片在空中移动。随即它潜入水中，拉走钓线，钓线不再绷紧，接着它往回挣脱，试图摆脱钓线。就在它再次跃起之时，大卫使尽力气猛拉钓竿，那鱼顺势荡了过来，掉进独木舟里。真是愚蠢的举动，他差点让那鱼儿脱钩。鱼正好落在安娜的头顶上方，她吓得东倒西歪，尖叫着"把它拿开！把它拿开！"一时间独木舟几乎倾翻。乔说了声"该死"，随即抓住侧舷，而我马上向另一边倾斜过去，总算使独木舟保持住了平衡。大卫赶紧去抓那条鱼。鱼从独木舟的肋骨上滑过，翻滚着，噼啪乱响。

"快，"我说，"击打它的眼睛后面。"我把带刀鞘的刀递给大卫，我不愿意亲手杀死这条鱼。

## 第七章

他朝鱼砍了过去，但没击中。安娜蒙住双眼，嘴里叫着“唷，唷”。那鱼滚跳着冲我而来，我一脚踩上去，迅速地夺过刀，用刀柄使劲地击打它，一下子就把脑壳给砸碎了，眼看着它全身痉挛，要了它的命。

“这是什么家伙？”大卫问道，震惊地看着他钓上来的东西，同时也显出颇感自豪的神色。他们都大笑起来，那是因为胜利而感到的轻松、欢喜，与战争结束时纪录短片上的游行情形一模一样。他们的兴奋感染了我，我也高兴起来。他们的声音回荡在悬崖峭壁中。

“它的眼珠突出，”我说，“是梭鱼。我们把它当早餐吃好啦。”

这真是一条大鱼。我把它拎起来，手指钩在鳃下，紧紧地把它抓在手中。这种鱼即使死了也还会咬人或突然挣脱。我把它放到欧洲蕨叶上面，然后把刀和双手洗净。它的一只眼睛突了出来，我感到有点儿恶心，它毕竟是我亲手杀死的，是我把它置于死地的。但我明白，这种感受很不合理，杀死某种东西没什么了不得的，比如食物和敌人，鱼和蚊虫，再比如黄蜂，它们太多时你就该把开水灌入它们的巢穴。“你不惹它们，它们也不会惹你。”母亲在黄蜂飞落盘子上时常常这么说。那还是这木屋没有建成之前的事，我们住在外面的帐篷里。父亲说它们总是周期性地出现。

“不赖吧？”大卫对另外两人说。他很兴奋，他要别人称颂他。“唷，”安娜说，“它又黏又滑，我可不想吃。”乔咕哝了几声，我想他有些嫉妒。

大卫还想再钓上一条。这就好比是赌博，你输光了才肯罢休，我并没提醒他我已经没有那种魔力青蛙了。我拿出一条蚯蚓，让他自己把它穿到钓钩上。

他又钓了一会儿，但不再有好运气了。正当安娜开始变得烦躁不安的时候，我听见了一阵轰鸣声，那是摩托艇发出的声音。我侧耳倾听，它也许是驶向别处的，但它绕过岬角后，那马达声变成了吼叫，向我们驶来。那是一艘大机动艇，雪白的湖水从船头呈V字形翻滚而来。引擎熄灭，它在我们旁边急停下来，掀起的水浪使我们的独木舟剧烈地摇晃。船头、船尾各插一面美国国旗，两个面相似哈巴狗但穿戴时髦的买卖人站在上面，他们看起来不大高兴，另外一位是衣衫不整、面容瘦削的乡村向导。我认出来那是汽车旅馆的克劳德，他沉着脸看着我们，觉得我们好像在他的禁地上偷猎。

“钓到什么了吗？”其中一个美国人喊道，他的牙齿外露，友好得像鲨鱼。

我说“什么也没钓着”，然后我用脚轻轻踩了一下大卫。他想要据实而答。要是说了真话，就有可能遭来嫉恨。

另一个美国人把雪茄烟头抛出侧舷。“这看上去不是个什么好地方。”他对克劳德说。

“曾经可是个好地方呢。”克劳德回答道。

## 第七章

“明年我打算去佛罗里达。”第一个美国人接着说。

“把钓线收起来吧。”我对大卫说。现在呆在这里已没有什么意义了，要是他们钓到一条鱼，他们整晚上都会泡在这里。如果十五分钟内他们什么也没弄到，他们就会发动他们的船，加足马力在湖里兜圈子，想要把湖里的鱼都震晕过去。他们弄鱼绝不是为了要自己吃，要是他们能把鱼带走的话，他们甚至会用炸药的。

我们过去总认为他们美国人没有恶意，滑稽幽默，虽有些笨拙，倒也不失可爱，就像艾森豪威尔总统一样。有一次，在去椴树湖的路上我们就碰见两个美国人。他们当时正在两条水路间的陆地交通线上搬运铁皮摩托艇和发动机，一旦进入内陆湖，他们就用不着用桨划船了。我们刚听见他们穿行在低矮的灌木丛中发出沙沙声的时候，还以为他们是熊呢。另外一次，那个美国人的手里拿着绕线轮出现在我们面前，还踏进了我们的篝火，把他的新靴子烤焦了。他钓鱼时，把一个裹在透明塑料袋里的假鱼饵抛到了水湾另一侧的灌木林里。我们在背后嘲笑他，问他是不是在捕捉松鼠，但他毫不在乎，还给我们看他的自动打火机和带有可折叠把手的炊具，以及可折叠的躺椅。他们美国人喜欢所有能折叠的东西。

回去的路上我们紧靠湖岸而行。我们避开广阔的湖面，生怕那些美国人让他们的船吼叫着贴着我们的独木舟驶过——他们常常以此为乐，掀起的波浪足以使我们的独木舟倾覆。我们差不多划行了一半的路程，他们突然离去了，就像一部最新影片中的“火星人”那样，消失得无影无踪，我感到一阵轻松。

我们返回后，我首先要把鱼挂起来，然后把鱼鳞刮掉，再用肥皂把我手上的胳肢窝汗味般的咸味洗掉。我还要点灯，起火，煮些可可。抵达这地方后，我第一次感到惬意，因为我们明天就要离去。此后，我父亲将独自一人拥有这小岛。变得精神错乱纯属个人私事，我尊重人们自己的选择。不管他怎样地活着，这里终究比一个什么公共养老机构要好。在我们离去之前，我要把他画的东西烧掉，那是发疯的证据。

太阳已经西沉，我们在黄昏中慢悠悠地往回划着独木舟。远处传来潜鸟的叫声，蝙蝠从身旁嗖嗖地掠过湖面。此刻，湖水一片平静。湖岸上的一切，灰白色的石头和枯树，在大自然的黑色镜子上重重叠叠。我们的周围，是那无限空间或根本不存在空间的幻影，是我们自己，是我们似乎可以触摸到的、依稀可辨的湖岸，是介于虚无之间的湖水。独木舟的倒影与我们相伴而行，船桨在湖水里形成叠影。我们仿佛在空中飘荡，身下没有支撑，我们悬浮在空中，向家的方向飘去。

# 第八章

一大早乔就把我给惊醒了。他的手在任何情况下都是极灵敏的，像盲人触摸着读盲文，娴熟地在我的身体上轻轻地抚摸着，好似塑造花瓶一样；它们在了解我，它们在重复着他先前试过的那些花样，它们已发现能够引起反应的部位；我的身体也应和着它们，期待着他，已被教化，像灵敏的打字机。要是你不了解它们，倒也不是什么坏事。我突然记起一句话，尽管当时被认为是笑话，但现在听来却让人感到伤心。一次高中舞会结束后，一个坐在车子里的人说了这么一句：头上蒙个纸袋，谁还不是一样。那时我并没理解其中的含义，可打那以后，我就一直琢磨这句话。它实际上几乎与上衣有袖子一样简单：两个人用纸袋蒙住头做爱，甚至连一个眼睛洞孔也没有。是好还是不好呢？

我们做完爱，休息了片刻，然后我起床穿好衣服，准备去做鱼。鱼在室外风干了一整夜，绳子穿过鱼鳃后被系挂在了树枝上，这样，食腐动物、浣熊、水獭、水貂、黄鼠狼都够不到它。一粒鱼屎，好像鸟粪，只不过更褐些，从肛门处挤了出来。我把绳子解开，把鱼拿到湖边洗净，再把它切成鱼肉片。

我跪在湖边一块平整的石头上，身旁是刀和装鱼肉片的盘子。我从来都不收拾鱼，过去总是别人干这事，我哥哥或是父亲。我切掉鱼头和鱼尾，然后把鱼腹剖开，把它分为两半。鱼肚子里面有一条没完全消化的水蛭，还有一些小龙虾的残骸。我从鱼的脊骨处把它劈为两半，又沿着鱼的两条侧鳍把它切成四块。鱼肉白中带蓝，呈半透明状。鱼的内脏将埋到菜园子里，它们是上好的肥料。

我正洗着鱼片，大卫慢悠悠地走到船坞上，手里拿着牙刷。“嗨，”他向我打着招呼，“是我钓的鱼吧？”他饶有兴致地看着盘中的鱼内脏。“别扔掉，”他说，“这就是随意取样。”他把乔喊来并拿来了摄影机，他们俩非常庄重地把鱼的内脏、萎缩的膀胱、管状器官和软软的韧筋都给拍了下来，然后又重新摆放它们，从更好的角度拍摄。大卫从来没想到有人会用一台布朗尼摄影机给他拍下手擎鱼尾巴、龇牙咧嘴的镜头，他也没有想到能够填充鱼腹并把它制成标本。可是，他要使鱼不朽，他要以自己的方式使其不朽。相册里，也有我的照片，我不断出现的身影如同夹在字典中的花朵一样被保存起来，被压得平平整整。那是她保存下来的另一本书，一本皮革相册，像是一本日记的历程日志。我那时讨厌一动不动地站着，等待着相机的咔嚓声。

我用面粉把鱼肉片和好，再把它们煎熟，与熏肉条一起作为早餐。“美味佳肴啊，好鱼好肉，仁慈的上帝，让我们吃。”大卫说着。过了一会儿，他咂着嘴说道：“城里绝对不能享受到这等美食。”

安娜回答说：“当然可以，你可以吃冻鱼冻肉。这年头在城里能买到的东西可是应有尽有。”

早餐后，我走进我的房间，开始打点行装。隔着胶合板墙，我听见安娜的踱步声，添加咖啡的声音，还有大卫在沙发上伸懒腰发出吱嘎吱嘎的响声。

也许我该把所有的床上用品、毛巾和被遗弃的衣服都叠起来，然后把它们打包带回去。没人会在这里居住，飞蛾和老鼠早晚会搬进来筑巢安家。要是他决定再也不回来了，我想这些东西都应归我所有，或者一半归我，另一半归我哥哥。但我哥哥绝不会要这些东西，自他离开以后，他也像我一样尽可能地远离他们。我哥哥生活得很好，他尽可能地有多远走多远：如果把一枚毛衣针笔直地插进地下穿过地球，针尖冒出的地方便是他现在的所在。他已在澳大利亚内陆定居，那里是难得一去的地方，甚至他现在还没有收到我的去信呢。他为一家大的国际公司勘探矿产以取得开采权，是一位勘探人员。我无法相信这些鬼话，自我们长大后，他从来没做过一件我觉得是真实的事。

“我喜欢这儿。”大卫说。另外两人一声不吭，毫无反应。“让我们在这儿再呆一段时间吧，一周怎么样，那可太棒了。”

“你不是得参加那个研讨会吗？”安娜疑惑地问道，“人类和他们的电环境，还是别的什么？”

“那是‘电气化’，不过要等到八月份。”

“我想我们不应该呆下去。”安娜说。

“你怎么总不让我们做我想做的事呢？”大卫说。随后，他接着问：“你什么意见？”乔回答说：“我没问题。”

“好极了，”大卫说，“我们可以多钓些鱼。”

我坐在床上。他们应该先征求一下我的意见，这是我的房子。或许他们要等到与我照面后再问我，假如我说我不想呆下去的话，他们也不会勉强想留下来，可我能给出什么理由呢？我不能告诉他们这是我父亲的缘故，我不能违背他的意愿。不管我说什么，他们都会识破我编造的谎言。我可以拿工作为借口加以拒绝，但他们知道我把工作带来了。我可以独自一人与伊文斯一同离去，但我最远也只能回到那个村庄：汽车是大卫的，我得把钥匙偷出来。此外，我还得不断地提醒我自己，我从未学过开车。

“我的烟都快抽没了。”安娜做出最后一次软弱无力的抵抗。

“那才对你有好处，”大卫兴高采烈地说，“抽烟是令人讨厌的习惯。不抽烟可以恢复健康。”他比我们三个年长，已是三十开外的人了，开始为健康感到担心。每每他拍着自己的肚子，然后说“大肚皮草包”。

“我会发脾气的。”安娜说。但大卫只是笑了笑，接着说：“你试试吧。”

我可以告诉他们食物已所剩无几，但他们会发现那也是个谎言，因为有一菜园子的蔬菜，橱架上还有一排排的罐头、腌牛肉、猪肉罐头、熟的听装豌豆、鸡肉、奶粉，应有尽有。

我走到门口，打开门。“不管是走是留，得先付伊文斯五元钱。”我对他们说。

他们顿时吃了一惊，意识到我偷听了他们的谈话。大卫爽快地说：“小事一桩。”他很快地瞥了我一眼，脸上漾起胜利和被应允的喜悦，好像他刚刚赢得了什么：不是战争，而是彩票。

伊文斯在约定的时间准时到来，大卫和乔走到船坞上和他商量着什么。我警告他们不要提钓到鱼的事：如果他们说出来，这片湖区就会拥来无数的美国人，他们传播消息的方式快得不可思议，就像成群的蚂蚁拥向糖块或小龙虾奔向食物。几分钟后，我听见那小艇又发动起来，加速，消失。伊文斯离去了。

我躲进厕所把自己闩在里面，不仅躲开了伊文斯，也避免向他们三个解释、商量什么。厕所是我躲掉我不想做的什么事的地方，譬如逃避去菜园拔草。这个厕所是后来建的，旧的那间已废弃不用了。它是用原木搭起来的，是我和我哥哥一起挖的茅坑，他用铁锹挖，我用水桶把沙土拉上来。有一次一头豪猪掉了进去，豪猪喜欢咬嚼斧头柄和马桶坐圈。

在城里我从不躲到卫生间里去。我不喜欢卫生间，它们过分坚硬、惨白。在城里我唯一记得躲起来的地方，是藏在生日晚会上开着的门后面。我讨厌那些客人，讨厌她们穿的包厢紫色的天鹅绒服装，上面有沙发背套似的饰带领子，讨厌那些礼物，以及打开礼物时听到的羡慕的啧啧之声，也讨厌那些毫无意思的游戏，找顶针之类的，以及记住托盘上乱七八糟的东西。这时候你不是赢家就是失败者。母亲们尽可能地大做手脚，结果人人都得到了奖品，可她们不知道拿我怎么办，因为我不想玩任何游戏。一开始，我干脆就想跑开不想参加，但后来母亲说我必须去，我得学会礼貌，学会她所说的“文明举止”。于是，我躲在门后面窥视。最后我玩了一场叫做“音乐椅子”的游戏，我因为得胜而受到欢呼，就像一个宗教皈依者或政治叛徒。

有些人则感到失望，虽说他们发现我的寄居蟹式的逃避习惯很逗人发笑，虽说他们发现我总的来说还是挺有意思的。每年十月或十一月我去不同的学校上学，那时候第一场大雪刚刚飘落到湖里。我成了最不懂当地风俗习惯的人，好像来自另外的文化地区：对我，他们可以随便地恶作剧，耍弄彼此早已用腻了的折磨人的小把戏。放学后，男孩们追逐着女孩把她们逮住，然后用她们的跳绳把她们捆起来，而我常常成为他们故意忘记松绑的人。许多天的下午我都被绑在栅栏上、门上或就近的树上，总是期待着经过那地方的好心人替我把绳子解开。没想到我后来竟成为一名逃脱高手，特别擅长解各种绳扣。天气晴朗的日子，他们总聚在一起，为抓到我而展开竞争。

“亚当、夏娃，还有我”，他们喊道：

一起到河边游泳去，

## 第八章

**亚当和夏娃落水了，**

**结果你认为该救谁？**

“我不知道。”我回答说。

“你必须回答，”他们说，“这是规则。”

“亚当和夏娃，”我不无灵巧地说，“他俩都该救。”

“如果你说不上来的话，我们就不跟你玩。”他们说。交际的迟钝就像智力的迟钝，会引起其他人的反感，也会引起他们的怜悯，甚至还会引起要折磨你和让你改过的渴望。

我哥哥当时更惨，母亲告诉他打架不对，所以他每天回家身上总有被打的痕迹。最后，母亲作了让步，她说，可以打架，但只有在别人先动手后才可以还手。

我在主日学校学习的时间很短。一个女孩告诉我她祈祷要得到穿着一双花样冰鞋以及衣服上有天鹅绒饰边的巴巴拉·安·斯科特玩具娃娃，结果她生日那天果真得到了一个。于是我也决定祷告，不过不是说上帝祷语或钓鱼祷词，我要得到实实在在的东西。我祈祷别人看不见我，可第二天每个人仍然能看见我，我知道他们选错了上帝。

一只蚊子飞落到我的手臂上，我视而不见，让它咬我，直到它吸足了血，腹部胀成个圆球，我才用拇指捻死它，像捏扁一颗葡萄。蚊子产卵前需要吮吸足够的血做养料。这时，丝丝轻风透过挂有纱窗的窗户吹进来，这里确实比城市感觉要好，城里到处充斥着排气管排出的难闻的烟雾，还有潮湿的热浪和地铁里烧焦的橡胶味。你只要到外面走上一圈，你的皮肤就会凝结上一层黄褐色的油脂。我怎么在城里住了那么长的时间，那可不是安全的地方。我总感到这里才有真正的安全，甚至夜里也很安全。

那是谎言，我听到自己在大声地反驳我自己。我努力地想着，仔细地思考着，它确实是一个谎言：有时我感到害怕极了，走在小径上时，我把手电筒灯光打照在我身前，我会听见林子中传来的沙沙响声，我知道什么东西在追踪我，一只熊或一只狼，要是别的叫不上名字的什么动物，就让我更加害怕。

我打量着墙壁、窗户，它们还是老样子，没什么变化。然而，它们的形状并不十分准确，好似一切都有点歪歪斜斜。我得小心提防我的记忆了。我必须断定那是我自己的记忆，不是别人告诉我的——我感觉到了什么，我怎样做的，我说了什么：如果事情本身是错的，我记起它们的感觉也肯定是错的，因为我会虚构它们，这样就无法纠正了，用来帮助记忆的人已不复存在。我随即重新审视起我的记忆版本，还有我的生活，就像对托辞进行复核。记忆吻合在我离开前的那一刻。随后，是停滞的记忆，宛如被越过去的一段足迹，有一段时间我失去了记忆，一片空白；甚至我准确的年龄。我闭起眼睛想，是多大？能记起过去而记不住现在，意味着你衰老了。

我拒绝使自己惊惶失措，我强迫自己睁开双眼，让我的双手动作，上面刻记着我的生活，是参照符号：我展开手掌，条条手纹如涓涓细流般地延伸。我全神贯注凝视着窗旁的蜘蛛网，上面被缚住的苍蝇外壳在阳光的反射下熠熠发亮，我嘴里念叨着我的名字，像念咒语一般地重复着……

就在这时，有人敲门。“完了没有？让人家把你揪出来吗？”一个声音叫道，是大卫。我听出了他的声音，如释重负，我恢复了常态。

“等一会儿。”我说。他又敲了敲门说：“大便得快点。”然后发出一阵啄木鸟般的笑声。

午饭前我告诉他们我准备去游泳。他们都不想去，他们说游泳太冷了。没错，湖水太冷，像冰水一样。我不该独自去游泳，大人们警告过我们，我可能会痉挛、抽筋的。

过去我经常一跑到船坞边就跳下去，那感觉如心脏病发作或遭闪电雷击，可当我向湖边走去时，我发现自己不再有那份勇气了。

这儿曾是我哥哥溺水的地方，他被救起纯属偶然。如果当时有风，母亲就听不到他落水时的声响了。她弯下身子，伸手抓住他的头发，把他拽上来，然后又把他肚子里的水控出去。他的溺水并不像我想象的那样对他产生了多大的影响，他甚至都记不起来了。这事如果发生在我身上，我就会觉得我身上定有什么特殊的东西，毕竟从死神那里转了一圈。我可能会带着什么秘密回来，我可能知道大多数人不知道的东西。

说完那段经历，我问我们的母亲，如果她没能把他救起的话，他会到什么地方去。她说她不知道。父亲对什么事都作出解释，母亲从不这样。她的回答反而使我更加确信她知道答案，只是她不愿意说出来罢了。“他会不会在坟墓里呢？”我说道。当时学校也流行着一首有关坟墓的歌谣：

把他搁在面包盘上，
猛击一下他的下颚；
现在他躺在坟墓里，
呜呼！呜呼！呜呼！

“没人知道。”她回答说。她当时正擀着馅饼面皮，赶忙塞给我一块面团，便把我给打发了。相反，我父亲肯定会说：“是的。”他说你的大脑死了，人就活不了。我不知道他是否还这么认为。

我走下船坞，从岸边缓慢地走入水中，轻轻地把湖水撩到肩上和颈上。我的大腿感到一阵冷意，双脚踩在了沙子、树枝和沉积的树叶上。过去我总是跳入水中沿岸潜行，睁开双眼，贴着湖底向前游去，一段距离后，我的身体变得模糊不清，逐渐消融。要是在湖水深处，我会从独木舟或木筏上往下跳，然后在水中翻过身来向上浮去，水泡从我嘴里冒出来。我们常常在水里呆到皮肤变得麻木或呈现怪怪的青紫色时，才停下来。

那时候我一定是个超人，可现在，我不行了。也许我衰老了，终于变老了，这可能吗？

我站在水中，全身发颤。我看着水中的影子，看着影子底部的双脚，它们像沙地上的鱼肉片那样雪白。过了好一会儿，我才意识到：身体裸露在湖水之外远比在水中难受，于是我弯下腰，好不情愿地潜入水中。

# 第二部

# 第九章

问题完全出在我们身体顶端的头颅上。我对身体和头颅并不反感，我只讨厌脖子，因它给人以身体和头颅相分离的幻觉。我们使用的语言是错误的，不应该使用不同的名称来称呼人体的不同部位。如果人的脑袋像蚯蚓或青蛙那样直接与肩膀相连，没有中间的收缩和对接环节，人就不能低头看到自己的身体，不能转来转去，就好像是机器人或木偶一般。人们肯定会意识到这一点：一旦头颅与身体相分离，两者都必死无疑。

我搞不懂从何时开始，对自己以及身体的真实性表示出怀疑：我是什么，我的身体会变成什么。它部分地快速来临，像菖蒲、像蘑菇一样展开又突然长大，可它就在我的身体内部，其证据只不过需要再次诠释罢了。以我现在的情形看，似乎我已然知道了一切，时间就像浓缩在渐暗的卧室里放在我膝盖上紧握的拳头，我的手心掌控着线索、办法和我必须要行动的力量。

我理解得很差，解释得十分糟糕，这全是方言的问题，我本该使用我自己的语言。在对儿童所做的实验中，人们把他们和那些又聋又哑的保姆一起隔离并锁在房间里，不让他们有说话的机会，结果发现过了某一年龄段，大脑便不再接受任何语言了。可是，人们又怎能断定那些儿童没有发明只有他们彼此才懂的另一种语言呢？下面的情形在绿色封皮的中学课本《你的健康》中可以看到，与白痴和甲状腺缺乏症病人并列在一起的，是跛足、畸形症病人的照片。它们是典型的病例，他们的眼睛打上了黑色方框，就像被判了刑的罪犯：这些是唯一被认定还算适宜我们看的裸体照片。除此之外，还有图表，用箭头和记号标示的透明图，以及某种海洋生物样子的紫色卵巢和梨子一样的子宫。

我听到他们三个说话、洗牌和甩牌，声音透过关闭的门传了过来。录音般的笑声，好似与生俱来，微型磁带和开关按钮隐藏在胸腔里，随时倒带。

那天，伊文斯刚一离去，我就感到心神不定：岛上并不安全，我们被困在这里了。虽然他们没有意识到，可我心里清楚得很，我得对他们负责。我感觉到一双眼睛正注视着我，他的身影就潜伏在那道绿色屏障的后面，随时准备猛扑过来或仓皇逃走，他的行为真是不可预测，我得想办法使他们脱离危险。只要他们不单独出门，他们就会平安无事。他也许不会伤害人，但我不敢肯定。

吃过午饭，我抓了些面包屑放到喂鸟的盘子里。松鸦鸟已经发现木屋里有人居住，它们很聪明，猜到盘子旁有人就意味着有东西吃。或许其中的几只老鸟还能记得我母亲伸出双手的身影。此刻，三两只鸟正在放哨，远远地呆在捕捉不到它们的地方，小心翼翼的。

乔跟着我走了出来，看着我撒面包屑。他双手抓住我的胳膊，皱着眉头望着我，这意味着他有话要对我说：要他说话可不是件容易的事，就好像要他进行一场搏斗，词汇堆集在他的胡须后面，一字一顿，像坦克一样笨重、不灵活。他抓住我的手正要痉挛抖动时，大卫手拿着斧子及时地出现了。

“嘿，女主人，”他说，“我看你的柴堆越来越矮了。你需要个帮手吧。”

他要做些有用的事，这绝对没错。要是我们在这儿呆上一星期，我们就得补充给养。我告诉他去砍些还未倒下的枯树，不要那些枯死得太久或腐烂的。“好的，太太。”他说着，滑稽可笑地给我行了个礼。

乔拿起那把短柄小斧跟他一起去砍柴了。他俩都是城里人，真担心他们不小心会砍了自己的脚。不过这也未尝不是条出路，我思忖着，那样我们就不得不赶回城里。我不必警告他们要提防他，他们手中有武器，而他显然也会看到的，自然就会躲开、跑掉。

他俩消失在小径上，隐没于林中，我说我要到菜园里去拔草，这是另一项必须要做的事。我想要一直忙个不停，至少得保持井然有序的样子，为的是掩盖我内心的恐惧，既不让他们仨觉察到，也不让他看出来。像爱一样，恐惧也有自己的气味。

安娜看出来我需要帮忙，于是她放下那本凶杀谜案小说，掐灭了抽了一半的香烟，她现在抽烟不得不实施“配给”了。我们扎上头巾，然后我到工具棚去取草耙。

菜园里阳光直射，热得蒸汽直冒，有如湿热的温室。我们蹲在地上开始拔草，杂草根深牢固，很难拔出来。杂草要么与一大块泥土一同拔出，要么折断了茎柄，留下根部在土壤里以待复生。我在热乎乎的土里挖着杂草根须，手上沾满了它们的绿色浆液。不久，蔬菜便显露出来，它们大多矮小苍白，只不过还没有完全被杂草围剿扼杀。我们用草耙把拔下的杂草拢在一起，堆放在垄沟中，看着它们慢慢地枯萎，渐渐地死去。这些草马上就会像巫婆一样被烧死，它们再也不能重现。几只蚊子和鹿蝇在周围飞来飞去，它们瞪着七彩斑斓的眼睛，它们的刺如同灼热的针。

我不时地停下来，注视着菜园的栅栏和边沿处，可没人出现。也许他变得让人认不出来了，他从前的模样，因年老、疯颠和久居森林已然发生巨大改变：穿着一身腐烂的破布衣服，脸上的皮肤粘着杂乱的朽叶。我想，一切将很快成为历史。

他们花了好几年才建成这个菜园，原来的土地多沙贫瘠，不适合耕种。这块长方形的菜园是人工筑成的，是技艺和一锹锹混合肥料的结晶，黑色的腐殖土从沼泽地里挖来，马粪用小船从伐木场运来，那时在冬天人们用马车把原木拉到结冰的湖面上。我的父母把粪肥装在一蒲式耳容积的篮子里，用手推车把粪肥运回来，手推车的两端横钉着木板，两端上翘着。

## 第九章

我还能记起那以前的事，我们当时住在帐篷里。就在这附近，我们发现了盛猪油的木桶，它像一个被撕成两半的纸袋，漆皮上留有爪子的抓痕和牙咬的印记。我们的父亲出远门了，他经常出门，说是去替造纸公司或某个政府部门勘察树木，我从来都无法断定他到底在为谁工作。他给我母亲留下只够维持三个星期的食物。黑熊从食物帐篷后面闯了进来，我们夜里听到它发出的声响。它踩烂了鸡蛋和西红柿，抓开了所有的储藏罐，蜡纸包着的面包被弄得到处都是，还打碎了果酱罐。第二天一早，我们尽量抢救出还能吃的食物。那天早餐我们围着篝火吃土豆，那是黑熊唯一放过的东西。突然，那只熊又出现在小径上，拖着笨重扁平的脚，一边走一边嗅，就像是一块巨大的长着尖牙的挂毯，它返回来要寻找更多的食物。母亲站了起来，迎面走过去。黑熊犹豫了片刻，发出呼噜呼噜的声音。我们的母亲冲它大喊一声“滚开！”同时还挥动着手臂，于是那黑熊乖乖地转过身去，扑腾扑腾地走回森林里去了。

这就是我记忆中的情形：我们从后面看到母亲高举手臂，像是要腾空而起，前面是那头被吓退了的熊。后来她讲起这段经历时，她说她当时吓得要死，可我怎么也不相信。她是那么坚定，那么信心十足，仿佛她懂得一个再简单不过的魔法公式：手势加语言。当时母亲穿着那件皮夹克。

“你在服避孕药吗？”安娜突然问道。

我看了看她，表情十分惊讶。我愣了一下，她为什么想知道这个？人们通常把这类事情叫做隐私。

“不，我不再服了。”我说。

“我也不，”她闷闷不乐地说，“我不知道有谁还在服用那玩艺儿。我腿上长了个血块，你身上长什么了没有？”她的腮上沾了一块泥，那层粉红色的脸蛋，在阳光下变得松软，像被烤热的沥青一样。

“我的眼睛看不清东西，”我说，“什么都模模糊糊的。他们说几个月后会好起来，可事实上并非如此。”我的眼睛好似涂上了一层凡士林，不过我并没有说出来。

安娜点了点头，像拽头发一样拉扯着野草。“这群狗杂种，”她骂道，“他们太过自以为是，你以为他们能弄出什么既好用又不会要你命的东西。大卫想让我重新服药，他说这不会比服用阿司匹林更有害，可随后准是心脏或别的什么器官出毛病。我是说，我可不想冒这风险。”

爱没有恐惧，性没有风险，这就是男人真正想要的东西。我想，他们差不多成功了，他们的想法几乎得以实现，可就在最后一刻，他们的魔术师假把戏被揭穿，像窃贼偷盗未遂，又失败了，我们采用了别的招儿。爱，随时要有所防范。你采取预防措施了没有，他们问道。他们问这话时，是在事后而非事前。过去，性爱往往伴随着胶皮手套的味道，而现在又回到原来的老样子，只不过不再是信手拈来的绿色塑料小包，做成月牙形状的东西让女人仍然可以装出十分自然、周期性很强的样子，而不是某种受化学作用影响的赌博机。不久他们就会发明人造子宫了，我可不知道那将会是什么感觉。有过一个孩子，我再也不想要孩子了，白白地遭受痛苦不说，又什么都得不到。他们把你关在医院里，给你剃毛，把你的手捆起来，他们不想让你看见，他们不想让你了解，只想让你相信生孩子取决于他们的力量，不是你的。他们给你扎针打药，你就什么也听不见，你差不多就是一头死猪，你的腿被高高抬起搁放在金属架上，他们俯身围绕着你——技师、机工、屠夫、见习生——笨手笨脚并窃笑着在你身上见习，他们像从腌菜缸里取出咸菜一样用钳子把孩子取出来。然后，他们往你的血管里注入红色塑料袋盛着的制剂。这是我亲眼所见，看着它从导管里点点滴下。我再也不允许他们那样糟蹋我了。

他当时没在我身边，我记不得为什么他没来。他本该来陪我的，因为那是他的主意，他的错。后来他还是开车来接我了，我没有不得已乘出租车离去。

我们身后的林中传来了零敲碎打的砍伐声：几声敲击，几声回响，停顿了一会儿，又是几声敲击，还传来他们的笑声，以及那笑声的回响。那条小径是我哥哥开辟出来的，在他离开的前一年，他沿着湖岸，在未成材的林中用斧头和大刀连劈带砍，树丛记载着他的业绩。

“我们拔得还不够吗？”安娜说，“我觉得我都快中暑了。”她坐在脚后跟上，取出那支抽了一半的香烟。我猜她要和我说说她心中的秘密，谈谈她别的什么病症，可我还是继续拔着草。土豆、洋葱还处在生长期，而那块草莓地已变成一点指望都没有的草丛了，我们不会给它除草的。不管怎么说，草莓的季节已经一去不返了。

大卫和乔出现在栅栏外长得老高的野草中，分别站在一根细细的原木两端。他们显得非常自豪，毕竟他们砍了些什么回来。那原木上有很多凹痕，就像他们刚刚击倒的一样。

“嗨！”大卫叫道，“老种植园的工人们活干得怎么样了？”

安娜站了起来。“去你的吧。”她回应说，随即面朝着太阳眯起眼睛看着他们。

“你们什么也没干哪，”大卫反问道，像是抑制不住自己的兴奋，“你们把它也叫做菜园？”

我用父亲打量人的眼光看着他们砍回来的木柴。要是在城里，父亲会同他们握手，精明老到地估量着：他们用得了斧子吗？他们对粪肥都有哪些了解？他俩穿着中学生校服，脸上显露出郊区人才有的干净肤色，站在那儿窘迫得不知道能干些什么。

“是的。”我说。

大卫让我们去取摄影机，拍几段他们两个举着原木的镜头，好为随意取样增添些新意。大卫说这会成为他的角色特写。乔说我们不会使用摄影机，可大卫说就连白痴都会用，只要掰一下按钮就行，又说要是焦距对得不准或感光过度的话，没准效果会更好，会出现概率效果，就像画家把颜料泼向画布，越发显示出自然、有机的特征。可乔不同意，说要是我们把摄影机给毁了怎么办，谁花钱赔。最后，他们试了几次后，终于把斧子砍进原木，然后轮流拍摄对方站在木头旁边的镜头：胳膊交叉着抱在胸前，一只脚踩在原木上，好像脚踏着一头狮子或犀牛。

晚上我们打了一会儿桥牌，用的是一直放在木屋里有些油腻发旧的纸牌。一副牌有蓝色的海马图案，另一副是红色的。大卫和安娜与我俩打对家。他们很轻易地就赢了我们：严格地说，乔并不怎么会打牌，而我已多年不玩了。我一直都没打出好牌，唯一使我感兴趣的就是抓牌、摆牌。

结束后我等着安娜跟我一起去上厕所，通常我自己先去，一个人。我俩各拿一把手电筒，电筒打出微弱的黄光，形成了一个个保护圈，在我们的脚前移动着。躲藏在干树叶里的蟾蜍蹦跳着发出沙沙声，一只警觉的野兔飞似地跃了过去。只要我能辨别那些声音是什么动物发出的，我就会知道我们是否安全。

“我真后悔没有带件厚毛衣，”安娜说，“没想到会这么冷。”

“这里有几件雨衣，”我说，“你可以试试。”

我们回到木屋时，那两个男人已经躺下了。他们懒得天黑后走那么远的路去上厕所，他们就地解决了。我刷了牙，安娜正借着蜡烛和直立的手电光在卸妆，他们已经把灯熄了。

我走进我的房间，脱掉衣服。乔咕哝着，半睡半醒，我用胳膊搂住了他。

外面刮着风，树在风中摇曳，再没有别的声音。黄色的手电光照到天花板上，随后光线移动着，安娜走进他们的房间。我能听到他们的声音，安娜的呼吸声，以及她发疯急跑似的一阵急促的惊慌声，然后又听到她的声音，不是她本来的声音，而是像她那张脸一样扭曲的、不顾一切的乞丐似的哀求声：求求你，求求你。我用枕头压住头部，我不要听，我要让那声响消失，可它仍然不绝于耳。住嘴，我低语着，可她不愿意。她自言自语地祈祷着，就仿佛大卫根本不存在一样。耶稣基督，噢，我求求你啦，耶稣。果然，情形真的不一样了，不再有言语，有的只是纯粹的疼痛，像水一样清晰，仿佛动物被捕兽夹子捕住那一瞬间的疼痛。

我想，这好比死亡，糟糕的不在于事情本身，而在于作为见证的旁观者。我猜之前他们也能听得见我们的声音，可我从来没有发出任何言语之声。

# 第十章

落日的余晖呈现出红色，红得近乎发紫。正如我的猜测，第二天果真艳阳高照。在既无收音机又无晴雨表的日子里，你只好自己预报天气。这是那个星期的第二天，我在心里一天一天地数着日子，就像囚犯在墙上刻画着记号。我感觉自己紧张过度，像一根被拉紧的晾衣绳，而他至今尚未出现的事实，更增加了他将要出现的可能。第七天似乎还很遥远。

我想让他们离开这个岛，使他们不受他的伤害，而他也不受他们的伤害，同时也避免彼此知道对方的存在。他们也许要去探险，开辟新的林中路径。他们现在已经坐立不安了：火种和食物这两项生活必需品都已安排妥当，剩下就没别的什么事了。太阳升起来了，它缓缓地划过天空，阳光下的阴影自然而然地由长变短，空气平静，一切都没有了界限，除了远处偶尔出现的一架飞机，拖着长长的一条雾带，暂时地打破了这静谧的氛围。对他们而言，这景象就像是生活在吊床上一样。

大卫一大早就去船坞上钓鱼，结果幸运之神仍然没有光顾。安娜又在读书，这是她读的第四本或第五本平装书。我扫了地，笤帚上面粘着长长的头发，有深色的，也有浅色的，那是我和安娜在镜子前梳头掉落的，随后我便试图继续工作。乔坐在靠墙的长凳上，双臂抱膝，其姿势就像坐在草地上，注视着我。我每次抬头都会与他的目光相遇，他的眼睛像圆珠笔，或是说像超人一样蓝。即便我转过头去，我仍然能感觉到他那X射线般的眼光正穿透我的肌肤进行窥视，这让我感到轻微的刺痛，仿佛他在追踪我。我难以集中精神，但还是重读了两个民间传说，一个是关于国王学会与动物交谈的故事，另一个是有关“青春泉”的故事。我读后的感觉，无外乎看到了一幅粗糙的橄榄球运动员的素描。它本该是一个巨人的形象。

“怎么了？”我问他。我最终还是没有忍住，放下了画笔。

“没什么。”他说。他把黄油碟子的盖掀开，用手指在上面戳着洞。

我早就应该意识到会发生什么，我们在城里时我就应当结束这一切。我和他在一起生活是不公平的，他已经习惯了，难以自拔，可我没有意识到这种不公平，他也不曾意识到。当你无法区分自己的快乐和痛苦时，你已经对什么上了瘾。我就是这样做的，不加限制地提供给他许多虚无空洞的东西，他对此毫无思想准备，他承受不了，他得填满这虚无，就像被隔离在空房子里的人们会看到图案。

午饭后他们有所期待地围坐在一起，好像等着要我给他们分发彩色铅笔和橡皮泥，或是等待我组织他们演唱，告诉他们扮演什么角色。我回忆起过去：从前阳光和煦又无所事事的日子，我们都做了些什么呢？

## 第十章

“你们觉得，”我说道，“去采点蓝莓怎么样？”我的提议有些出其不意，听起来好似工作或劳作，实际上它不外乎是被掩盖了的另一种形式的游戏。

他们欣然同意，并为这提议的新颖感到兴奋不已。“妙极了。”大卫赞同地说。我和安娜做了花生奶油三明治作为下午的点心，还用她的防晒霜涂抹了鼻子和耳垂，然后我们便出发了。

大卫和安娜上了绿色独木舟，我和乔登上较重的那条。他们仍然不太会划桨，好在风不太大。我费好大的劲才使独木舟笔直前行，因为乔根本不知道如何掌舵，糟糕的是他竟不肯承认这一点，这就让我们的前行更为困难。

我们从小径经过的那块突出的石头旁划了过去，随即进入岛屿区——沉没在水中的小山尖露出水面。在湖水还没泛起的时候，它们也许是一条山脊。这些岛屿没有一个大到足以给它命名，有些岛屿只是些石头，仅有的可怜的几株树，被它们的根须固定在上面。前方远处的一个小岛是苍鹭的栖息地，我得尽量睁大眼睛才能看见：鸟巢里幼鸟们的蛇形脖子和扁平的头一动不动，好似枯树枝一样撮在那里。鸟巢全都筑在一棵白松上，就像郊区的平房那样错落有致，这样它们可以彼此保护，不受伤害。如果苍鹭幼鸟间距离太近，它们便会互啄、争斗。

“看见它们了？”我对乔说，一边用手指着。

“看见什么？”他反问道。他满头大汗，他太用力了，我们在逆风而行。他皱着眉，抬头望向天空，可什么也没看见，直到一只小苍鹭站立起来，然后又趴下去，翅膀扇动着保持平衡。

苍鹭岛后面，有一个稍大而平坦的岛，几棵红松像水面上的桅杆直立其上，它们与周围的蓝莓树丛夹生在一起。我们靠上岸边，系好独木舟，然后我给他们每人一个锡杯。蓝莓刚刚成熟，一颗颗地掩隐在绿叶之中，就像雨点打在湖面上，看上去斑斑点点。我拿着杯子沿着湖岸采摘，那里的蓝莓熟得早些。

战争期间，还有战后，人们向我们买一分钱一杯的蓝莓。那时候没地方花钱，而我一开始也不明白那些圆圆的金属片到底是做什么用的：一面是树叶，另一面是一个从脖子上砍下来的人头。

我记起从前来到这里的另外一些人。即便是那个年代，湖上的居民也不是很多，可政府还是把他们集中送往别处去了。不过，有一家人留了下来。每年一到蓝莓成熟的季节，他们便出现在湖上，与我们划行同样的路线，来到这个好地方。他们似乎从天而降，五六个人乘坐一条几经风吹雨打的独木舟划了过来：父亲坐在船尾，枯萎而皱缩的脑袋有如干树根，母亲长得有如葫芦一般，头发向后梳到颈后，其余的便是孩儿或孙儿。他们首先查看一番这个地方有多少蓝莓，面无表情，态度冷淡。当发现我们正在采摘蓝莓时，他们便继续向前，不慌不忙地沿湖岸划着独木舟，转而消失在山岬背后，或是进入一片水湾，好像他们从未在这个地方出现过一样。谁也不知道他们冬天住在什么地方，不过有一次我们看见他们的两个孩子拿着听罐站在路边兜售蓝莓。现在想起来他们当时一定很嫉恨我们。

岸边的树丛沙沙作响：是乔从后面走过来发出的声音。他蹲坐在我身边的一块石头上，他的杯子里只有三分之一杯的带着叶子的绿白色蓝莓。

“歇一会儿吧。”他说。

“等一会儿。”我几乎摘满了一杯。天气很热，湖面闪着耀眼的光，阳光下的蓝莓看起来湛蓝湛蓝的，似乎从里向外发着光。蓝莓被扔进杯里，发出水珠一样的叮当声。

“我们结婚吧。”乔说。

我小心地把杯子放在石头上，然后转过头去看他，用手遮着眼睛。我想笑出声来，这提议可真是不合时宜，也不是他此次旅行的目的。提这事时得伴随那些法律术语、书面表格，以及发誓立约、至死不渝等等。况且他把顺序给弄颠倒了，他从来都不问我是否爱他，这才是第一要点，是我应当要准备接受的问题。“为什么？”我说，“我们反正已经同居了，用不着用结婚证书来为此证明吧。”

“我想我们最好，”他说，“还是结婚的好。”

“可这并不会有什么不同，”我说，“一切还不是与现在一样。”

“那为什么不结婚呢？”他向我靠了过来，他是个非常有逻辑的家伙，他在用合乎逻辑的理由胁迫我。我四处张望着，寻求解救，可他俩在岛屿的另一端，安娜的粉红色衬衫是小小的一点，像加油站的旗子飘动着。

“我不想。”我说，这是唯一合乎逻辑的回答。因为我真的不想结婚，那会成为使他满足的根源，也会成为我的勉强的不情愿的牺牲。

“有时，”他故意一字一句、有板有眼地说，“我有种感觉，你对我毫不在乎。”

“我在意得很，”我说，“我对你真的很在意。”我重复着，好似跳跃的押韵儿歌。我不知道这样说是不是就相当于说我爱他。我计算着银行里还有多少过活的钱，算计着需要多少时间打包行李，然后搬出那个到处是黏土灰尘的、散发着地窖霉味、塞满人形状瓦罐的地方，计划着要多久才能找到新的住所。证明你的爱吧，他们说。你要是真的要和我结婚，那就让我和你上床吧；你要是真的想上床，还是让我和你结婚算了。只要还有胜利的可能，我就要高举旗帜，在我的大脑里示威游行。

“不，你不在乎我，我看得出来。”他说。他不是气恼，而是不大高兴。这样就更糟糕，因为我只知道怎么对付他的恼怒。他的身体开始膨胀，变得与平常大不一样，好像一个三维怪物，我不由得惊慌起来。

“你不知道，”我说，“我从前结过婚，婚姻失败了。况且，我还有过一个孩子。”我亮出了我的王牌，心平气和地说。“我不想再一次经历失败的婚姻了。”这是真的，可这话从我嘴里说出来就像电声娃娃嘴里说出来的机械语言，就是那种背部装有上弦装置的声控娃娃。所有的话题都不绕弯子，讲话内容按部就班，完全就是一盘录制的磁带。我刚刚说的都是些套话：我试过了，失败了。我接种了疫苗才得以免疫，可我被归到了受伤害的那一类。并不是我没有忍受过痛苦，我煞费苦心地忍受了，我有资格这么说。可婚姻就像玩掷色子游戏，或是填字谜，要么你认为它是适合的，就像安娜的婚姻，要么认为它不适合。我已经证明了它对我不适合。像一个中立的小国。

“我们在一起会不同的。”他说，无视我提到有过孩子的事。

在我的结婚仪式上，我们填写了表格：姓名、年龄、出生地和血型。我们在一个邮局举行的仪式，一个地方官主持的，前任邮政局长们的画像突显地挂在米色的墙面上。我还能确切地回想起那些气味——胶水味、湿袜子味和穿了两天的衬衫的味，心情烦躁的秘书身上明显的除臭剂味，以及从另一出入口飘进来的令人发颤的杀菌剂味。那是个大热天，我们走出来步入阳光之中，一瞬间眼盲得什么都看不见。一群滞留的鸽子，在邮局附近喷水池旁那片被人践踏的草坪上啄食。喷水池里有几只石凿的海豚和一个小天使，小天使脸部的一部分缺损了。

“都结束了，”他说，“感觉好些了吗？”

他用胳膊搂抱住我，保护着我不受侵害，即从今以后不再受侵害，然后他在我的额头上亲吻了一下。“你的身体冰凉。”他说。我的腿在发抖，几乎站不住，我感到一阵疼痛，缓慢得如同呻吟一般。“来，”他说，“我们最好把你先送回家去。”他抬起我的脸，在阳光下仔细地看着。“也许我应该把你抱到车上去。”

他像对待一个残疾人，而绝非对待一位新娘那样对我说话。我一只手拎着小提包或皮箱，另一只手紧紧地攥着。我们从鸽子中间穿过，它们像五彩纸屑一样从我们周围飞向天空。坐在车里，我没有哭出来，我不想看他。“我知道这很不容易，”他说，“可还是这样比较好。”引用开始，引用结束。他那灵巧的双手操纵着方向盘。汽车调头，划出一个漂亮的圆，然后便是车挡的连锁反应，接着开始疾驰，马达像钟表一样嘀嘀哒哒地响着，那是理性的声音。

“你为什么要这样对我？”我说，有些控制不住自己的情绪，“你会毁了它的。”说完我便感到后悔，好像我不经意地踩到了一只小动物，他是如此痛苦：他放弃并背叛了我曾一度认为是他的原则的东西，就是为了让我拯救他，或是从我这里获得拯救，可实际上他什么也没得到。

我拉过他的手，他顺从地让我握着，但同时又冲我大皱眉头，闷闷不乐，好像门前的擦鞋垫。“我配不上你。”我说，那口气如同重复着说出轴画上的格言，幸运小甜饼里的祝词。我吻了吻他的面颊。我在拖延时间，而且他也让我感到害怕：在我站起来离去时，他看向我的眼神里，有种受挫后的狂怒。

我们坐在外面曾经养鸡的围栏里。乔半背着我们坐在沙坑中间，在那里堆着沙子。他吃完了馅饼，我们三个还在吃。在屋里吃饭太热，我们不得已让炉火烧了两个小时。他们说话或发笑时，嘴巴变成紫色，牙齿成了蓝色。

“这是我吃过的最好的馅饼，”大卫说，“就像从前我妈妈做的一样。”他咂着嘴摆出某种姿势，做出电视广告的那副模样。

“得了吧，”安娜说，“你连一句小小的赞美之词也不会说，不是吗？”

大卫咧开发紫的嘴。“是吗，”他说道，“我说的是赞美之词啊。”

“去你的吧，”安娜说，“我见过你妈妈的。”

大卫叹了口气，向后仰去靠在树干上，双眼转动着望着乔，企求同情一般。可乔并没有反应，于是他抬起头望向天空。“这就是生活，”过了一会儿，他说道，“我们应该开辟一个聚居地，我是说在这里建立一个社区，和其他一些人一起，从城市单一的家庭中分立出来。如果我们能把该死的猪一样的美国佬赶出去，这还真是个很不错的国家，不是吗？那样我们就会宁静了。”

没有人回应他，于是他脱掉鞋，若有所思地挠起了脚心。

“我想那样做是逃避现实。”安娜突然说。

“怎么能说是逃避呢？”大卫说，一副非常宽容的样子，好像安娜打断了他刚说到一半的话，“你是说赶走那些蠢猪吗？”

“瞎说，”安娜说，“你根本不会赶走他们的。”

“你到底在胡说些什么？”他说，装着一副自尊心受到伤害的样子。安娜仍然抱膝坐着，鼻孔喷着烟。我起身开始收拾盘子。

“每次她弯下身子都会让我兴奋起来，”大卫说，“她的臀部很诱人。我真他妈的为她的整个屁股着迷。乔，你不觉得她的臀部很诱惑吗？”

“想要就拿去。”乔回答他。他正把堆好的沙子弄平，仍然一肚子怒气。

我刮下馅饼皮的碎屑并把它们扔进炉灶里，然后去湖边洗盘子。一时间湖水变得蓝里透红，好似静脉的颜色。他们三个轻松自在地走进来，他们不愿意玩桥牌，于是围绕着桌子坐下，读着侦探小说和过期期刊，诸如《麦克林杂志》[1]和《国家地理》，有些已是十年前的了。这些书籍和期刊我都读过，于是我点燃一根蜡烛，走进大卫和安娜住的房间，想找找其它的书。

我得爬上床才够得着书架。那上面有厚厚的一摞书，我把它们拿下来靠近蜡烛。最上面是一层平装书，普通的那种，不过书下面是不该放在这儿的东西：城里人通常保存在箱子里的棕色皮革相册，还有母亲从未用过的结婚礼物，变暗褪色的银碗和镶有花边的桌布，以及从前下雨天我们作画的剪贴簿。我本以为她把这些东西都扔掉了，可不知谁又把它们拿到这儿来了，肯定是他俩当中的一个。

那儿有好几本剪贴簿。我坐在床上，随便翻开一本，感觉

1　加拿大新闻周刊，主要报道加拿大政治、经济、文化和时事，创刊于1905年，是加拿大发行量最大的新闻杂志。

就像打开别人的私人日记。这本是我哥哥的：上面画有红色和橘黄色的炸药，悬在半空中的肢体分离的士兵，还有飞机和坦克，旁边画着纳粹标记，那时他一定已经上学了。再往下是漫画中常见的披着斗篷的飞人，以及来自另一星球的探险者，他花了好几个小时才向我解释明白这些图画是什么意思。紫色的丛林，我已经记不得代表什么了，还有七个红色月亮环绕着绿色太阳，以及长着鳞片、刺毛和触角的动物；一株吃人的植物，正在吞噬一个不小心的受害者，他的嘴里挤出一个气泡，上面写有**救命**的字样。其他的探险者手拿着武器正在营救他：喷火器、喇叭形手枪、射线枪。远处的背景是他们的宇宙飞船，上面布满各种装置。

下一本剪贴簿是我的。我仔细地翻看着，寻觅着我自己的足迹，希望能找到我如何脱胎而来，或是怎样变得怪怪的踪迹，可上面根本就没有图画，只是一些从杂志上剪下来的粘贴插图。各种各样的女士：有拿着清洁剂罐的，有编织毛衣的，有微笑着的，展示着无趾高跟鞋，穿着带有黑色接缝的尼龙长袜，戴着药瓶帽形的帽子和面纱。万圣节前夜，当你想不出该装扮成什么而又不想扮作鬼怪时，你只好装扮成一位女士。换言之，这也是在学校里他们问你长大后想做什么的答案，你回答说“做个女士”或者“当母亲”，两种回答都无懈可击，况且这也不是谎话，我真的想成为那样的人。另外一些纸页上粘贴着从信函订购目录上剪下的女式裙子图样，没有身体。

我继续打开另一本：我更早些时候的图画。上面画的都是装饰华丽的复活节彩蛋，有单个的，有成群的。一些蛋上画有沿着绳梯向上爬的人形兔子，显然这些兔子住在蛋里面，蛋壳顶端有个小门，它们爬进去后可以把梯子拉上去。较大的蛋旁边是一些由小桥相连结的小蛋，它们是厕所。一页挨着一页的画面，全是彩蛋和兔子，正常颜色的绿草和绿树在旁边环绕，还有绽放的鲜花，每张画的右上角都画有太阳，而月亮则对称地画在左面。所有的兔子都在笑，一些兔子甚至在狂笑，有几只兔子在彩蛋顶端的安全地带吃着冰淇淋。没有怪兽，没有战争，没有爆炸，没有英雄行为。我记不得我曾画过这些画。我对自己感到失望：小时候我一定是个快乐向上的孩子，并且十分墨守成规，除了对社会美好的向往，什么都不感兴趣。也许那是一种对天堂的憧憬。

有人走了进来，站在我身后，是大卫。“嘿，太太，”他说，“你在我的床上干什么？你是客人还是什么？”

“对不起。”我说。我连忙把相册放回到书架上，但我把剪贴簿拿到了我的房间，把它们藏在了床垫下面。我可不想让他们偷看这些剪贴簿。

# 第十一章

这一晚，乔是背对着我睡的，他不打算做出让步。我抚摸着他那毛乎乎的后背，这意味着我要和好，要将两人的关系恢复到从前，可他骤然缩回身子，并恼怒地发出咕哝声，于是我只好抽手而退。我将身子缩成一团，思忖着如何摆脱他的纠缠：他就是床上的一个东西，像一个包裹或一根大萝卜。我父亲过去常说，给猫剥皮不止有一种方法。这可真令我迷惑，我不明白他们为何要剥猫的皮，更不必说还用不同的方法了。我凝视着墙壁，想起人们常说的那些俗话：两个人就可以玩的游戏，匆忙结婚，无聊时便后悔，少说为佳，老套的智慧解决不了新问题。

早饭的时候，乔既不理我，也不大理他俩，只是把头埋在盘子里，含含糊糊地回答着我们的问话。

“他怎么啦？”大卫问道。他的胡须刚刚长出来，下巴是一片棕褐。

“别问了。”安娜说，可她还是看了看我，满脸的询问神情，好似不管是什么缘由，我都脱不了干系。

乔用汗衫袖子抹了抹嘴，然后走出屋子，反手砰的一声关上了纱门。

“或许他是便秘吧，”大卫说，“便秘往往使人发脾气。你敢肯定他一直都进行足够的锻炼吗？”紧接着他像大力水手那样扭动着耳朵，嘴里叨咕着“哈，哈”。

“真蠢。”安娜嗔怪地说，一边把大卫的头发弄得乱糟糟的。

“嗨，别弄，”他不高兴地说，“头发会垂下来的。”他跳起来走到镜子前，重新梳理了一下垂在他额头上的头发。他梳头时我才注意到，他留那样的发式是为了遮盖头上长过斑点的痕迹。

我收拾起熏肉皮和面包碎屑，把它们拿到屋外放到喂鸟的盘子里。松鸦鸟憩息在附近，看见我端着食物，它们便嘶哑地叫着传递信息。我静静地站在那里，把手伸展开，但它们就是不落下来，只在我的头顶上飞来飞去，伺机寻找着叼食的机会。这也许是因为我在无意识地晃动，而你必须让它们相信你是一个东西，不是一个敌人。我们的母亲让我们在屋子里观察它们，她说我们会把它们吓跑的。曾经人们相信鸟飞来飞去是一种征兆：不祥的预兆。

我听见蚊虫叫唤似的发动机声正在逼近。我把手中的面包屑放回盘子里，急忙走过去，站在小岛的边缘处张望。湖面驶来的是保罗的船，船体漆成白色，看起来方方正正，全部是手工制作。保罗坐在船尾向我招手，和他一起来的还有一个人，在船头背朝后地坐着。

## 第十一章

他们把船靠上船坞，我走下台阶迎接他们的到来。我接住缆绳，把船拴好。“当心，”他们走出船时我向他们喊道，“有些木板已腐烂了。”

保罗给我带来一大堆从菜园里采摘的蔬菜：一捆瑞士甘蓝，小半篮子菜豆，一大把胡萝卜，还有一棵头颅大小的花椰菜。他很不好意思地将这些蔬菜交给我，好像这些礼物不够体面而羞于让人接受似的。作为回报，我应该回送同样或更多种类的蔬菜，但一想到已结出籽的长茎甘蓝和小萝卜，我就有些发愁。

“这位先生，”保罗说道，“是他们派来找我的，因为我认识你父亲。”他后退了一步，为的是使自己显得不那么重要，结果差一点儿从船坞掉下去。

“马尔姆斯特罗姆。”那个人应答着，就像说出一个密码，然后迅速将手伸给我。我把瑞士甘蓝移到肘弯处，握住了他的手。他回应地握手，让人感到十分有信任感。“我叫比尔·马尔姆斯特罗姆，请叫我比尔好啦。”他的头发剪得整整齐齐，嘴上留着行政人员常蓄的胡须，看起来像衬衫广告或伏特加广告的模特。他的衣着相当入时，半新不旧，近乎一套正式礼服。装在羊羔皮外套里的双筒望远镜，吊挂在他的脖子上。

我们朝岛上走去。他拿出一个烟斗，点燃后吸了起来。我不知道他是不是政府派来的。“哎，保罗，他正跟我说呢，”他一边说一边回头看着保罗，“你真是有个好住处啊。”

“那是我父亲的。”我回答说。

他的脸拉得老长，下巴恰好形成一条弧线，如果他戴着帽子的话，他一定会脱帽致意的。“噢，是的，”他说，“真是不幸。”我可不相信他：虽说我还没能辨别出他的口音，可他的名字听起来像德国佬。

“你是从哪里来的？”我问他，尽量显得有礼貌些。

“密歇根。”他回答说，他的口气就好像那是什么值得自豪的地方。

“我是美国野生动植物保护协会底特律分会的一名会员，我们在这个国家设有分会，一个前途无量的分会。”他眉飞色舞，显露出一副倨傲的神态。“事实上，这就是我要和你讨论的问题。我是说，我们在伊利湖上的分会，嗯，正好有此意愿。我想我可以代表密歇根的其余会员这样对你说，我们打算买下这块地方。”

“为什么？”我反问道。他的口气听起来好像要我从他那儿买什么东西，一本杂志或一个会员名额。

他手中的烟斗在空中划了个半圆。“这是一片美丽的地方，”他说，“我们想征用这块地，建一座疗养所，会员们可以在这儿密切注视并观察，”他喷出一口烟，“大自然的美。也许还可以做点儿别的什么，打打猎或钓钓鱼。”

“你不想要看看吗？”我问他，“我是说，那座房子和这里的一切。”

“我不得不说我已经看过了。我们早就注意到这个地方了。

我多年来一直在这里钓鱼，并且在这儿好像还没有人的时候，我就已经在这里自由地徜徉漫步了。”他轻哼了一声，就像一个正经人在窥视下流场面时被捉个正着。然后他报出一个价码，足以让我忘掉《魁北克民间故事》、儿童书籍和其他一切，至少在一段时间内如此。

“你们要改变这里的一切？”我问道。我预见到了汽车旅馆和高层建筑将在这里拔地而起。

“噢，当然，我们得建一座发电站和一个化粪池，除此之外不会有别的改变。我希望我们会让这地方保持它原有的风貌，这儿有其特定的，”他捋了捋他的胡须，继续说，“乡间魅力。”

“很抱歉，这地方不卖，”我回答他，“眼下不卖，也许将来卖。”如果我父亲真的死了，他也许会同意出售这个地方，但一旦他回来发现我把他的房子卖了，他肯定会气得暴跳如雷。不管怎样，我不敢肯定我就是这地方的所有者。一定会有存放起来的房契、财产归属权文件、法律文件，我还没和律师打过交道。我得在表格或契据上签字，我也许还得支付死亡税。

“哦，”他带着失败者的口吻，诚恳地说道，“我肯定这个价码还有商榷的余地。可以说，没有期限的。”说完他掏出皮夹子，递给我一张名片，上面写着：比尔·马尔姆斯特罗姆，提尼镇，幼儿服装设计师。

“谢谢你，”我说，“我会考虑的。”

我拉着保罗的胳膊领他到菜园去，我得为他给我送来的蔬菜而回报他：我觉得我得解释解释，至少得对他解释一下，他已经替我受了不少累了。

“你的菜园，长的不怎么样，不是吗？”他一边说，一边打量着菜园。

“是不怎么样，”我说，“我们刚拔完草，我想给你摘些……”我绝望地环视四周，目光落在一棵枯萎的莴苣上。我把它拔起，递给保罗，连根须和泥土也没去掉，我尽量让我的举动显得得体一些。

他接了过去，眨了眨眼，很是有些沮丧。“我太太会喜欢的。”他说。

“保罗，”我对他说，声音低低的，“我不卖这地方是因为我父亲还活着。”

“是吗？”他全身为之一震。“他回来了，在这里吗？”

“不完全是，”我说，“此刻他不在，他出远门了。也许，他不久就会回来的。”我完全能感觉到，他也许一直在听着我们刚才的谈话，说不定他就躺在山莓枝条或肥料堆的后面呢。

“他去那边的林子里了？”保罗问道。他感到受了伤害，竟然没有和他商量一下就走了：他过去也常去林子里的。“你看见他了，之前？”

“没有，”我回答说，“我到这儿时他已经走了，但他留了一张纸条，我想是留给我的。”

“噢。”他说着，一边紧张地越过我的肩膀望过去，看那边林子里的动静。显然他并不相信我的话。

午饭时，我们吃保罗送来的花椰菜、罐头玉米和煎火腿。吃梨罐头时，大卫问我："那两个老家伙是谁？"他一定是透过窗户看见了他们。

"一个要买这地方的家伙。"我回答说。

"我敢打赌他肯定是美国佬，"大卫说，"即使在一屋子人中间，我也能一眼就把他们认出来。"

"是的，"我回答说，"可他是一个野生动植物协会的会员，他就是替那个协会来买这块地方的。"

"瞎胡说，"大卫说，"他是中央情报局的密探。"

我笑了起来。"他不是。"我说，递给他看上面写着提尼镇的名片。

大卫却认真起来。"你没有像我一样见过他们的伪装活动。"他隐晦地说，回想起了在纽约的过去。

"那他们要这个地方做什么呢？"我问。

"窥探基地，"他说，"鸟类观察员，双筒望远镜，这足以说明这一点。他们知道这地方是战争时期具有战略意义的重要地点。"

"什么战争？"我问他。此时，安娜插了一句："让我们坐下吧。"

"这再明显不过啦。他们现在正缺水，特别缺纯净的水。他们把自己所有的水域都搞脏了，不是吗？我们的国家有的是净水。这个国家，只要你看看地图，你就会发现几乎到处都是水域。因此，在不久的将来，就假设十年吧，他们就要面临被墙壁包围的困境。他们将要竭尽全力地和政府做交易，让我们极便宜甚至分文不取地供给他们净水，而换回来的，是那些越来越多的肥皂剧或别的乱七八糟的东西。政府会作出让步的，他们将会像以往一样又成为一小撮傀儡。但到那时，民族主义运动就会壮大起来，他们会强迫政府下台，然后就出现暴乱、绑架等诸如此类的事。于是美国猪就会派出他们的海军，他们不得不这样做。纽约和芝加哥的人口会急剧下降，工业将停滞，净水黑市也应运而生，他们会用油轮从阿拉斯加运来净水。他们将取道魁北克进入我们的国家，那时魁北克就会出现分裂。百事可乐等大公司甚至会助纣为虐，他们又将洋洋得意起来。他们将冲击大城市，切断通讯，接管它们，他们或许还会杀死部分儿童。民族运动游击队将进入丛林并开始破坏美国佬的输水管道，比如他们要在这个地方建立的，切断他们的净水供应。”

他好像对此事非常肯定，似乎这一切已经发生。我想起了那些“生存手册”：如果民族运动游击队员都像大卫和乔，那么他们就甭想熬过冬天。他们不可能从城市得到援助，距离实在太遥远，而当地人民会变得冷漠，他们无所谓改旗易帜。如果他们在边远的农村进行活动，那么农民就会仿效他们也拿起枪杆子。美国人甚至没有必要等到树木落叶，游击队便会死于饥饿和冻馁之中。

## 第十一章

“你从哪儿弄到食物？”我问道。

“‘你’是什么意思？”他说，“我只是设想而已。”

我想着一旦结束，历史课本会怎样书写这段历史：写着日期和对所发生事件简短概括的一个段落。那就是中学时我们所学到的中立态度下的历史，一系列长长的战争、条约和同盟，还有人们从别人手里夺取权力或失去权力，但谁也不会去调查动机，他们为什么要这样，这样是好还是不好。他们使用很长的单词，诸如“划定边界”和“主权完整”等等，他们并不解释这些词是什么意思，而且你还不能问：在中学，正确的做法就是像看电影银幕一样盯着老师。对女生来说，提问题要比男生更加糟糕。如果某个男生提问，其他男生的大嘴巴就会发出嘲弄的啧啧之声；要是某个女生提出什么问题，别的女生会在下课后上厕所时说“想想看你真是很了不起”。在《凡尔赛条约》这一章节的书页空白处，我画了些装饰物，有卷着枝叶的植物、心形物和星星，唯独没有画花朵。我能够这样，是因为我能毫不引人注意地画画，我的手指几乎一动不动。

那些被框起来的将军和具有历史意义的事件的图片看起来很不错，可如果你把眼睛凑得很近去看，它们便成了支离破碎的灰点点。

安娜坐在长凳上，和大卫挤在一起，大卫说话时她不停地摆弄着他的一只手。“我是不是告诉过你，说你有一个杀人犯的拇指？”她说。

“别打岔。”大卫说。但看到安娜脸上露出愠怒的神色，他接着又说：“是的，你说过。你差不多天天都这么说。”然后他便轻轻地拍了一下她的手臂。

“他的手指末端平秃。”她向我们解释说。

“我希望你不会把它卖掉。”大卫对我说。我摇了摇头。“好女孩，”他说道，“你的心还不错。当然其他部位也很不错，”他对乔说，“我喜欢浑圆、充实和饱满。安娜，你吃得也太多了。”

像往常一样，我洗盘子，安娜把它们擦干。突然，安娜对我说：“大卫是个卑鄙的家伙。他是我认识的人当中最为卑鄙的小人。”

我看了看她四周：她的声音就像她的指甲那么细。我从未听到她对大卫有如此评价。

“怎么啦？”我说，“发生什么事了？”大卫吃饭的时候并没有说什么让她伤心的话。

“我想，你不认为他对你过于亲热了。”她的嘴巴像蟾蜍嘴一样，双唇紧紧地往里抿着。

“不会的，”我迷惑不解地说，“我为什么要那样想呢？”

“你知道的，他说的那些话，比如提到你的臀部，非常丰满，等等。”她不耐烦地说。

“我想他只是开开玩笑。”我也想到过这一点，那只是个类似挖鼻孔的习惯，说说而已。

“开玩笑，可恶。他总是当着我的面对别的女人说这种话。

要是可能的话，他会在我的眼皮底下和她们上床。事实上，他在别的地方和她们干那种事，事后还告诉我那些丑事。”

“是吗，”我说，我从未想过会有如此推论，“为什么？我是说，他为什么要告诉你？”

安娜琢磨了一会儿，展开手中的抹布。“他说那是诚实。真恶心。要是我发怒的话，他就说我嫉妒心太强，占有欲太盛，我不应该极端保守。他还说嫉妒是小市民心理，是财产占有欲的产物。他认为我们都应该是相互乱搞的人，应当分享彼此的快乐。但我认为还应当有基本情感的存在，如果你有什么感受，你就该说出来，不是吗？”这是一种信任，她注视着我，要我作出肯定或否定的回答。我对此不甚了了，不能贸然作答。“他装出对这类事毫无感觉的样子，他太能装了，”她接着说，“可真实的情形是，他就是想向我表明他不仅能做这事，而且还能成功地摆脱掉，我没法阻止他。所有对这类丑事的理论，都是对它的胡说八道的掩饰。”她抬起头来，变得友善，满脸笑容。“我想我该事先告诫你，如果他伤害了你或怎么样了的话，都和你没关系，实际上都是冲着我来的。”

“谢谢你。”我说。我对她告诉我的这些事感到遗憾，因为我仍然愿意相信，对某些人来说，人们所说的好的婚姻依然是可能的。我感谢她的好意，她真是很善良。如果我俩换个位置，我就未必会说出这些话，还是让她自己珍重自己吧，看护我哥哥的那个人总让我想起动物园和疯人院。

# 第十二章

脏水桶满了，我把它拎到菜园，将脏水倒进阴沟。乔脸朝下地趴在船坞上，我去洗桶时，他一动未动。安娜从我身边走过台阶，身穿橘黄色的比基尼泳装，身上习惯性地涂着日光浴油。

走进屋里，我把桶放到搁板下。大卫正在镜子前审视他下巴上的胡须。见我进来，他用一只胳膊半搂着我，以一种奇怪的嗓音说："跟我一起去上厕所。"

"现在不去，"我回答说，"我有事要做。"

他摆出一副很遗憾的样子。"好吧，"他说，"以后再去。"

我拿出旅行箱，坐在桌旁。他又伏在我的肩上问："乔那老家伙儿去哪了？"

"在船坞上。"我说。

"他好像有点儿不舒服，"大卫说，"也许他生虫子了。返回城市后，你应该带他去看兽医。"过了一会儿，他又说："我的玩笑怎么从来都逗不笑你？"

他赖着不走，于是我拿出纸和画笔。随即，他说道："噢，对不起，我得去上厕所。"他一边说着一边像杂耍演员退场那样轻飘飘地离开了。

我重新拧好油彩颜料管，我没心思工作：趁他们不在，我该寻找遗嘱、契约、财产归属权凭证。保罗坚持认为他死了，这使我对自己的推测产生了怀疑。美国中央情报局或许为得到那块地把他给干掉了，马尔姆斯特罗姆先生说的并非不可信，可这又太不合情理，我不能无缘无故地怀疑人。

我仔细查看了靠墙长凳下的小洞，又翻了翻架子和存放帐篷的床下。他可能早就把文件放进城里某个银行的保险柜里了；那样的话，我将永远找不到它们，或者他已经把文件烧了。不管怎么说，它们不在这个地方。

除非它们夹在书页中：我翻了翻哥尔德斯密斯和彭斯的著作，捏起他们的书来回抖动，突然我想起他画的那些近于发疯的图画，那是我认为他没有死的唯一证据。我还从来没有完整地看过那些图画，它们可能是合乎逻辑的藏匿之处。他做事一贯有逻辑，发疯只是人的某种状态的膨胀。

我把那一摞图画拿下来，开始查看。纸张又薄又软，好像宣纸一般。上面一张画着手和一些鹿角形状的图形，页角处是随意乱写的数字，再往下是一张大纸图画，上面有一轮半月，四根棍子模样的东西从月亮里伸出来，顶端好似灯泡一样的圆球。我按照数字的方向将图画正过来，于是那月亮变成了上面载人的小船，圆球恰好是人的头。我为自己能解读这幅画感到欣慰，它确实是有含义的。

但要解读下一张图画，我可真的无能为力。上面的图形很长，也许是一条蛇或一条鱼。它有四肢或臂膀，一条尾巴，头上长着两只角。横着看，它像一只动物，短吻鳄；竖着看，它更像一个人，只不过胳膊和朝前看的眼睛更加明显。

彻头彻尾的精神错乱。我不知道他的疯病是从什么时候开始的，一定是因为白雪和孤独，他才放任自己变得反常。进入你眼睛的情形是这样的，寒冬夜晚近乎极端的冰冷，白昼时耀眼夺目的阳光，“外层空间”般的融化，又冻成不同的形状，所以你的大脑自然而然地也开始这样想。他画的就是他所目睹的什么，这是一种幻觉；或者他画的可能就是他自己，也就是他以为自己将要变成的样子。

我翻到再下面的一张。那不是一张画，而是一封打字机打出来的信，我很快地看了一遍。是写给我父亲的。

亲爱的先生：

非常感谢您寄来的照片、摹图和相关的地图。这些资料非常宝贵，如果您允许，我将把其中的一部分用于我下一本相同主题的书，它将会使我的书增辉不少。对我而言，您日后可能找到的任何发现的细节，都会被诚挚地接受。

附信是一篇我最近的研究成果文章，您可能会有兴趣。

您的忠实的朋友

信的签名十分潦草，难以辨认，上面盖有一个大学的印章。信中夹着半打复印的纸张：《中部盾形地区的石壁画》，作者罗宾·M.格罗夫。前几页是地图、图表和统计数字。我快速地浏览一遍。文章的结尾处有三段简短的段落，其副标题是“美学特征和可能的意义”。

主题可分为以下几类：手、抽象符号、人、动物和神话创造物。绘画以拉长的肢体和极度的扭曲表现手法使人联想到儿童画。其僵硬的静态与其它文化的石壁画形成鲜明对比，与欧洲洞穴画相比尤其明显。

我们从以上的绘画形体特征可以推断出，这些画的作者不惜放弃表现手法和形式内容来突出他们对象征意义的独特嗜好。然而，我们只能对这些内容的特征进行猜测，因为没有留存的历史记载加以证明。经过仔细辨认后，这些画的内容已表现出与传统的冲突。有人说这些画中的地点是力神或庇护神的居所，这可能对为什么在偏远地区的人们还坚持给后代留下衣服和小捆的“祈祷”棍这一习俗作出解释。有人用很多事实证明这样一个理论：这些画与产生重大意义或预言性梦想的禁食习俗有关。

令人迷惑的还有其采用的技法。这些画看上去好像是用手指或粗制的画笔绘制出来的。主色调是红色，偶尔夹杂着少许白色和黄色，这或许因为红色是印第安人的神圣颜色，或者也可能因为有铁氧化物的使用。对黏合剂进行了检验，可能出自熊的脂肪或鸟蛋，也可能是血或唾液。

这篇学术文章富有逻辑和理性，我的假设像沙堆一样坍塌了。这就是解答，这就是解释：他总是可以作出解释。

他的图画不是原作，是临摹的作品。他一定把绘制这些画当成退休后的消遣，他是一位难以自拔的业余爱好者和狂热者：假如他被这些石壁画勾住了魂儿，他会为寻找它们而仔仔细细地把这个地方查个遍，用他的相机拍摄它们，一旦发现这个领域的某个专家，他就会以信件的方式与他们纠缠不休。真是老年人自觉还有用的错觉。

我把手指按在眼睛上，十分用力，使得眼睛黑暗的四周环绕着强烈的色彩。松开手，红色重新扩展出现，疼痛一样地突然。秘密已被查清，它从来就不是秘密，只不过我把它当成了秘密，把什么当作秘密是很容易的。我睁开双眼，重新开始梳理。

我想，也许一开始我就假设自己知道了这秘密，我不应该努力地去查明，秘密已经害死了他。现在，我有了难以辩驳的神志健全和随后死亡的证据。宽慰或痛苦，我一定是感受其一。空白，失望：发疯的人可以从他们躲避的地方返回，死人却不能，他们被禁止。我试图回想起他，勾勒出他的脸，还有他活着的样子，可我发觉我做不到。我所能记起的是他手举卡片，考我们算术题：3×9=？现在，他就像一个数字，像一个零一样地消失不存在，如同答案处的那个问号。那是未知的数量。那是他的方式。一切都可以量化。

我低头注视着这些画，它们并列地摆放在桌子上，我的两条胳膊成了它们的镶边。我再一次注视它们。我发现有一处“空白”，它肯定暗示着某个未被解释或被遗忘的什么东西。

我把前六张图画摆在桌子上，运用他们所说的我的智慧，仔细地研究它们，而在其它方面我确实相形见绌。上面的注释和数字显然是什么地方的代码，这就是他留给我破解的谜，一道算术题。小时候他教我们算术，母亲教我们读写。学几何时，我要学的第一件事就是用圆规画花朵，它们看上去像迷幻的图案。他们曾经以为用圆规作画你就能看见上帝，但我所看到的只是风景和几何图形。如果你相信上帝是一座山或是一个圆圈，那么你看到的就没什么区别。他说耶稣是历史人物，上帝是迷信，而迷信是一种并不存在的东西。如果你告诉你的孩子上帝并不存在，他们就不得不相信你就是神，可当他们最终发现你不过是个凡人，你也不得不变老死亡，又会是怎样的一种情形呢？复活就像植物生长，耶稣基督今天复活了，人们在主日学校里唱着颂歌，赞美水仙花，但人不是洋葱，就像他明智地指出的，它们活在地下。

数字是一个系统，一个游戏。我该和他一起玩下去，这会使他看上去至少没有死去。我把图画排列成行，比较上面的注释，像珠宝商一样细心地鉴别它们。

我终于在另一张画有鹿角形的图画上找到了答案：一个我可以辨认出的名称，白桦湖。我们曾在那儿钓过鲈鱼，它通过一条陆地交通线连接着主湖。我来到大卫和安娜的房间，墙上钉着一张当地地图。陆地位置的一处标记着小小的红色X和一个数字，它和图画上的数字相同。只不过名称略有不同，上面印的是法语的白桦湖。政府把所有的英语名称都译成了法语，虽然印第安人的名称保持不变。地图上面还标有多处X符号，看起来像一幅藏宝图。

我要去那个地方核实，让图画与现实相一致。这样我才会确信，我没有违反规则，还找到了谜底。我可以谎称再进行一次钓鱼旅行。大卫一直不死心，他第一次钓到鱼后就再也没有好运降临了。两天时间，我们有足够的时间往返。

我听见安娜的声音由远及近，她在唱歌，歌声因爬台阶气喘而渐弱。我起身回到起居室。

“嗨，”她喊道，“我是不是被烤糊了？”

她全身粉红，晒得够呛，白皙的皮肤从比基尼泳装的边缘处显露出来，脖子把身体和涂脂抹粉的脸的颜色区分开来。“有点儿。”我说。

“听着，”她说，口气变得关切体贴，“乔怎么了？我走过船坞时，他一句话也不说。”

“他不爱说话。”我说。

“我知道，但这次不同。他只是在那儿躺着。”她催促我，询问着答案。

“他说我们应该结婚。”我说。

她的眉毛像触角一样竖立起来。“真的？乔？那不是……”

“我不想。”

“哦，”她说，“那可不太好。你一定觉得很糟。”她猜得很对，随后她把晒后修复霜擦在肩膀上。“帮帮忙？”她说，递给我一支塑料管。

我并不感到很糟。我觉得自己对什么都不以为然，好久以来我一直这样。也许我一生都会这样，正如有些婴儿一出生就耳聋或没有触感。可假如真是这样的话，我就不该注意到这种缺陷。某一时刻，我的脖子一定是被堵住了，好似池塘冰封，或者说，遭到创伤，我自己被锁进脑袋里了。此后，一切事情都从我周围擦身而过，就像在一个花瓶里，或是在这个村庄里，我能看到他们，却听不懂他们，因为我不能理解他们所说的。这也是观察者眼中的“瓶内物体变形”：果酱罐子里的青蛙看上去很大。对那些盯着我看的人来说，我一定很怪异。

“谢谢了，”安娜说，“我希望不会脱皮。我想你该去和他谈谈或怎么的。”

“我谈过了。”我说，可安娜的眼神仍然流露着责备。我做得还不够，我应该抚慰、赎罪，于是我顺从地向门口走去。

“也许你会处理好的。”她在我身后说。

乔还在船坞上，坐在船坞边缘，双脚浸在水里。我在他身边蹲下，他的脚趾上长有黑毛，像凤仙花嫩枝上的刺儿。

“怎么了？”我说，“你不舒服吗？”

“你清楚得很。”过了一会儿，他才回答说。

“我们回城里去吧，”我说，“和以前一样。”我握住他的手，这样就能触摸到他长了老茧的手掌，那是被旋转的陶土磨出来的，真实而具体。

“你在和我兜圈子，”他说，眼睛还是没有看我，“我需要的是直截了当的回答。”

“回答什么？”我问他。船坞附近有几只水蝇，湖水的表面张力将它们浮起，它们的脚在水面凹处产生的脆弱影子，投射在水下的沙子上，随着水蝇的移动而移动。乔那受挫的感情使我窘迫，他仍然感到愤恨，我应该更认真地待他。

“你爱我吗？这就是一切，”他说，“我只在乎这件事。”

又是语言，我对这种语言的使用无能为力，因为它不是我的语言。他肯定知道自己要表达什么，但用词不准确。爱斯基摩人有五十二个表示雪的词汇，因为雪对他们来说至关重要，爱也应该有同样多的名称。

“我想的，”我说，“某种程度上，我是的。”我绞尽脑汁才找到与我所说相符的某种感情。我确实想爱他，可这就像认为上帝应该存在而又无法相信一样。

“去他妈的上帝吧，”他说，抽回了他的手，“只说是或不是，别绕弯子。”

## 第十二章

“我说的都是真话。”我说。那声音不是我的，它发自一个穿着我的衣服的人，模仿着我。

“事实是，”他伤感地说，“你认为我的工作一文不值，你认为我是一个失败者，我不配爱。”他的脸扭曲着，那是痛苦：我妒忌他。

“不是这样的。”我说，但我无法说清楚，他需要的不只是这些。

“回屋去吧。”我说。安娜在屋里，她会帮我脱困的。“我去沏点儿茶喝。”我站起身来，但他没有跟我回去。

炉灶上烧着水，我从他们住的房间书架上拿下皮革相册，把它放在桌子上打开，安娜在旁边读小说。此时，我关心的已不是他的死亡，而是我自己的生死攸关之事。也许我能从照片上的脸部变化，弄清楚我的变化始于何时，我的生动活泼延续到哪一年、哪一天，然后突然凝固。法国大革命前，一位宫廷的公爵夫人突然停止大笑和哭叫，她的皮肤不再变化，不再有皱纹。这确实管用，她死后流芳百世。

最前面的是祖父、祖母的照片，还有远亲前辈以及陌生人的照片，他们摆出正面的行刑队员的姿势：那时照相机还很罕见，他们也许认为他们的灵魂将会被盗走，印第安土著人就是这样。照片下面是白色的标签注释，那是母亲悉心的文字书写。然后是母亲结婚前的照片，好似另一个陌生人，一头短发，戴着一顶手工编织的帽子。婚礼照片上，全是穿着胸衣的人，微笑着。接下来是我出生前的哥哥，最后才出现我的照片。还有保罗在湖水解冻前用他的雪橇和马载着我们在湖上游玩。我的母亲，梳着四十年代长长的怪发型，穿着皮夹克，站在盘子旁边喂鸟，一只胳膊向外伸出，松鸦鸟围绕在她周围。母亲正在训练它们，一只鸟落在她的肩上，一双图钉一样圆的慧眼窥视着她，另一只鸟停留在她的手臂上，翅膀是一片残影。阳光透过松林照在她身上，她的眼睛直视镜头，一副受惊的模样，脑袋缩进脑袋的阴影里，像个骷髅，光的恶作剧。

我看着自己成长、长大。母亲和父亲在照片中交替出现，建房子，砌墙，盖屋顶，在菜园中种植。照片四周是白纸的边缘，每个角都贴有胶纸，就像一扇扇小小的灰色或白色窗户，通向我不再能及的远处。大多数照片中都有我，我被封闭在这些纸张的后面；没有我的那些照片里，被困住的是不见人影的我。

在学校拍的照片中，我的脸与其他四十张脸排列在一起，身躯庞大的老师站在我们中间，鹤立鸡群。我能很快地找到自己，因为我总是因为乱动而被拍虚，要么脸转向别处。接下来是有光泽的彩色照片，已经忘却的男孩的脸上长着丘疹和疙瘩，而我穿着硬挺挺的衣服，硬布衬裙和薄纱裙子，层层叠叠的，活像点心铺里的生日蛋糕。最后，我终于出落得一副文明样了，变成一件成品。她对我说，“亲爱的，你看上去真美”，好像她真的这么认为，可我不信，那时候我就知道她从不欣赏普通人。

“那是你吗？”安娜问我，放下了手中的《斯德布利奇的谜案》。“上帝呀，我们竟穿过那种衣服？”

相册的最后几页是空白，几张零散的照片夹在发黑的相册页间，好像母亲并不想完成这项工作。在我穿上正式服装后，我就不再在照片上出现了。没有结婚照，当然，我们没拍。我合上封皮，抚平相册的四角。

没有暗示，没有事实真相，我看不到我的脸部变化始于何时。那之前，我一定很满足，惬意舒适，但那以后，我则让自己被割成两半。女人在魔术箱中被锯成两半，穿着浴衣，向人们微笑，这是借用镜子完成的魔术，我在一本喜剧书中读到过。没想到这事竟然在我身上发生了，我真的被分为两半。另外那一半，被锁死的那一半，才有可能是活着的。我是错误的一半，是分离的，是末端。我只是一颗头颅，连头颅也不是，我是更小的无足轻重的被割掉的拇指，没有感觉。他们在学校里开过这样的玩笑，他们带来里面塞着棉绒的小盒子，盒底开了一个洞，他们把手指伸进洞里，假装那是一根死人手指。

# 第十三章

大卫的手表指向十点时，我们离开了船坞。天空是水彩画一般的蓝，隆起背部的云朵是白色，凸出腹部的呈灰色。风从船尾吹来，浪花追逐着我们。我的胳膊举起，左右摆动，轻快且不由自主，好像自发知道该怎么做。我坐在船头，像一座船头雕饰。乔坐在我后面，向外侧划着水，独木舟破浪前行。

地标消失，很是突然，线性图的地形在我们四周拓宽成了石头和树丛：山岬，悬崖，东倒西歪的枯树，苍鹭岛上有复杂多变的鸟的身影，蓝莓岛好似被上面桅杆般的松杉树推动着前进。前面的一座小岛上，曾经有个用陷阱捕兽的猎人的小屋，原木间的缝隙塞着干草，地上的草堆就是床铺，可除了一堆乱七八糟的烂木板，我什么也未发现。

清晨，我俩交谈着，全是些毫无实质性内容的谈话。我们的语气平和且理智，好像在谈论话费账单。这就意味着，一切将要结束。我俩躺在床上，他的双脚伸出床尾。我不能等到我老得不必再做的时候，再去做这件事。

“等我们回到城里，”我对他说，“我就搬出去。”

“如果你愿意，我搬出去。”他大度地说。

## 第十三章

“不，你的所有陶器和东西都在那儿。”

“都归你了，”他说，“任何时候都是你的。”

他把这看成是一种竞争，就像学校里的孩子扭住你的胳膊问：服不服？服不服？直到你屈服，他们才放开你。他并不爱我，他爱的只是他自身的一个概念。他需要有人同他在一起，谁都可以；我无所谓，所以我也不必在意。

中午时分，日头高悬。我们在一片相当宽阔的湖面上一个凹凸不平的小岛上吃午饭。我们登上小岛时，发现有人在崖边光秃秃的花岗岩石上搭了个简易炉灶。附近到处是垃圾，橘子皮，空罐头，还有一团臭烘烘的油腻纸张。这是人类的痕迹。就像狗冲着篱笆撒尿，这无名的无边无际的水域和未曾归属的土地，足以驱使他们留下自己的签名，划出他们的疆域地界，而丢垃圾是他们完成此举的唯一手段。我把这些杂乱的东西拣起，堆在一旁，随后把它们烧掉。

“太恶心了，”安娜说，“你怎么能碰那些垃圾呢？”

“这是自由国家的标记，”大卫说，“希特勒统治下的德国就非常干净。”

我们无须用斧头砍柴，岛上到处都是从树上掉下来的干枝和树杈。我把水烧开，泡了茶。我们煮了罐头鸡汤面，从背包里拿出来的，还有罐头沙丁鱼和苹果酱。

我们坐在树荫下，风一转向，白色的炊烟和烧焦的橘皮味便围着我们打转。我从火上取下圆桶铁罐，给大家倒茶水，上面漂着灰烬和草屑。

“先生们,”大卫说着，一边举起他的锡杯，“为女王干杯。有一次在纽约的一家酒吧，我就是这么祝酒的。三个英国佬向我们走来，好像要和我们打架，他们认为我们是美国佬，冒犯了他们的女王。我说她也是我们的女王，因而我们也有权利这么说，最后他们请我们喝了酒。”

“我认为这样更恰当,”安娜更正道,“你该说:‘女士们，先生们，为女王和亲王干杯。’”

“这和妇女解放没关系,”大卫说完便闭上眼睛,“不然的话，你就到大街上去。我可不想在这屋子里见到女权主义者，她们鼓吹随意阉割，这样她们就能无拘无束地性享乐，她们野蛮地成群结队，在街上撒疯，手里挥舞着从花园里折下的树枝。”

“如果你愿意去，我加入你。”安娜开玩笑地对我说。

我说:“我认为男人应该更强一点儿。”但他们谁也没听清楚我说了什么。安娜望着我，好像我背叛了她，继续问我,“哇，你是不是被洗脑过?”随即大卫说:“要找工作吗?”他又对乔说:“听见没有，你更强一点儿。”乔只是厌烦地哼了一声，大卫接着说,“你应该给他接上电线，这样他才能出声。或者给他安装一个插座，扣上个灯罩，他会成为一盏了不起的台灯。明年我要请他为我的‘成人植物园’节目做一个嘉宾演讲，题目就叫‘陶器是怎样交际的’。他会走进大厅，两个小时不说一句话，一定会让所有的听众感到大不寻常。”乔终于笑了，惨淡的笑。

夜里，我需要救助。如果我的身体生来就能感觉、反应、有力地移动，那么某些红灯泡颜色的神经触处、蓝色的神经元和发亮的分子，就可能通过紧闭的喉咙和脖颈膜渗入我的头颅。他们说快乐和痛苦总是相依为伴，但人脑的大部分是中性的，没有神经，如同脂肪。我体验着各种情感，逐个给它们命名：快乐、安宁、负疚、轻松、爱和恨、反应、联系。感觉到的就像穿戴了什么，你看到别人的穿戴，自然就会记起它。然而，唯一使我感到的恐惧是我并没有活着：这是一种否定，就像大头针的阴影和当你把它扎进胳膊后所感受到的区别。在学校我不得不在书桌旁学习时，我就那样试过，用钢笔尖，也用圆规，它们是学英语和几何的工具，是知识的工具。人们发现，老鼠只喜欢感觉而不是别的什么。我的胳膊内侧有斑斑点点的痕迹，就像吸毒者一样。他们把针扎进脉管里，于是我倒下了，如同潜水，在黑暗中下沉，然后下沉到更深的地方，直至最深。我从麻醉的苍白绿色状态中醒来时，天已亮了，我什么也记不起来了。

“别烦他了。”安娜说。

“或许这次我也可以讲授一节短课，”大卫说，“对商人，我要讲授怎样只用左手就可以翻到《花花公子》最中间的一页，而闲着的右手还可以干点别的什么；我要对家庭主妇讲授怎样打开电视，同时又怎样关闭她们的大脑。这些都是他们感兴趣的，然后我们就可以回家了。”

他不会救助我，他自己也需要救助，我俩谁也不会披上斗篷，穿上战靴和霹雳服，我俩都怕失败。我俩背靠背地躺着，假装睡着了。胶合板墙背后，是安娜对着虚无之人祈祷的声音。浪漫漫画书的封皮总是一张流泪的粉色面孔，有如一根融化了的冰棒，而男性杂志的封面是关于享乐、汽车和女人，她们的皮肤光滑得如同软管的内壁。某种程度上说，这是一种解脱，一种对情感的逃离。

“你的问题在于你恨女人。”安娜狠狠地说。她泼掉剩茶，茶叶根从她的锡杯里飞出去坠入湖中，发出溅水的声响。

大卫咧开嘴笑了。“这就是人们所说的迟钝反应，”他说，“傻安娜的屁股被扎了一针，三天后才哼哼唧唧地喊疼。高兴点儿，你生气的时候可真是忸怩作态得很。”随后他四肢着地爬到她身边，用那胡须茂盛的下巴摩擦着她的脸，还问她是否喜欢被一头豪猪强暴。“你知道吗？”大卫问道，“豪猪是怎么干的？小心了！”安娜笑着看他，好像大卫是个脑子有问题的孩子。

可下一分钟，大卫爬了起来，在小岛的崖边蹦跳不止，紧握着拳头来回晃动，尽可能大声尖叫“猪猡！猪猡！”原来几个美国人途经这里返回村子，他们的船在波浪中上下颠簸，浪花飞溅，旗子摇晃不止。由于风声和马达声，他们听不见他在喊什么，还以为是同他们打招呼呢，于是他们也挥手微笑。

我把盘子洗净，浇灭了炉灶，炽热的石头发出嗞嗞响声。

## 第十三章

我们收拾一番，又出发了。划行变得更加困难，湖面上出现很多白色礁石。独木舟在我们身下滚动，我们不得已用力地划着，确保独木舟不发生侧翻。昏暗的水面上漂着泡沫，那是浪花激起而成的归宿。船桨划入湖水，耳朵里刮着风声。我气喘不止，浑身冒汗，肌肉酸痛，不管怎样，我的肌体还活着。

风太大了，我们不得不改变航向。我们划向背风的岸边，尽可能地靠近陆地，独木舟蜿蜒穿行在礁石和浅滩的迷宫中。那段水路很长，多亏树木为我们挡住了风。

最后，我们到达了连接陆地运输线的那个狭窄小湾。已是下午四时，我们被风耽搁了。我希望我能找到那个地方，小径的入口处，它就在对面，我知道的。刚一转过山岬，我便听到了声音，人的声音。起先，它像外装发动机的起动声，然后它变成了吼叫，链条锯的声响。我清清楚楚地看见了他们，两个头戴黄色盔帽的男人。他们身后留下了痕迹，每隔一段距离就有一棵伐倒的树倒向湖湾，树干就像被锋利的刀干净利索地切了下来。

勘探者，造纸公司或是政府部门，电力公司。如果他们是电力公司的人，我知道他们要干什么：他们要像六十年代那样抬升湖的水位，他们在测定新的湖岸线。又要上涨二十英尺，可这次他们不会像以前那样伐倒树木，代价太高，树木躺在湖水里就会自行腐烂。自然的花园消失了，幸存下来的只有那间原木屋。山丘将变成被枯树包围的贫瘠沙岛。

我们划过时，他们抬头扫了我们一眼，然后继续工作，默然、冷淡。他们是打前站的人，是代理人。树木倒下时发出嘎嘎的劈裂声，接着是砸到什么东西的噼啪、轰隆声。他们的附近竖立着一根数字标杆，上面的红漆清晰可见。对他们来说，湖是无所谓的，他们只关心什么系统：可能要建一座水库。战争时期。我什么也不能做，我不在那儿居住。

陆地运输线的靠岸处堆挤着原木，它们浸在水中，长满苔藓。我们从湿滑的原木中间挤出通道，尽量地向岸边靠去，然后爬出独木舟，拖着它上岸，我们的鞋子都湿透了。独木舟可是倒了霉，它的龙骨被刮擦了一下，还碰掉了几处不久前刷的油漆。

从独木舟卸下东西后，我把船桨横在座板上固定拴好。他俩说他们负责帐篷和独木舟，安娜和我负责背包和剩下的东西，钓鱼竿、渔具箱和装着我早上逮的青蛙的罐子，以及摄影器材。大卫坚持要带上摄影机，全然不顾我的会翻船的警告。

“我们要把胶片拍完，”他说，“我们的租期还剩下一半，一个星期。”

安娜说：“可没有什么你要拍的东西。”大卫则反驳说：“你怎么知道我要拍什么？”

“那儿有一处印第安人的石壁画，”我说，“是史前时期的。你可以拍拍那些画。”一个令他们感兴趣的景点，它将与“瓶屋”和驼鹿一家的标本，一同成为他们拍摄的意外收获。

## 第十三章

“哇，”大卫说，“是吗？太好了。”安娜说：“看在上帝的分上，别再纵容他了。”

他们以前都没走过陆地运输线，我们得帮他们抬起独木舟，再找好平衡。我说他们也许应该猫着腰用肩扛起独木舟，但大卫坚持说他们能对付得了。我说他们应该小心点，要是独木舟滑向一侧，而你又未及时躲掉，会压断你的脖子的。“什么意思？”他问道，“你信不过我们？”

小径还未完全消失，泥地上有很深的脚印，是皮靴踩出的脚印。脚印共有两行，只有往里去的，没有往外出的：不管他们是谁，也许是美国人，间谍，他们还在前面。

背包很重，为提防天气变糟使我们陷入困境，我们带足了三天的食品。背包带勒进我的肩膀，我前倾着身体抵御重负，前行时我的脚在湿漉漉的鞋里咯吱咯吱地响个不停。

陆地运输线要通过一块很陡的岩石，它是一条分水岭，然后穿过一片蕨草和幼树丛，抵达一个长方形池塘。要乘坐独木舟划过这个不是很深的池塘，才能来到第二条陆地运输线。安娜和我先到达池塘，我们卸下背包休息。安娜吸完半支烟后，大卫和乔才出现在下坡的小径上，他俩踉踉跄跄，左右乱撞，好像两匹蒙着眼睛的笨马。我和安娜扶住独木舟，他俩在独木舟下面弯着腰、屈着膝，呼吸急促，脸色通红。

“真希望是那水里的鱼。”大卫一边说，一边用袖口擦去额头上的汗。

“下一处陆地运输线距离稍短一点。”我对他们说。

水面上漂着百合花浮叶，是那种球状的黄色百合，中间有厚厚的花茎突起。百合花周围爬满了水蛭，我看见它们在褐色的水面下缓慢地上下浮动。划过池塘时，船桨触到水底引发的气泡从腐烂的植物中冒了上来，发出一股臭鸡蛋或放屁的味道。此外，成群的蚊子在空中来回飞舞。

我们到达了第二条陆地运输线，其标记是陷阱捕猎者在树上用刀砍下树皮而作的记号，多年的日晒雨淋，它几乎和树皮一个颜色了。当乔从前面爬出独木舟时，我急忙走过去，站在一旁替他扶稳独木舟。

什么东西就在身后，在看到它之前，我已先嗅到了，随后我听到了苍蝇的嗡叫声。那东西的气味和臭鱼味差不多。我回过头看去，发现那东西的脚被一根蓝色的尼龙绳绑住，大头朝下地吊在一根树枝上，翅膀垂落着张开。它注视着我，用那双被捣碎的眼睛。

# 第十四章

“好大的家伙，”大卫问道，“那是什么？”

“一只死鸟。”安娜回答说。随后，她用两根手指捏住了鼻子。

我接着说：“那是一只苍鹭。你们可不能吃它们。”我说不清楚它是怎么被杀死的，子弹射穿的，石头砸的，还是用棍棒击打的。这儿是苍鹭生活的好地方，它们可以飞到浅水区去捉鱼。它们一条腿站立着，用长长的尖嘴去戳鱼，还未等鱼浮出水面，它们就已经把它逮住了。

“我们最好把它拍下来，”大卫说，“我们可以把它和鱼内脏的镜头剪辑在一起。”

“胡说，”乔回答说，“它太臭了。”

“在电影里可看不出来，”大卫说，“你只须忍受五分钟。它看上去太棒了，你必须承认这一点。”于是他们开始摆弄摄影机，安娜和我坐在行李包上等着他们。

我看见苍鹭上面爬着一只甲虫，深蓝色，椭圆状。当摄影机嚓嚓作响时，它躲到苍鹭的翅膀下面去了。食腐肉的甲虫，专门吃死去动物的甲虫。他们为什么像滥用私刑处死受害者那样把它挂在树上？为什么他们没有像扔垃圾一样把它扔掉？只是为了证明他们可以这样做，他们有杀戮的权力。再者说，苍鹭没什么价值：从远处看，它很漂亮，但它不能被驯养，不能被吃掉，也不能被训练说话，他们与这样一个东西的唯一关联就是毁了它。捕猎动物可以当作食物、奴仆或者陈列它们的尸体，有限的几个选择：带犄角和尖牙的头被砍下来挂在弹子房的墙上，还有制成标本的鱼，它们都是战利品。一定是美国人干的，他们现在已经在这里了，我们会碰到他们的。

第二条陆地运输线确实距离短些，可周边的植物更加密集：树叶擦拂着我们，伸向小径上方的树枝像是在阻拦我们前行。新近断裂的树桩、灌木和木髓像破碎的骨头暴露在眼前，蕨草也被践踏。他们刚刚离去，他们拖拉机一般踩踏的脚印，在泥地上留下的凹痕就像挖掘的小洞、小坑。小径开始向下延伸，透过树的缝隙可以看见湖水的闪光。假如我问他们为何要做这毫无意义的事情，我不知道我该对他们说什么，也不知道能说什么。可走到这条陆地交通线的尽头，我们也没见到他们的人影。

湖的形状呈狭窄的新月形，远处的尽头，已在视线之外。这就是白桦湖，一片片的白桦树生长在岸边，可它们最终都是要死于树癌的，死于那种致命的树病，尽管它们现在还存活着。桦树梢在湖上吹来的风中摇曳，湖面上荡起波纹，湖水拍打着岸边。

## 第十四章

我们又爬上独木舟向湖湾划去，我记得那地方有一块我们可以宿营的空地。途中我们发现一些河狸遗弃的洞穴，其形状像是被损毁的蜂箱或木柴堆。我熟悉鲈鱼，它们喜欢水下绞缠在一起的植物。

我们抵达的时间要比我预计的晚些，太阳依然发红，却渐渐地淡去。大卫想立刻去钓鱼，可我说我们得首先支起帐篷，拣些柴草。这儿也有一堆垃圾，只不过它们更加久远：啤酒瓶上的标签已无法辨认，空罐头盒已然腐蚀生锈。我拾起垃圾，拎在手里，返回树林中挖了一个茅坑。

厚厚的落叶和松针，浓密的根须，潮湿的沙土。曾经在城里最让我烦恼的，是洁净瓷砖铺就的卫生间里的圆嘴形坐便器。抽水马桶和吸尘器，它们吼叫着使东西消失，那时候我真怕会有一台机器也那样把人给弄走消失，变得无影无踪，好比照相机，它不仅盗走了你的肉体，也偷走了你的灵魂。有着控制杆、按钮和扳机，机器会把人抛向空中，如同植物根茎长出花朵。小小的圆形和长方形的东西，使得逻辑变为真实可见，如果你按一下什么钮，事先你根本想不到会有什么事情发生。

我指给他们仨看我挖好的茅坑。“你坐哪儿呀？”安娜吹毛求疵地问我。

“坐地上，”大卫说，“这对你最合适，可以使你健壮。你的屁股也可以大有‘坐’为了。”安娜用手指捅了捅大卫的肚脐，说道“大草包”，模仿着大卫的神态。

我多打开几听罐头，把它们加热，随后又炒了菜豆和豌豆。我们就着冒气的茶水吃了晚饭。我从洗盘子的大石头处，可以看到远处湖尽头杉木丛中露出的帐篷一角：他们的掩体。双筒望远镜窥望着我，我能感觉到目光正通过步枪瞄准器的十字星射向我的额头，以防我做出任何有危险的举动。

大卫已经不耐烦了，他可不想辜负他的花费，白来一趟。安娜说她宁可呆在露营地：钓鱼引不起她的兴趣。我们把防虫喷剂留给她，然后我们三个带着钓鱼竿登上了绿色独木舟。我把装青蛙的罐子放在船尾，很容易能够到它的地方。这次，大卫与我面对面，乔坐在船头，他也要钓鱼，虽说他没办钓鱼许可证。

风减弱了，湖水呈粉橘色。我们沿岸划舟，发出冷光的白桦树林悬在我们头顶，像冰柱一样。我感到头晕目眩，阳光和水面反射的光太强烈了，脸上的皮肤也发着光，好似灼伤了一般。我闭上眼睛，大脑里便出现苍鹭的身影，倒悬着。我本该把它埋掉。

独木舟驶向最近的一个河狸穴，大卫和乔把独木舟固定好。我打开渔具箱，将鱼饵穿在大卫的钓钩上。大卫兴致很高，竟然兴奋地吹起了口哨。

“嗨，也许我能钓上一只河狸，”他说，“河狸是国家的象征。它才是应该印制在国旗上的东西，一只被劈开的河狸，不该是一片枫叶。我要向那样的旗帜致敬。”

“为什么它要被劈开？”我问他。这就像活剥一只猫，我还是弄不懂。

他看起来有些气恼。“只是开个玩笑。”他说。见我还是没笑，他又接着说，“你是在哪儿长大的？这是女性生殖器的俗称。要是我们唱起‘永恒的枫树河狸’，那才叫妙呢。”他把钓鱼线沉入水中，开始唱了起来，调跑得厉害：

从前，不列颠的海岸上
走来勇敢的英雄沃尔夫：
他的英雄事迹传遍家家户户
响彻在广阔的加拿大大地上……

“你们在学校也唱过这首歌吗？”

“鱼会听见你说话的。”我说，于是他闭上了嘴。

身体的一部分，却是一只死动物。我实在不知道苍鹭属于他们的哪个部分，他们这么急切地杀死了它。

浮现在我脑海里的是漂浮的拖船，那种以前在湖上常见的拖船，船后拖着栅状原木，男人在船舱中挥手，阳光和蓝天，真是美妙的景象。只可惜这景象不会持续长久。那一年的春天，当我们抵达那个村子时，发现拖船已经搁浅在政府建的码头附近，完全被废弃了。我想看看那幢小房子到底是什么样子，看看人们是怎样在里面生活的。我确信里面有一张小桌子和椅子，从墙上放下来的折叠床，还有花布窗帘。我们爬了进去，门是开着的，里面只有光秃秃的木板，甚至没刷油漆。根本就没有家具，炉灶也不见踪影。我们发现的仅有的东西，是窗台上两把生锈的剃须刀片和墙上的铅笔画。

我猜墙上画的是植物或鱼，其中一些画的样子很像蛤，可我的哥哥突然笑了起来，他知道一些我并不知道的事。我缠住他不停地问，直到他给我作出解释。我感到震惊，不是因为那些身体的部位，毕竟我们还听说过它们，而是因为它们可以从必须与之连为一体的身体上割下来，好像它们可以使自己与之分离，像蜗牛一样靠自身爬行。

我早已经把此事忘掉了，可当然了，它们是神奇的绘画，如同洞穴画一般神奇。人们把自认为重要的东西，你正在追求的东西，画在墙上。他们有足够的食物，没有必要去画豌豆罐头和阿根廷咸牛肉。相反，绘画是他们进行往返多次乏味而毫无浪漫色彩的湖边旅行时拥有的嗜好，除了打牌，无所事事，他们一定对来来去去地被束缚在原木上极为憎恨。如今，他们或老或死，他们有可能相互憎恨过。

两根鱼竿上同时有鲈鱼咬钩。鲈鱼奋力挣脱，鱼竿已经弯折。大卫钓上来一条，乔却让他的鱼逃向枝条的迷宫，鱼线缠绕在一根树枝上，然后给拽断了。

“嗨，”大卫说，“替我把它杀了。”鲈鱼很凶猛，它在独木舟里乱蹦乱跳，水从鱼鳃中喷射出来，发出嘶嘶的声音。它不是感到害怕就是被激怒了，我说不清楚。

## 第十四章

“你还是自己杀吧，”我一边说，一边把刀递给他，“我给你示范过，还记得吗？”

金属的撞击声砸在鱼骨、头骨和没有脖子的脑袋上。鱼是一个整体，我再也不能杀死它了，我没有权力那样做。我们不需要它，我们该吃的食物是罐头。我们一直在干这种错事，这是一种侵犯，只不过是为了消遣或开心或高兴，即他们所说的娱乐，这些再也不是什么能站得住脚的理由了。我父亲曾说，那是解释而绝非正当理由，真是恰如其分的格言。

他俩欣赏着杀鱼过程和鱼尸体时，我从渔具箱中拿出那个装有青蛙的罐子，将盖子打开，它们跳进水中，那些背部有黑豹斑点和长有金色眼睛的绿青蛙终于得救了。中学时期，每张课桌上都放着一个盘子和青蛙。青蛙吸入乙醚后，像小垫布一样平展地被大头钉固定在课桌上，随后开膛剖腹，仔细观察，用钳子夹出内脏，与身体相分离的心脏如喉结一样缓慢地收缩着，上面并没有殉道者的名字，乱七八糟一连串的肠子。在医院，或者殡仪馆，用药水浸泡过的猫，充气后变成塑料制品，上面的红线表示动脉，蓝线表示血管。找到蠕虫的大脑，把你的身体献给科学。我们对动物所做的一切也可以施用于我们彼此：我们先在动物身上试验。

乔把他的断鱼线甩给我，我在诱饵袋子中找到另外一根接钩线，一个铅坠，又找到了鱼钩：它们是帮凶，是共犯。

美国人已经转过山岬，银色的独木舟上坐着两个男人，向我们冲了过来。我打量着他们，看透了他们的伪装：他们不是已经发胖的中年人，不是那些驾驶机动船并依赖向导的人，他们更年轻，更注意仪表，具有杂志封面人物才有的坦率和棕褐色优雅的宇航员气质。划到我们身边时，他们开口朝我们微笑，露出两排规格一致的牙齿，洁白且整齐，有如假牙一般。

“钓到什么了吗？”前边那人带着中西部地区的口音问道，完全是传统的打招呼方式。

“好多呢。”大卫也冲着他们微笑着回答。我希望他会对他们说些什么，激怒他们，但他没有说，他们的块头太大了。

“我们也一样，”前面的那人说，“我们到这儿三四天了，它们不停地咬钩，每天钓到的鱼都超过限额。”他们的独木舟船头有个满是星星的旗帜贴花，像所有其它的旗帜一样，只不过小些而已。这就好比向我们宣示：我们正在一片被占领的国土上。

“好的，再见。”船尾的那家伙说道。他们的独木舟从我们的身旁经过，驶向下一个河狸穴。

他们拿着射线枪鱼竿，面孔像宇航员的头盔难以穿透，长着狙击手的眼睛，一定是他们杀死的苍鹭，罪恶感像锡纸一样在他们身上发光。我的大脑想起有关美国人的传说：他们在水上飞艇的浮筒里装满非法捕获的鱼，他们的汽车装有假底，干冰里藏有二百条湖鳟鱼，一次渔猎检察官偶然查出了他们的水货。“这是一个令人讨厌的国家，”当那位渔猎官拒绝他们的贿赂时他们说道，“我们决不再来了。”他们喝得醉醺醺，驾驶着他们的机动船以追赶潜鸟为乐，就在鸟儿将要潜入水中时，他们迂回堵截，不给它起飞的机会，直到它被淹死或是被船下的螺旋桨铰成碎块。荒唐的杀戮，只是一场游戏；游戏过后，他们就腻了。

落日褪尽了光芒，黑色从天空的另一半升起。我们收拾好鱼开始往回划，一共钓到四条鱼，我削了一根丫形幼树枝，从鱼鳃穿过，将它们串在一起。

“呸，”安娜对着我们大声地尖叫，“你们的身上全是鱼市的味道。”

大卫说：“我们该喝点啤酒。也许能从美国佬那儿要一点儿，他们喜欢助人为乐。”

我拿了一块香皂去湖边洗净手上的鱼血，安娜从后面跟了过来。

“上帝啊，”她说，“我该怎么办？我忘记带化妆品了，他会杀了我的。”

我审视着她：暮色中，她的脸泛起一层灰色。“也许他不会注意的。”我说。

“他会的，你倒是不急。妆容还未褪尽，或许现在他发现不了，但明天早晨他一定会注意到的。他让我时时刻刻看上去都像只雏鸡，否则的话，他就会怒气冲天。”

“你可以把脸弄脏。”我说。

对此，她倒是未置可否。她坐在石头上，额头抵着膝盖。“他会因此而收拾我的，”她听天由命地说，“他订了几条规矩，如果我违反其中一条，我就会受到惩罚，只不过他一直在改变规矩，我总也拿不准。他疯了，他脑子里好像缺根什么筋，你明白我的意思吗？他喜欢让我哭泣，因为他自己哭不出来。”

“但这次不会很严重，”我说，“不就没化妆吗。”

她的嗓子里发出一种怪声，也许是咳嗽，也许是发笑。“问题并不在此，他是要借题发挥。他时时刻刻盯着我，寻找借口。随后，他不是冷落我就是粗鲁地向我发泄，让我难受。我想我这样说太不文明了。”昏暗的暮色中，她的白眼球转动着注视我。“要是我对他谈起这些，他就会说一通挖苦人的鬼话。他说我的头脑像肥皂剧，他说我在捏造事实。但你知道，事实不是这样。”她在请求我的裁决，可她又不信任我，她害怕我在背后对大卫说什么。

“也许你该离开他，”我建议她，“或者离婚。”

“有时我觉得他希望我这样做，我实在是搞不懂。一开始这还倒是个不坏的主意，可后来我真的爱上他了，而他忍受不了，他忍受不了我爱他。这是不是很可笑？”她披着我母亲的皮夹克，因为她没带厚毛衣，所以就把皮夹克穿来了。皮夹克披在安娜的身上，显得那样不协调，似乎缩小了许多。我努力回忆着我母亲的身影，但大脑一片空白。我所能想起的只是她曾经给我讲的一个故事：她很小的时候，她和姐姐用旧雨伞给自己做了翅膀。她们从粮仓的顶端往下跳，想要像鸟一样飞翔，结果摔断了踝骨。她讲这故事时总是大笑不止，但那时，我感到

## 第十四章

这故事让人发冷、忧伤，有种难以忍受的失败感。

“有时，我觉得他宁可愿意让我去死，”安娜说，“我曾做过这种梦。”

我们走回去后，我燃起篝火，开始煮奶粉拌可可。除了火焰以外，一切都暗了下来，星火螺旋状地向上升腾，下面的炭火在夜风的吹拂下闪着红光。我们坐在铺在地上的毯子上，大卫用一只胳膊搂着安娜，我和乔则有一尺之隔。

“这情景让我想起了《导游女孩》这首歌，”安娜用欢快的语气说道，这才是她的本来的声音。她开始唱了起来，音调迟缓、颤抖：

天空的蓝鸟，
飞过多佛的白崖，
明天，当世界自由时……

歌声飘进阴影中，炊烟稀薄，升空消散。湖对岸那边，一只花斑猫头鹰正在鸣叫，急促、轻柔的声音像羽翅拍打着耳膜，打断了安娜的歌声，似乎是对她的否定。她很快回头看了一眼，显然她也感觉到了。

“此刻，人人都在唱。”她说着，一边拍起手来。

大卫说：“好了，晚安，孩子们。”随后他和安娜钻进他们的帐篷。帐篷里的电筒光亮了一会儿，然后就灭了。

“来睡吗？”乔问我。

“等一会儿。”我想让他先睡。

我在黑暗中坐着，夜晚湖水的拍打声环绕着我。远处，美国人的篝火还在闪烁，好像希腊神话中那个独眼巨人阴郁的红眼睛：那是敌人的战线。我希望恶魔降临在他们身上：让他们受煎熬，我祈祷着，掀翻他们的独木舟，烧死他们，把他们劈为两半。猫头鹰好似回答了我，又好像没有回答。

我从挂着防蝇网的入口处钻进帐篷。我摸到了手电筒，却没有把它打开。我不想打扰他。我摸索着脱了衣服。他躺在我身边，一动不动，非常舒服的样子。也许只有在这时候我才会有类似爱的情感，即是说在他睡着的时候，在他无所求的时候。我用手轻轻地抚摸着他的肩头，就像触摸一棵树或一块石头。

然而，他并未睡着。他转动身子，向我靠了过来。

“对不起，”我说，“我以为你睡着了。”

“好吧，”他说，“我服输，你赢了。让我们忘掉我说的一切，你愿意怎么样就怎么样。像以前一样，好不好？”

太晚了，我做不到。“不。”我回答说，一边挪到远离他的地方。

他气恼地紧紧抓住我的胳膊，然后又把手松开。他恨恨地说道：“全是些胡说八道的鬼话。”黑暗中，他的轮廓高大起来，

## 第十四章

我赶紧蜷起身子，生怕他打我。可没想到他转过身去，用睡袋把自己裹了起来。

我的心怦怦直跳，身子却一动不动，我辨析着帆布外那边的声音。吱吱声，干树叶上的唰唰声，呼噜声，夜间活动的动物声。没有危险。

# 第十五章

帐篷的顶部是半透明的牛皮纸，清晨的露水湿润了它们，看上去有些斑驳。鸟的歌声在我耳边鸣响，宛如潺潺流水和冰上圆舞曲，空气中充满着流动的音节。

午夜时，乔大吼起来，他又做噩梦了。我碰了碰他，并未感到恐惧，他被束缚在紧身睡袋中。他坐了起来，仍然是半睡半醒。

“这个地方有问题。”他说。

“怎么了?”我问他，“你梦见什么了?”我想知道他的梦，也许我能记住他的梦。没想到他又弯曲着身子，钻回睡袋里去了。

我的手就在身边，上面散发着木柴烟熏的风干兽皮味，与汗水、泥土、垂钓、从前的味道混在一起。过去在木屋居住时，我们会把穿过的衣服浸泡在水里，洗掉森林的气味，赋予我们的“外皮”以香皂和洗衣液的味道。

我穿好衣服，来到湖边，把脸浸进湖水。这儿的水不像主湖里的水那样清澈：它有些发褐，因为有更多的动植物在这里更紧密地聚集，水也更凉一些。湖水中的暗礁垂直向下，它真应该叫“锋刃湖”。我叫醒了他们三人。

我把四条鱼洗净，在鱼身上裹上面粉，然后开始煎鱼，煮咖啡。鱼肉洁白，显露出蓝色的青筋，其味道好像水下植物和芦苇。他们只管吃着，没说什么话，他们都没睡好。

阳光下，由于没擦粉底和腮红，安娜的脸显得干巴巴的，甚至还有些紧皱。她的鼻子晒脱了皮，眼睛下面现出细小的皱纹。她一直避免直视大卫，但大卫好像并未注意，他什么都没说，只有安娜的膝盖碰洒他杯子里的咖啡时，他才说了一句“小心点儿，安娜，你越来越粗心了”。

“今天上午你还想钓鱼吗？”我对大卫说，但他摇了摇头，“我们去拍那块大岩石上的壁画吧。”

我把鱼骨扔进火里烧了，鱼脊脆弱得像花瓣一样，随后我把鱼内脏埋在林地里。它们不是种子，春天来到不会长出鱼苗。我们在岛上发现了鹿的尸骸，上面有片片残肉。他说过狼群在冬天咬死了它，因为它老了，生存的自然法则。假如我们潜进水里追逐鱼儿，用牙齿咬住它们，在它们的领域与之搏斗，这倒公平，可鱼钩、鱼饵只是替代物，空气中不是鱼儿生活的领域。

他们俩不停地摆弄着摄影机，调整着这个、那个，又讨论了一番。终于，我们出发了。

根据地图，石壁画应该位于美国人宿营的小湾旁。美国人似乎还未起来，他们的炉灶还未冒烟。我想，我的诅咒可能起作用了，他们死了。

我在岸边发现一处缓坡，一个与地图上标记相吻合的地带。那儿就是地图上X的位置，毫无疑问：悬崖下的垂直岩面，正是他们用来作画的地方，此外看不到其它的平滑岩石。他曾经到过这里，而远在他之前，印第安土著人、第一批探险家，已经遗留下他们的痕迹，符号、文字，可我们却不知其义。我身子前倾，仔细地察看悬崖表面。我们任独木舟左右摇摆，最后它们刮蹭到了一块石头。

“找到壁画了吗？”大卫问我，随后又对乔说，“你得把独木舟弄稳当点儿，岸上可没有我们拍摄的角度。”

“一开始可能看不清楚，”我说，“褪色了。它应该就在这儿附近。”然而，它不在：没有长着鹿角的人形，没有红色的涂漆，甚至连一点痕迹都没有。岩石的表面在我手下扩展，上面的纹理十分粗糙，好似月球的表面，粉白色石英的断纹不时出现，一条对角的纹路表明陆地曾缓慢地倾斜，没有人留下的迹象。

也许我没记清楚地图的位置，或者他标在地图上的记号是错的。我已经推断出结论，按照他教给我们的方法找到了谜底的线索，可现在它们却把我引入死胡同。我觉得他好像欺骗了我。

“谁告诉你这儿有壁画的？”大卫问道。

“我只是认为它就在这儿的，”我说，“有人提到过它。也许是另一个湖。”一瞬间，我恍然大悟：确实如此，湖水上涨了，它应该在水下二十英尺的地方。那就应该是另一个湖，这个湖是主湖水系的一部分，分水岭把它们隔开了。地图上显示他也是在主湖找到壁画的。根据那封信所说，他一直在提供壁画的照片。我在屋子里寻找线索时没有发现照相机。没有图画，没有照相机。我搜寻得不太彻底，我该再找一找。

他们都感到了失望，他们希望找到好看或新奇的东西，找到他们可以利用的东西。他没有按规则出牌，他欺骗了我，我要与他当面对质，要求他作出解释：是你暗示说壁画在这儿的。

我们返了回去。美国人已经起来了，他们还活着。他们正要乘独木舟外出，前面那个人在船头上搭着一根鱼竿。乔和我坐在船头，我们从他们的右侧迎了上去。

“嗨，”前面的那人对我招呼，又是苍白的微笑，“运气好吗？”那是他们的盔甲，乏味无知，大脑像天气探测气球般空空如也：借此他们才可以保护自己不受任何东西的侵害。麻醉强度的毒品，直接注入他们的静脉。我想象着他们吸毒时的兴奋癫狂，喝了神经迷幻汁一样，然后又垂头丧气，一个个像倒栽葱的飞机摔了下去。由于他们这种人的存在，无辜的人被杀害。我想，他们这些快乐的杀戮者内心根本就没有限制他们凶杀行为的基因，他们没有良知，没有虔诚。对他们来说，唯一有生命价值的是，他们是人，他们是自己那种人，他们是经衣服伪装和某些鬼把戏掩盖的人，是披着用层层薄片叠成的外壳的人。在那些认为动物是他们祖先的灵魂或是他们神灵的孩子的国家里，情形会大不一样，至少他们有内疚感。

“我们没钓鱼。”我一字一句地说。我的胳膊好像要抡起船桨劈开他的脑袋：他的眼睛会被打开花，他的头颅会像鸡蛋似的破裂。

他的嘴角撇了撇。“哦，”他说，“你们来自美国什么地方？你的口音倒听不出来。弗雷德和我猜你们是俄亥俄州人。”

“我们不是美国人。”我回答说。我为他们把我误认为是他们中的一员感到愤怒。

“你不是在开玩笑吧？”他的眼睛一亮，好像他看见了一个真正的当地人。“你是这儿的人？”

“是的，”我说，“我们全都是。”

“我们也是。”后面那人出乎意料地说。

前边那人伸出手来，我们之间只有五英寸宽的水面相隔。“我来自萨尼亚，他是弗雷德，我的表弟，多伦多人。从你们的发型和装束来看，我们以为你们是美国人。”

他们的言行简直使我发疯，他们伪装了自己。“那你们船上的那面旗帜是怎么回事？”我说，我的嗓门很大，他们大吃一惊。前边那人马上把手缩了回去。

“那面旗呀，”他说，耸了耸肩膀，“我是大都会队的球迷，已经好几年了，我总是为弱队鼓劲加油。那年，我去看比赛时买了这个旗贴，那年他们赢得了锦标。”我仔细地看了看那面旗贴，根本不是旗，而是一个蓝白相间的长方形图案，上面印着红字：“胜利属于大都会”。

## 第十五章

大卫和安娜从后面划了过来。“你是大都会队的球迷？”大卫问道。“铁杆球迷。”他把独木舟划到他们的船边，他们相互握手。

可毕竟是他们杀死了苍鹭。他们来自哪个国家无关紧要，我的大脑告诉我，他们仍然是美国人，他们正把我们引向歧途，我们也会变得和他们一样。他们像病毒一样蔓延，病毒钻进大脑，取代细胞，细胞从内部发生变化，染上疾病的细胞不分是非。就像新近的一部科幻电影所描述的，那些来自外层空间的生物，他们是肉体劫持者，他们会把他们自身的基因注入你的身体，取代你的大脑，他们墨镜后面的眼睛没有眼球，像鸡蛋壳一样。如果你的外貌与他们一样，谈话与他们一样，思维与他们一样，那么你就是他们；我是说，你讲他们的语言，语言是你所做的一切。

可他们是怎么进化的，他们的祖先是从何处而来。他们不是来自另外星球的入侵者，他们是地球人。我们是怎样变坏的。对我们来说，在我们小的时候，希特勒是罪恶的起源，他是最大的邪恶，像真的魔鬼一样群爪乱舞，诡计多端，难以战胜。我知道他的时候，他已变成灰烬，只留下几颗牙齿，但这并不重要。我肯定希特勒还活着，他出现在我哥哥冬天带回家的漫画书中，还有我哥哥的剪贴簿中，他是坦克上面的纳粹标志，要是他能被毁掉就太好了，每个人都会被拯救，天下太平。

当父亲点燃篝火烧烬杂草时，我们就往火里扔小树枝，并唱道"希特勒的房子烧塌了，我的美丽仙女，哦！"我们知道这办法很有效。为了对付他，人们动用过各种各样的恐怖手段。尽管希特勒不在了，但他却留下了什么东西。不管它是什么，即使在那个时候，美国佬离开时，虽说他们在傻笑，虽说他们在摆手再见，可我依然会心有所惑，美国人是否比希特勒更坏？这就像被砍断身体的寄生绦虫，断掉的几段还在生长。

我们回到宿营地，卷起睡袋，拆下帐篷，打点行装。我填好茅坑，把浮土抚平，再用小树枝和松针把它遮掩好。没留下任何痕迹。

大卫想留下来与美国人共进午餐，一起谈论棒球比赛。我对他说我们要逆风划船，必须抓紧时间。我催促着他们，我要离开，离开友好的金属杀戮者，也离开我自己的愤怒。

十一点时，我们到达第一条陆地运输线。我的双脚在石头和泥泞中行走，踩着只隔一天的脚印，原路返回。我的大脑里，线路和路径重新连结又再次分岔，除了希特勒，在我哥哥上学和听说他之前，我们还杀死了其他人，于是我们的游戏变成了战争游戏。我们从前装扮成动物，我们的父母是人类，可他们竟成了有可能向我们射击并捕获我们的敌人，我们得躲避他们。有时动物也有力量：有一次我们装扮成一群蜜蜂，咬掉我们最不喜欢的洋娃娃的手指、脚和鼻子，撕开棉布做的躯体，扯出里边的填充物，那是与床垫里一样的蓬松的东西，然后我们把洋娃娃扔进湖里。洋娃娃在湖上漂浮，他们发现了它，问我们怎么把洋娃娃给弄丢的，我们撒谎说我们不知道。杀戮是错误的，我们被这样地教导过：只有敌人和作为食物的动植物才可以被杀死。洋娃娃当然没有受伤，它不是活物，尽管孩子们认为所有的东西都是活的。

返回途中经过池塘时，那只苍鹭还挂在那儿，像肉店橱窗里的什么东西，在灼热的阳光下被亵渎，不可救赎。它散发出的味儿更加难闻，它的头上，苍蝇震颤着产下它们的卵。那个民间故事说，一个学会与动物交谈的国王，吃了一片有魔力的叶子，动物们泄露了宝藏，泄露了计谋，可动物又救了他的命。真正的动物会说什么？谴责，恸哭，愤怒的长嚎，但它们没有发言人。

我有种可怕的作为同谋犯的感觉，我的手上沾有血迹，像胶水一样黏，好像我站在那儿旁观却没有说“不”，也没有采取任何行动来加以制止：只是人群中一张静默谨慎的面孔。我想，有些人的麻烦在于他们是德国人，而我的麻烦在于我是人。某种程度上说，一只死鸟所引起的烦恼，比报纸上的战争、暴乱和凶杀等其它事情所引起的烦恼还要强烈，这听起来可真是愚蠢。对战争和暴乱而言，它们总是有可解释的理由，人们著书论证它们发生的原因：可苍鹭的死却是不折不扣的毫无理由。

在“实验室”那段期间，他已经老了。他从未逮过鸟，鸟飞得太快了，他捕捉到的都是些速度很慢的动物。他把它们装在罐子和听罐里，放到森林远处沼泽地附近的一排木板架子上。为了能够抵达那个地方，他特意开辟的小径很是隐秘，小径两旁树上的刻痕就像密码一样。有时候，他忘记去给它们喂食，或许由于晚上太冷，因为有一天我独自去了那里，发现一条蛇已经死了，几只青蛙皮肤干裂，黄色的肚皮鼓得圆圆的，小龙虾漂浮在混浊的水面上，它们的脚如同蜘蛛一样地伸展着。我把瓶罐里装的东西都倒进沼泽里，它们变成了另外的一些东西，还活着的东西，我把它们放生了。我把这些罐子和听罐洗刷干净，然后把它们摆放在木架上。

午饭后，我躲了起来，但我最终还是得回来吃晚饭。他不能在他们面前说什么，但他知道那是我干的，不会是别人。他气得脸色发白，眼睛扭曲着好像难以看清我似的。“那是我的东西。”他说。后来他又逮了一些，并且变换了地点。这次，他没有告诉我。可我还是找到了那个地方，但我不敢再把它们放跑。因为我的恐惧，它们被杀戮了。

我不希望有战争，有死亡，我不希望有这两种事情发生。我只想要兔子以及它们多彩的蛋形房子，太阳和月亮依次悬在平坦的地球上方，总是夏日，我希望每个人都快乐。可是，我哥哥的画更加真实，武器、被肢解的士兵：他是个现实主义者，这一点能保护他。他有一次差点淹死，但他不会允许那样的事再次发生。他离开时，万事俱备，防患于未然。

水蛭依然生存在温热的池水中，一群群幼水蛭像手指一样黏附在百合浮叶的茎上，大一点儿的水蛭四处游动，像面条一样平滑柔软。我不喜欢它们，但反感不能成为理由。在另外那个湖，我们游泳时水蛭从不打扰我们，可我们还是逮住那些身上有斑点的水蛭，即我哥哥称其为非良种的水蛭。在母亲看不见的时候，我们就把它们扔到篝火里，因为母亲严禁残忍行为。对此，我倒是并不在意，只要它们死去就可以。然而，这些水蛭却痛苦地扭曲着爬了出来，身上沾着灰烬和松针往湖里爬去，好像能嗅出湖水的位置。这时他就会用两根木棍把它们夹起重新放回火中。

这并不是这座城市的问题，也不是校园调查者的错，我们并不比他们更好，我们只是有不同的受害者。我们可能再次成为一个小孩，一个野蛮人，或一个破坏者：我们中间也会有这种人，这是天生的。某种东西锁闭了我的头脑、手、神经元，它截断了我的逃跑之路：那是一条错误的路，不是出口，救赎在别处，我一定是忽略了它。

我们抵达主湖，又开始往独木舟上装东西，然后推着独木舟冲破杂乱原木的包围。小湾里被砍倒的原木和刻有标记的标杆，表明那个什么电力公司的勘探员曾涉足于此。我的国家，要么被卖掉，要么被淹没，变成一个水库。人和土地、动物一起被卖掉，讨价还价，出售，卖掉。他们称之为售出，卖掉了。洪水是否到来将取决于谁会当选，不过不是在这里，而是在别的什么地方。

# 第十六章

这是第六天了，我必须得查出个结果：这是我最后的机会，明天伊文斯就要用船将我们接回村子去。我的大脑在高速运转，抑制败兴的事情出现，用计算和数字的集合来填充空白。我需要了结，因为我还没干成什么事。更确切地说，我要把自己凝聚成一个针尖，刺穿事实，一个确定的事实。

我迫不及待地又查看了地图。X的位置就在那里，我没有弄错。只剩下一种方法能够解释它了：有些X可能表示他认为有壁画而尚未查看的地方。我的手指掠过湖岸，寻找着参照标记。最近的地方就是我们第一天晚上钓鱼的峭壁处，壁画有可能就在水下，我得潜水去寻找。如果我找到什么，就能为他辩白，我就会明白他一直都是对的。如果找不到，我就得试第二个标有X的位置，即靠近苍鹭岛的那个地方，然后是下一个。

我已穿好泳装。刚才我们一直在船坞上洗衣服，在道道肋骨状的洗衣板上揉搓，用过期的黄色肥皂去污，站在湖水里把衣服漂净。这些衣服被夹在木屋后面的晾衣绳上风干，有衬衣、工作裤、袜子、安娜的彩色内衣，它们是我们抛掉的皮肤。安娜看上去十分放松，歌声从她那新涂抹过化妆品的外壳脸中传了出来，她正蹲在湖边用洗发水洗去头发上的烟味。为提防美国人偷看，我穿了一件汗衫。离开之前，我再一次寻找他的照相机，那架他用来拍摄壁画的照相机，可它不在这儿。他肯定把它给带走了。上一次，最后一次。

还未等我走下台阶，我就看见了他们。他们三个在船坞上，我透过树的缝隙看见了他们被分割的身影。安娜穿着橘黄色的比基尼跪坐在那儿，头上蒙着一块毛巾，看上去像个修女。大卫站在她旁边，双手叉腰。稍远一点的地方，乔坐在船坞上，手里拿着摄影机，吊着双腿，脑袋歪向一边，好像在客气地等待他俩结束谈话。当我听到他们的说话声时，我突然收住脚步。独木舟就在那边，我只需要其中的一条，可这太冒险了。这是个风平浪静的日子，声音会传过去的。

“来，把它脱掉。”大卫说，仍然是轻飘飘的幽默口气。

“我没惹你。”安娜轻声地回答，躲避着。

“伤不着你的，我们只不过需要一个裸体女人。”

“该死的，干什么？”安娜有点儿发怒，蒙着毛巾的脸扬了起来。她的眼睛肯定眯着。

“为了随意取样。”大卫耐心地解释道。我想，他们已经拍摄了一切，除了相互拍摄，这个地方已没剩下什么可供他们拍摄的了，下一个该轮到我了。“我把你编排在死鸟旁边，这会使你成为明星的，你不总是想要出名吗？你会上电视台的教育节目。”他进一步地补充着，好像这是一个什么特别的诱惑。

“哦，看在上帝的分上。”安娜说。她拿起身旁的凶杀谜案小说，假装读了起来。

“来吧，我们需要一个大奶头、大屁股的裸体女人。”大卫继续用相同的柔和语调说。我听出来这是那种带有威胁的温柔。在学校时，每当施用诡计，他们都用这种语调说话，果真是妙语连珠。

“嗨，你能不烦我吗？”安娜说，“我在做我自己的事，你为什么不能做你自己的事呢？”她起身站起，毛巾掉落下来。她想从大卫身边走到岸上去，可大卫从旁边追上去，拦住了她。

“她要是不愿意，我可不想强迫她。”乔说。

“只是象征性的拒绝，”大卫说，“她愿意，她心底里愿意展示自己。虽说有点太胖了，她还是喜欢自己的性感身体，不是吗？”

“不要以为我不知道你要干什么，”安娜说道，好像她已猜出了谜底，“你想要羞辱我。”

“为什么要羞辱你的身体，亲爱的？”大卫爱抚地说，“我们全都喜欢它，你为它感到难为情吗？你也太小气了，你应该与别人分享财富，难道你不愿意分享。”

此时，安娜已气得发疯，感到严重地被伤害，于是她提高了嗓门。“滚开，你他妈的什么都想要，是不是？你别在我身上打主意。”

“为什么不能，”大卫平静地说，“可以的。现在赶快像一个好女孩那样脱掉衣服，要不，我替你脱。”

“别强迫她。”乔说。他晃动着双腿，搞不懂是厌烦还是兴奋。

我想跑到船坞上去制止他们，吵架是错误的，我们不应该打架。如果打起来，双方都要受到惩罚，就像真正的战争一样。所以，我们秘密地战斗，从不声张。过一会儿，我就不再打下去了，因为我从未赢过。唯一的防御就是逃跑，踪影不见。我在最顶端的台阶上坐了下来。

“住嘴，她是我的妻子。”大卫边说边用手紧紧地钳住了安娜的胳膊。安娜急忙抽身而逃，随即我看到大卫用胳膊搂着她，好像要亲吻她。安娜被举了起来，大头朝下地趴在他的肩膀上，潮湿的头发像一根根绳子垂落下来。“赶快做决定，”大卫说，“脱还是被扔进湖里?”

安娜的手紧紧抓住大卫的汗衫。“如果我掉进湖里，你也得跟着掉下去。”言语从垂落的头发中喷射出来。她的双脚乱踢，我看不出她是在笑还是哭。

“快拍，”大卫对乔说，然后又转向安娜，“我数到十。”

乔连忙把摄影机对准他俩，就像手握发射筒或奇怪的刑具，然后按下按钮，扭动着控制杆，摄影机发出邪恶的嗡嗡声。

“好吧，”被胁迫的安娜妥协地说道，“你这个杂种，该死的。”大卫放开她，退到一旁。安娜像一只四脚朝天的甲虫，双手、双肘举起，忙乱地摸寻着扣带，她的乳罩掉了下来：我看到她被分成两半，乳房从一棵细树的两旁显露出来。

“下面的也脱掉，”大卫好像在和一个倔犟的孩子说话。安娜看了他一眼，充满蔑视，然后弯下腰去，“看上去很性感，摇晃一下，给我们跳一段舞。”

安娜站在那里，紧盯着他俩，棕红色的肉体显露出黄色的毛发和看起来像内衣的白色。她对着这两个家伙竖起中指，然后向船坞的尽头跑去，跳进湖里。她腹部着水，水花飞溅得像鸡蛋掉在地上摔得粉碎。她钻出水面，头发一缕缕地粘在前额上。她往沙滩那边游去，胳膊拍打着水，动作显得有些笨拙。

“拍下来了吗？”大卫回过头问道，口气依然温和。

“拍了一部分，”乔说，“也许你应该命令她再来一次。”我想他是在讥讽大卫，但我不能肯定。他开始把摄影机从三脚架上卸下来。

我能听到安娜跳入湖中发出的溅水声和随后她在沙滩上跌跌撞撞的奔跑声。她真的哭了，她哭得上气不接下气。树丛沙沙作响，那是安娜的咒骂。过了一会儿，安娜突然出现在了山丘上，她一定是扯着倾斜的树枝攀爬上去的。她的粉脸已经融化，皮肤上沾满沙子和松针，像一只被烧过的水蛭。她径直走进木屋，既没看我一眼，也没说一句话。

我站了起来。乔已经走了，但大卫还在那儿，盘腿坐着。两个人彼此分开，都安全了。我走过去准备解开独木舟。

“嗨，”他问，“干什么去？”他并不知道我一直在看着刚才的一幕。他脱下鞋，用手抠着脚指甲，好像什么事也没有发生过。

我想，大卫和我有相似之处，我们都是那种不知道怎么去爱的人，我们身上都缺失了某种必要的东西，天生就缺损，像杂货店里一只手的那个大妈，或者是患心脏萎缩。相反，乔和安娜则很幸运。正因为没有缺损，他们极力去爱并为此承受痛苦：然而，看见总比眼盲强，虽说你也得容忍犯罪和暴行。或许我们才是正常人，而那些有能力去爱的人反而是畸形的。他们有个多余的器官，像两栖动物额头上长着那只发育不全的眼睛，它们从来就没什么用。

安娜的比基尼躺在船坞上，皱皱巴巴，像一只蛹蝶的蜕皮。大卫捡起乳罩，将上面的吊带折来折去。我并不想对他说些什么，这不关我的事，但我还是忍不住问了一句。“你为什么要那样做?”我的语气中性、平淡，我意识到我这样问不是为了安娜，我并不是在保护她。我是为我自己，我需要弄明白。

一时间，他没作出反应。“什么?”他说，一脸笑容，一副清白无辜的样子。

“你刚才对她做的事。”

他使劲地盯着我，看我是不是在谴责他，可我正在解开独木舟的缆绳，就像忏悔室的墙没有反应，他的心大大地放了下来。“你不知道她对我做了什么，”他略带牢骚地说，“这是她自找的，是她迫使我这样干的。”他的语气变得油滑。“她与别的男人来往，她以为不会被人发现。她太笨了，每次都被我发现了。我从她身上可以闻出来。要是她公开坦诚地做这事，我倒并不是很在乎。上帝知道，我并不是在嫉妒，”他大度地笑了笑，“可是她自欺欺人，这叫我受不了。”

安娜没告诉我这些事，她有所隐瞒，或是大卫在撒谎。“可她爱你。”我对他说。

“胡说，”他反驳道，“她倒是恨不得把我的睾丸给抠下来。”他眼睛里的悲哀多于仇恨，好像他曾深深地信任过她似的。

“她爱你。”我重复着，听起来有如雏菊的花瓣掉落下来那样轻软无力。爱是一个神奇的字眼，但它并未起作用，因为我对爱失去了信心。我的丈夫曾一遍又一遍地重复这个词，就像拨打天气预报查询，试图把它刻记在我心上。只是，他也同样感到迷惑，好像我一直在伤害他，而不是恰恰相反。一个意外，那就是他的说法。

“她可从没对我说过，”他说，“我有种感觉，她要离开我，她在等机会离开。我还没问过她，我们很少交谈，除非有别人在场。”

“也许你该问问她。”我说，听起来既不让我信服，也不让别人信服。

他耸了耸肩。“我们谈什么呢？她太蠢了，她听不懂我对她说的话。上帝啊，她甚至看电视的时候嘴唇也不停地嚅动着。她什么也不懂，每次她张嘴说话都会使自己成为白痴。我知道你在想什么，”他几乎是申辩地说，“我非常赞成妇女平等，但她却恰巧平等不了，那不是我的错，是不是？跟我结婚的是有一对大奶头的傻瓜，我是受到她的摆布才和她成婚的。那时我正学习神学，那时候，谁都懂得不多。可那是生活。”他摸了摸他的胡子，发出啄木鸟伍迪[1]式的笑声，他的眼神令人不解。

“我想你该处理好这件事。”我说。我把桨固定在侧舷上，爬上了独木舟。我想起安娜所说的有关情感义务的话：他们造就了一种情感义务，我想，他们造就的是他们相互仇恨的义务，那几乎肯定和爱一样令人神往。晴雨表小木房屋的木头夫妇，隐藏在保罗门廊的壁龛里，那是我的理想。只要他们不被粘住，它们就注定要前后摆动，不论是阳光灿烂还是大雨倾盆，它们无处可逃。大卫再看见安娜时，他不会公开认错，也不会出现煞费苦心的和好或谅解，他们不需要那样做。他们谁也不会提及此事，他们已达到一种近似和平的平衡。我们的父母站在木屋后的锯木架旁边，母亲扶着白桦树树干，父亲在锯木头，阳光透过树叶洒在他们的头上，真是神的恩典。

独木舟移动了。“嗨，”他问，“你去哪儿？”

“哦……”我指了指湖。

“要不要尾桨？”他问，“我舵掌得不错，我现在可以说是经验丰富。”

1 “啄木鸟伍迪”是20世纪40年代卡通电影中的一个经典角色，喜爱恶搞，笑声很有特色。

他的语气带着渴望，好像他需要有人和他做伴，但我不想让他跟着我。我得向他解释我要做什么，可他帮不上忙的。“不需要了，”我说，“可还是谢谢你。”我跪下来，将独木舟斜向一侧。

“好吧，”他说，“一会儿见，短吻鳄。”他伸直腿站了起来，走过船坞，走向木屋，他的条纹T恤衫在林木中闪现，他的身影正向后退去，而我已经从小湾划进宽阔的水域中。

# 第十七章

我向峭壁划去。阳光斜射，还是早晨，阳光没有变黄，还是清澈的白色。头顶上飞过一架飞机，它是那么高远，我几乎听不见它的声音，它的尾气把座座城市连成一线，形成一个空中的“×”，一个并不神圣的十字架。一只苍鹭盘旋空中，和我们第一天晚上钓鱼时看见的苍鹭一模一样，它的双腿和脖颈伸得老长，翅膀向外展开，呈蓝灰色的十字。另外的一只苍鹭，或许是同一只苍鹭，它的肢体残损地吊挂在树上。它是否愿意死，它是否赞成死亡，耶稣是否愿意死，所有代替我们忍受痛苦和死亡的东西都是耶稣。如果他们不杀死鸟或鱼，他们就会杀死我们。动物死去，我们就可以存活下来，它们是人的替身；冬季里猎人杀死的鹿，也是耶稣。我们吃动物肉食，罐装的或别的形式。我们是食死者，死亡的耶稣肉体在我们的体内复活，予以我们生命。罐装的猪肉，罐装的耶稣，甚至植物一定也是基督。然而，我们却拒绝敬奉。身体用血和肌肉来敬奉，但头颅中的东西不敬奉，意愿不敬奉，脑袋是贪婪的，只贪食，不谢恩。

我划到峭壁旁，那儿没有美国人。我沿着峭壁的边缘划着，寻找着潜水的最佳位置：峭壁朝东，阳光正照射在上面，这是一天中最合适的时候。我要从左手边向下潜水。独自潜水是危险的，应该有个人在旁边照应。突然，我记起了从前是怎样潜水的：我们乘坐独木舟或是用散落的原木和木端板绑在一起的木筏。由于张力，木筏的绑绳会断裂，春天冰雪融化时，它们就消失不见了；过了一段时间，我们偶尔会再次看见它们，它们在湖上散落地漂浮着，像冰川上掉下来的碎冰块。

我放好船桨，脱下汗衫。我应该在距离峭壁几英尺的地方下潜，然后向水下深处游去，否则就会有脑袋撞上峭壁的危险。峭壁看着像是垂直伸入湖底，但或许水下有隆起突出的山脊。我双膝跪下，脸朝船尾，然后双脚踩着独木舟的边舷，慢慢站起。我弯下双膝，然后稍稍直起，独木舟像跳板一样弹起。另一个我进入水中，那不是我的水中影像，而是我阳光下的影子，它在水中缩小变短，其轮廓变得模糊不清，头部周围射出无数光线。

我的后背像被抽了一鞭子，我砸入水中，将我自己蹬进湖里，穿过湖的不同水层向下潜去，水面的颜色由灰到深灰，感觉由凉爽到冰冷。我弓起身体向一侧潜去，发现岩壁模糊地呈现在眼前，灰褐且夹杂着粉红。我绕着壁面查看，用手指触摸着，蜗牛似地吸附在黏糊糊的壁面上，湖水使我的眼睛难以专注于一点。突然，我的肺开始紧缩，我蜷缩着身体浮出水面，青蛙一样地呼气，头发散落在我的脸上，我向独木舟游去，它被水和空气分开，荡漾着，好像一个中介物或救生筏。借助身体的重量，我把独木舟压向自己一侧，然后翻身躺在上面休息一会儿。我什么也没发现。由于前一天和今天的用力划桨，我的胳膊感到酸痛，我的身体踉踉跄跄地不可控，它对动作的记忆是不完整的，就像病愈后重新学走路一样。

几分钟后，我把独木舟向前划了一段距离，然后又潜下水去。我使劲地睁着眼睛，不知道自己想要看清什么形状的东西：手印或动物，蜥蜴的身体，长着角和尾巴的身体，以及向前看的脑袋，鸟或用树枝作船桨的独木舟；或是一个小东西，一个抽象物，一个圆圈，一轮月亮；或是一个长长的扭曲的形体，僵硬又孩子气，一个人形。气泡冒了上来，我冲出水面。壁画不在这儿，它一定在前面或更深的地方。我确信它就在那儿，他不可能毫无理由地在地图上有条理地作记号并标有数字，那与他的一贯做法不相符，他总是遵守他自己的规则、原则。

再一次潜入水中，我想我看到了它，一片污斑，一片阴影，就在我上升浮起的时候。我感到头晕，我的视线开始模糊，到独木舟上歇息时，我的肋骨急剧地起伏，我该停下来，至少得半小时。可我的情绪太亢奋了，它就在下面，我会找到它的。我平衡着身体，不顾后果地跳了下去。

浅绿色，然后是黑色，穿过一层又一层，比之前更深，海底一样。湖水好像变稠了，水下面，针尖大小的光亮轻快地急跑，红色和蓝色，黄色和白色，我看出来了，它们是鱼，是深渊中的居住者，鱼鳍闪着粼光，牙齿发出荧光。真是不可思议，我竟然能潜到这么深的地方。我看着那些鱼，它们在湖水中游动的情形，如同我闭上眼睛出现的图形，我的腿和胳膊变得失重，我自由自在地漂浮着。我几乎忘记要寻找那块岩壁和壁画了。

它就在那儿，但它不是画，它不在石壁上。它就在我下面，从没有生命的深处向我漂来，一个拖曳着肢体的椭圆物。它看起来朦朦胧胧，却有一双眼睛，而且是睁着的，它是我认识的什么东西，一个死物，它死了。

我转过身来，银白色的恐惧从我嘴里涌出，惊恐扼住了我的喉咙，被压抑的尖叫令我窒息。绿色的独木舟就在我头顶的远处，阳光照射在它周围，就像一盏航标灯，安全的标志。

那不是一只独木舟，而是两只，独木舟变成了双胞胎，或是我看重叠了。我的手从水里伸出来，抓住船舷，随后我的头才冒出水面。湖水从我的鼻腔里流出，我大口地喘气，胃和肺紧紧地收缩，头发像杂草一样黏黏糊糊。这湖太可怕了，它充满着死亡，它在触摸我。

乔在另一只独木舟上。“他告诉我你划舟到这边来了。”他说。他一定是在我潜水之前就已经在这儿了，只是我没看见他。我什么话也说不出来，肺部急促收缩，我的胳膊几乎不能支撑我爬进独木舟。

“你究竟在这儿干什么？”他问。

我躺在独木舟里，闭上双眼；我不要他在这儿。它又出现

## 第十七章

在我脑海里：起初，我以为它是被淹的哥哥，头发漂浮在脸的四周，我出生前保存在脑海里的影像。但不可能是他，他根本就没淹死，他在另外一个地方。随后，我把它认出来了：它不是我曾经记忆中的哥哥，它是个假象。

我知道它是什么时候出现在那里的，它被放进一个瓶子里，身体蜷缩着，像一只浸泡在药水里的猫注视着我。它有一双大大的水母眼睛，有替代了双手的鳍，还有鱼鳃，我无法放它出来，它已经死了，它是在空气中淹死的。我醒来后，它依然出现在我眼前，酒杯一样地悬浮在我面前的空中，我想，那是一只邪恶的圣杯。不管它是什么，不论是我的一部分还是一个与我分离的生物，都是我杀死了它。它不是一个孩子，但它本应能够成为孩子的，我不曾认识它。

湖水从我身上流下，汇聚在独木舟里，我躺在积水中。我当时对他们十分恼火，我把它从桌上摔下去，我的生命躺在地板上，玻璃蛋和四处飞溅的血，一切都无济于事。

那不是真的，我从未看见过它。他们把它刮进桶里，又随着桶把它扔到任何一个什么地方，我醒来时它正漂流在阴沟之中，向着大海返回。我伸出手要抓住它，但它消失了。瓶子总是有逻辑的，纯粹的逻辑；它是被捕获和腐烂动物的残余，隐藏在我的大脑里，是被封闭起来的，是使我远离死亡的东西。甚至不是一所医院，甚至没有合法的许可，没有官方的程序。那是在一栋房子里，前部的简陋房间摆放着杂志，前厅的地板上铺着紫色长条地毯，有常青藤植物和盛开的鲜花，闻到的是柠檬香型清洗剂的气味，听到的是鬼鬼祟祟的开门、关门和压低的声音，他们想要你马上离去。那个伪装成护士的家伙，腋窝里散发出酸味，脸上涂抹了一层关切的神情。她踉踉跄跄地走过大厅，从一朵朵鲜花旁经过，把一只罪恶的手按在我的臂肘上，另一只胳膊撑着墙。我的手指戴着戒指。这一切太真实了，它真实到永远，我不能接受它；那个肢体残损的东西，是我造成的毁坏，我需要一个不同的变体。我尽可能地把它拼凑起来，将它抚平，把它变成剪贴簿、拼贴画，把粘错的部分重新粘好。这是一本捏造的相册，护照一样的记忆，具有欺骗性。无论如何，纸房子总比没房子好，而且我几乎可以住进去，我一直住在里面，直到现在。

他没有与我一起去他们对我做那个事的地方。他自己的孩子们，真正的孩子们，正举行生日聚会。可他后来还是开车来接我了。那是个大热天，当我们踏出屋门走进阳光中，有那么一会儿，我们的眼睛什么也看不清了。那里没有结婚仪式，也没有鸽子，邮局和它旁边的草地在城市的另一处，我常去那儿买邮票。海豚喷泉和有半张脸的小天使是从那个有锯木厂的城镇弄来的，我曾经在那儿住过一段时光，它们应该算是我的一部分。

“一切都过去了，”他说，“感觉好点儿了吗？”

我被掏空了，被切掉了一部分。我身上有生理盐水和杀菌剂的味道，他们把死亡种在了我体内，像种子一样。

“你在发冷，”他说，“走吧，我们最好送你回家。”阳光下他眯起眼睛看着我的脸，双手放在方向盘上，一副倔强的样子，看起来很棒。我泄了气的膝盖上放着一个小提包，或是皮箱。我不能去那儿，回家，我再未回到那儿，我给他们寄过一张明信片。

他们从不知道这件事，也不知道我为什么要离去。他们有着自己的天真单纯，所以我不能告诉他们。危险的天真单纯，把他们封在玻璃瓶子里，把他们封在人造花园、暖房之中。他们没有教会我们分辨邪恶，他们不懂得什么是邪恶。我如何能向他们描述这件事呢？他们来自另一个时代，史前时代，每个人都结婚，都有一个家庭，孩子们像向日葵一样在院子里成长。他们的生活像爱斯基摩人或古代乳齿象一样偏僻、遥远。

我睁开眼睛，坐了起来。乔还在我身边，他正扶着我的独木舟的侧舷。

“你没事儿吧？”他说。他的声音朦胧不清，好像被捂住了。

他说我应该那样做，他迫使我那样做。他谈论着那件事，好像那样做是合法的，就如同割掉一个疣那样简单、随意。他说它不是一个人，只是动物。我应该看出来那是没有区别的，它只不过隐藏在我的体内，就像躲藏在地穴中，只不过我没有把我的身体当作它的避难所，反而让他们抓走了它。我真应该说不，可我没说，于是我也成了他们中的一员，一个杀手。杀戮和谋杀之后，他不相信我不想再见到他了，这使他困惑不解，为此他讨厌我。他期待着感激，因为这是他为我安排的，他重新修正了我，使我看起来像新的一样好。其他人，他说，就不会如此费心思的。从那以后，我的体内就携带着那个死亡，一层又一层地叠加，它是包囊、肿块、黑色的珍珠。此时此刻，我怀有的感激之情可不是针对他的。

我得上岸并留下点儿什么东西：那是你必须要做的，留下你的一件衣服作为供奉之物。我曾后悔为尽义务地拿出五分镍币扔进捐款盘子里，因为我得到的回报太少了：他们那平淡的耶稣油彩画上没留下什么活力，其他人的塑像也是如此，刻板且程式化，神圣的三位一体被贬低成了咒语。这里的神，无论在岸上还是在水中，无论未被承认还是被遗忘，是曾经满足我所需一切的唯一神祇。它们慷慨且不求回报。

地图上的X和图画现在看起来有意义了：起初他只是要找出石壁画的位置，推断、寻迹，然后再拍摄它们，纯粹的退休者的爱好，但后来他看出了其中的奥妙。印第安人没有被神拯救，但他们知道神的居所，他们用符号标记出神圣的所在，那是可以获得真理的地方。白桦湖里没有壁画，这儿也没有，因为他后期的画不是临摹石壁上的画。他发现了新的地方，神灵的居所，他看到的和我曾见的一样，是真正的“显灵”。最终，一切未必都合于逻辑。当“显灵”第一次发生时，他一定被吓坏了，就像走进一扇普通的门却发现自己进入了另一星系，看见了紫色的树林、数轮红色的月亮和一个绿色的太阳。

我划起船桨，乔的手松开了，独木舟向岸边驶去。我穿上帆布鞋，套上汗衫，走出独木舟，把缆绳拴在一棵树上，然后往峭壁那个方向爬去。一边是树，另一边是岩石平面，周边散发着凤仙花的味道，草木刮擦着我的裸腿。上面有一块凸出来的壁岩，我在湖上可以看到它，我要把汗衫扔到上面去。我不知道接受我供奉的神如何称呼，但它们就在那儿，它们有神力。塑像前的蜡烛，台阶上的拐杖，路边十字架旁的果酱罐里的花朵，还有病愈后的感激，无论之前付出了多少祈求，愿望的实现是否完整。供奉衣服要好些，衣服与我们更近，更必不可少。馈赠从来都是重要的，远比手和眼睛重要。我的知觉开始渐渐恢复，好似一直发麻的脚，突然感到了疼痛。

我就在壁岩的对面，上面是羽毛状的驯鹿苔藓，它们的枝缠绕成簇簇形状，枝梢发红，在阳光下闪烁。峭壁上的壁岩离我只有一臂之遥，我小心地叠好汗衫，把它扔了上去。

什么东西在我身后笨重地移动着，发出哗啦的声响。那是乔，我把他给忘了。他赶上我，双手抓住我的肩膀。

“你没事儿吧？”他又一次问我。

我不爱他，我与他相距遥远，我好像透过脏玻璃窗户或光面纸看着他，他不属于这个地方。但他活着，他有权利活着。我希望能告诉他怎样做出改变才能去到那个地方，我在的地方。

“没事。”我说。我用手碰了碰他的胳膊。我的手确实碰触到了他的胳膊。手触到胳膊。语言把我们撕成碎片，我需要完整。

他吻了我，我站在“窗户”的一侧。他把头缩回去时，我对他说“我不爱你”，我要对他解释，但他好像听不进我的话。他的嘴巴抵在我的肩膀上，双手在背后紧紧地钳住我，然后滑下我的腰腹。他用力向我拥过来，就像把草地上的椅子折叠起来，他想让我躺下。

我躺了下来，体内的一切平展开来，压在了嫩枝和松针上面。那一刻，我想，也许对他来说，我是个入口，就像湖是我的入口一样。正是中午时分，太阳就在他脑后，树林凝缩在他身上。他的脸完全不可见，太阳的光线从黑暗的中心向四周散射，我的影子。

他的手向下滑去，然后是拉链的声音，金属牙齿的相互咬合，他正脱下他身上的那件结实、沉重的“外壳”。衣服从他身上剥落，现在我看清他是个人。我不想让他进入我的身体，那是亵渎，他是杀手之一，他身后有被损坏、四处乱扔的陶器受害者，他视而不见，他不了解自己，不了解自己造就死亡的能力。

“不要，”我说，他正向我压下来，“我不想要。”

“你怎么了？”他说，有些恼怒。随后，他压迫得我无法动弹，双手紧铐着，牙齿抵住我的嘴唇，审视着我。他在强迫我，他的身体像争论的一方顽固地坚持着。

## 第十七章

我用胳膊隔开我们，抵住他的喉咙、气管，把他的头撬向一边。“我会怀孕的，”我说，“正是这几天。”这是事实，这事实阻止了他：肉体产生更多的肉体，这是奇迹，但也使他们这种人感到恐惧。

他先于我抵达船坞，我被远远地抛在了后面，愤怒使他把独木舟划得像机动船一样快。待我划到岸边时，他已不见踪影。

# 第十八章

木屋里没人。它有些不同，看上去大了一些，好像我好久没有见过它了：我身体已经恢复的那一半对它还不能完全适应。我绕到屋子后面，打开栅栏门，走进长方形的围栏，十分小心地坐在秋千上，幸好绳子还能承受我的重量。我慢慢地前后荡着，脚一直没敢离开地面。旁边是石头、树木和沙坑，我曾在这里盖小房子，把石子当窗户。鸟儿们也在那儿，红尾鸟和松鸦鸟，它们对我十分警惕，它们没受过训练。

我转动着左手指上的戒指，它是纪念品，是他送给我的，一只普通的金戒指，他说他不喜欢铺张。戒指使我们容易地出入汽车旅馆，成了它的开门"钥匙"。调解的那段时间，我把它挂在项链上，戴在脖子上。冷飕飕的浴室里，客人们先后洗浴，脚底板能感觉到瓷砖的冷意，走进去时你身上披着别人在白天进行戴套性行为时用过的浴巾，预防为主。他总把手表放在床头柜上，确保不会晚点。

对他来说，我可能是任何一个，而对我来说，他是唯一的，他是我的第一个，我从他身上学到好多。我敬仰他，我是没有孩子的新娘，我是偶像崇拜者，我像保存圣人遗物一样保留着有他笔迹的纸片，他从不写信；我所保存的全是他用红笔对我的画所做出的判词，C和D。他是理想主义者，他说他不想让他所称谓的我们的关系，影响到他的美学评判。他不想让我们的关系影响任何事情，它应该与生活分离开来。墙上挂着一张有边框的证书，那是他还年轻的证明。

他的确说过他爱我，这倒是实情，不是我杜撰的。那天晚上，我把自己反锁在浴室，正打开水龙头时，他在门外哭了起来。当我忍不住走出来时，他给我看了他的妻子和孩子们的照片，那是他的理由，他的美好家庭，他们有名誉，他说我应该成熟些。

我听到机动船发出的钻牙机般的声音，由远及近，更多的美国人来了。我立即离开秋千，急忙走向台阶，走到一半时我停了下来，这儿的树木可以将我遮住。他们放慢船速，拐个弯驶进小湾。我蹲下身子观望，一开始我以为他们要上岸，但他们只是凝视、观察，计划着进攻，占据这里。他们指点着木屋，谈论着什么，挂在脖子上的望远镜反射着光，随后他们加速向神灵居住的峭壁驶去。他们不会钓到任何东西的，他们没有许可。他们在不了解神力的情形下就到那儿去，可真是太危险了。他们可能会伤害自己，那是错误的举动，金属钓钩沉入神水中，会引发电击或手榴弹般的爆炸。我能免受其害是因为我有法宝，父亲给我留下了指点迷津的线索，人形动物和数字谜团。

母亲同样也应当给我留下点什么，遗产。父亲留下的遗产杂乱复杂，头绪难理，可她留下来的，应该像一只手那样简单，确定无疑。我还没有找到全部，他俩会各自留给我一份礼物的。

我正要去寻找那份礼物，突然看见大卫从厕所里出来，沿着小径慢腾腾地走过来。“嗨，”他向我喊道，“看见安娜了吗？”

“没有。”我说。如果我走回屋子或走进菜园，他都会缠着我闲聊。我站了起来，走完余下的台阶，蹚过高高的草丛，走进小径深处。

树林中满是绿意的凉爽，有新长出的幼树，有遗留下来的树桩。树桩上结有硬壳，痂斑显现，残缺不全，它们是经历灾难的幸存者。前方的景象好似在大地上拂动，眼睛在辨析着各种事物，虽然它们的名称已在记忆中消失，但它们的形状和用途还未被忘却。动物们知道该吃什么，它们不必知道所吃之物的名称。六叶或三叶的植物，它们的根很脆。另外的植物，白色的茎弯曲得像个问号的，昏暗的阳光下看起来像鱼的颜色的，死的植物，都不能吃。还有一些手指形状的黄色真菌，不知道该归属哪科、哪目，我从未记住它们的名称。再往前，是一朵杯状、环形的粉笔白菌褶的蘑菇，它有自己的名称：死亡天使，一种致命的毒菌。它下面见不到的部分，好像地下线状网络一般，可实实在在的花朵却从中长了出来，只不过它的寿命十分短暂，它长成了冻在一起的冰体；虽说第二天它就会融化，但其根茎却留存了下来。如果我们的肉体生长在大地中并从腐殖物中长出毛发，我们也只好认为我们就应该是那个样子，一种细丝生物。

这就是人们发明制造棺材的原因，将死人关在里边，保存他们的肉体，往死尸的脸上涂脂抹粉，他们不想让死人扩散或变成别的什么东西。刻有名字和日期的石碑只不过是压在死人身上使他们下沉的东西。她应当憎恨它的，憎恨那个棺材盒子，她会努力地从里面走出来。我应该把她从那间屋子里偷出来，把她带到这儿，让她自己走进森林；虽说她依然会死去，但却是神志清楚地、更快地死去，绝不是死在那个玻璃柜中。

它从大地中破土而出，既是纯净的快乐，又是纯净的死亡，燃烧得有如雪一样的白。

我身后的枯树叶沙沙作响：大卫隐蔽地沿着小径跟在我后面。“嗨，你在干什么？”他说。

我既没转身也没说话，但他没等我回答就在我身旁坐下，并问道：“那是什么？”

我不得不集中精力才能与他谈话，英语词句似乎成了外来货、外国语，说英语就好像同时努力地听两种不同内容的对话，一个打扰另一个。“蘑菇。”我说。这回答显然不能令人满意，他想要知道它的专业术语。我的嘴巴口吃一样地一张一合，说出来的却是拉丁语的“扇形毒蘑”。

“真有意思。”他说，实际上他并不感兴趣。我要他走开，可他不愿意。过了一会儿，他把手放在我的膝上。

“可以吗？”

我看着他，他的笑容看起来像个慈祥的大叔，前额下的皮肤褶皱着，仿佛是一张规划图。我推开他的手，可他又把手放在了我的膝上。

“怎么样，我善解人意吧？”他说，“你需要我跟着你。”

他的手指挤压着我，他正在攫取着“神力”。与此同时，我将失去它，会再次分裂，而谎言也将再次降临。“请别这样。”我说。

“来吧，别跟我演戏了，”他说，“你就是一个嫩雏，你很清楚，你现在还没结婚。”他用胳膊搂着我，侵犯着我，还把我向他怀里拉去。他的脖子上到处都是褶皱和斑点，用不了多久就会长出垂肉的。他身上散发着头皮屑的味道，他的胡须刮蹭着我的脸。

我扭转身去，站了起来。“你要干什么？”我说，“你是在骚扰别人。”我拍打着他刚刚碰过的胳膊。

他没有明白我的意思，笑得更厉害了。“别太紧张，”他说，“我不会告诉乔的。这是快乐之事，对你有好处，会使你身体健康的。”接着他更加张狂地大笑起来，像个十足的傻瓜。

他的口气听起来好像在谈论训练计划，体育示范，加利福尼亚的某个充满氯气的游泳池中的游泳表演。“不会使我健康的，”我说，“我会怀孕的。”

他的眉毛上挑，一副不相信的样子。“你在骗我，”他说，“现在是二十世纪。”

## 第十八章

“不，不是的，”我回答说，“这里不是。”

他也站了起来，向我逼近一步。我向后退去。他的脸涨成粉红色，好似火鸡脖子一样，可他的声音依然有理性。“听着，”他说，“我看到你在没人的地方闲逛，但你别说你不知道乔在什么地方。他并不高尚，他正在树林里和她干那事呢。这个时候，他正在进入她的身体。”他扫了一眼他的手表，好像计算着时间。他似乎为自己说的话自鸣得意，双眼像试管一样闪着光。

“是吗。”我回答说。我真的大概想了一分钟，接着说：“也许他们彼此相爱。”这倒合乎逻辑，他们是那种可以相爱的人。“你爱我，”我问他，好似我没有听懂他的意思，“就是你要我那样做的理由吗？”

他正琢磨着我是聪明还是愚蠢，所以他说了一句“哦，上帝”。然后，他沉默一会儿，继续紧逼，“你不想让他逍遥法外，是不是？”他说，“人们经常说要以牙还牙。”他两手抱着肩膀，寄希望于他的论辩，报复是他的最后论据：他一定觉得报复是一种责任，是我这一方应有的义务，只有这样才算公平。这真是几何特征的性，他与我做这事，就是为了一个抽象的原理。如果我们的生殖器能像两件厨房用具一样分开，并能在半空中交媾，那对他来说就足够了，他完成了他的方程等式。

他的手表闪着光，玻璃光和银光：也许正是他的表盘，成为驱使他做事的按键，多么美妙的开关。一定有一个恰如其分的短语、单词来描述它。“对不起，”我说，“可你没能让我兴奋。”

“你，”他说，他一时不知道该说什么好，再也无法控制自己，“你这个紧屁股的淫妇。”

我的眼睛立刻有了神力，我能看透他，他是个骗子，拙劣的模仿画，一沓沓政治传单，杂志上的纸页，招贴广告，附在他身上的动词和名词全都撕碎飘走，原创作品的表面散乱着碎纸片。他曾穿着一身黑衣四处敲门兜售，也年轻过，甚至穿过戏服、制服。可现在，他的头发垂落下来，不知道该说什么语言，他已忘记自己的母语，他不得不借用别人的语言。他身上满是二等美国人的补丁，看起来像忠实的疥癣和苔藓。他的身体被寄生虫侵占，他已被篡改，我帮不了他：痊愈需要如此长的时间：把他置于光天化日之下，刮去身上的毒素，才能露出他原来的真实模样。

“那你留着自己享用吧，”他说，“我可不想熬夜，去乞求一个三等冷屁股。”

我从他身边绕过去，走回木屋。我比以往任何时候都更需要找到那个礼物，她藏起来的东西。父亲代人祈祷的神力并不足以保护我，它只给予知识。除了他的神以外，还有其它的神。他的神是有头的神，是脑袋上长着角的神。它不仅知道怎样看，还知道怎样做。

我以为他会原地不动，至少要等到我走远，可他还是紧跟在我身后。“对不起，我失礼了，”他说道，他的声音又变了，变得恭恭敬敬，“别跟别人说，好吗？没必要对安娜说，是不是？”如果他的计谋得逞了，他会立即跑去告诉她的。“如果你不告诉她，我会为此尊敬你的，我的确尊敬你。”

“好吧。”我答应他说。我知道他在撒谎。

他们围绕着坐在桌边他们习惯的位置上，我在做晚饭。那天没吃午饭，可没人抱怨。

“伊文斯明天什么时候来？”我问。

“十点，十点半，”大卫说，“下午过得好吗？”他问安娜。乔用叉子叉了一块土豆放进嘴里。

“好极了，”安娜说，“我晒了一会儿太阳，看完了书，然后与乔长谈了一阵，还四处走了走。”乔咀嚼着，闭着的嘴嚅动着，那是无言的反驳。“你呢？”

“很好。”大卫说，他的声音好似飘浮着，膨胀着。他的胳膊在桌子上晃来晃去，偶尔地碰触到我的手，好像纯属偶然的样子，他是做给安娜看的。我抽回了手，我意识到他说的关于我的谎话了。动物从不撒谎。

安娜悲哀地对他笑了笑。我看着大卫，他没有笑，他紧盯着安娜，脸上的皱纹更深、更下垂。他们知道对方的每一件事，我想，这就是他们如此悲哀的原因，但安娜感到的远不止是悲哀，她感到绝望。她用她的肉体，她唯一的武器，为她的生命战斗。他是她的生命，她的生命就是战斗：她要与他战斗，因为假如她屈服投降的话，力量的平衡就会被打破，他就会离她而去。她要继续这场战争。

我不想卷入战斗。“不像你想的那样，”我对安娜说，“他想要我那样，但我没同意。”我要告诉她，我没有做对不起她的事。

她的双眼闪烁着，目光从大卫转向我。“你真纯洁。”她说。我犯了一个错误，她因我没有屈服而憎恨我。这就是对她的评论。

“她确实很纯洁，”大卫说，“她有点像一个纯粹派艺术家。”

“乔告诉我，她不再和他上床了。”安娜对大卫说，眼睛却还是盯着我。乔什么也没说，他在吃着另一块土豆。

“她憎恨男人，”大卫小声地说，“要么她是这样，要么她想这样。不是吗？”

他们的一串眼睛，有着法庭上人们的眼神。马上，他们会手拉手围绕着我舞蹈，随后便是预备好的绳索和火葬用的柴堆，为了拯救异教。

他的看法也许是对的，我在所有我认识的男人中搜寻，看我是否恨他们。可随后我发现，我憎恶的不是男人，而是美国人，是人类，是男人和女人。他们有自己的机缘，但他们不该与神为敌，是我该选择立场的时候了。我希望有一架机器把他们化为乌有，我希望有一个我可以按下的按钮，然后在不妨碍其它事物的情况下把他们蒸发掉，这样就会为动物们创造出一个更大的空间，它们就会得救。

“你不想回答吗？”安娜嘲弄地说。

“是的。”我回答说。

安娜接着说：“上帝啊，她可真没人性。”他们都笑了笑，神情却是悲哀的。

# 第十九章

我将桌子收拾干净，把沾在盘子上的火腿罐头油脂刮进火里烧掉，它们是死亡之食。如果你给死亡之物足够的食物，它们会返生的；或者恰恰相反，如果你给它们足够的食物，它们就不会再回来。我忘记是哪一本书上写的了。

安娜说她乐意洗盘子。这可能有道歉的意思，她要做出补偿：也就是说，她觉得与大卫并肩战斗要比和他对着干容易些。他俩毕竟战斗了一回。她把餐具在平底锅里弄得叮当乱响，哼着歌以躲避交谈，我们不再有说贴心话的时候了。她的声音占据着房间，占据着空间。

母亲留给我的礼物一定在屋里。晚饭前，我拿起铁铲去菜园挖土豆时，我在工具架上翻找了一阵，但它不在那儿，我早就应该知道它不会在那儿的。它肯定不会在很容易找到的地方，一定是我离开后她才留给我的什么，好比过去算术练习册中一排橘子中的一个苹果。她肯定特意为我把它带到这里的，把它藏在我能发现的地方，只要时机一到，我就能找到它。像父亲的谜语一样，它需要推理，我们不能直接找到它们。安娜洗着盘子，然后我把它们擦干。我仔细地观察每一个盘子，看看我是否熟悉它们。可自打我到这儿后，什么东西也没增加，那礼物绝不是一个盘子。

它不在起居室里。洗完盘子后，我走进大卫和安娜的房间：她的皮夹克仍然挂在那儿。自上次外出回来后，它并没有被收起来。我翻了翻皮夹克的衣兜，里面没什么新东西，只有一个装阿司匹林药片的空金属盒，一张古老的面巾纸和一些瓜子壳。此外，还有一截安娜吸过的带有过滤嘴的烟蒂，我把它拿出来扔到地板上用脚踩碎。

我的房间是唯一还没查看过的地方。我刚一走进去，就感觉到了神力，它通过我的双手一直注入我的双臂，我与它的距离如此之近。我看了看墙壁和书架，它不在那儿，墙上我画的那些女士们发怒地望着我。突然，我感到十分确信：它就在剪贴簿中，我把它们塞到床垫下，还没有从头到尾地翻看过。它们是最后的可能之地，可它们也好像不应该在这里，它们应该在城里，在银行的保险箱中。

我听见湖上传来摩托艇的嗡嗡声，它的音频不高，比机动船要低一些。

“嗨，你看，”安娜在起居室里喊道，“一艘摩托艇！”我们走出木屋，那是一艘警察乘坐的专用艇，像渔猎检察官们乘坐的那种，他们会像以往一样检查我们是否有死鱼或钓鱼许可证，他们在例行公事。

摩托艇减慢速度开进船坞。大卫走过去迎接他们，我乐意让他去应付他们，那些证件什么的都在他身上。我走回屋子站在窗户前，安娜显得十分好奇，走过去探个究竟。

其中两个人，看起来像警察或渔猎检察官，他们身着便装；第三个人，棕色头发，许是村子里的克劳德；第四个人，年纪较大，从体形看像是保罗。真是奇怪，保罗竟然在他们的船上：如果他要来访，他会驾自己的船。大卫与他们先后握手，他们站在船坞上，低声地交谈。大卫把手伸进口袋，往外拿许可证，然后他挠了挠脖子，好像很担忧的样子。乔从厕所的小径上走过去加入他们，他们又开始了交谈。此时，安娜正把头转向我这边。

突然，我看见大卫一步两个台阶地跑了上来，纱门在他的身后砰的一声关上。“他们找到了你的父亲。”他说。由于爬坡太急，他大口地喘着粗气，脸扭曲着，似乎在表示同情。

门又砰地被撞开，是安娜。大卫伸出胳膊搂着她，两人急切而摄人的眼光注视着我，就像晚饭时流露的神情一样。

“是吗，”我说，“在哪儿？”

“几个美国人在湖里发现他的。他们在钓鱼，他们碰巧把他给钩了上来。尸体已无法辨认，但那儿有一个叫保罗什么的老家伙，他说他认识你，他认出了他的衣服。他们猜测他可能从悬崖峭壁或什么地方摔下来，他的颅骨摔碎了。”低级的只能在商店里唬人的魔术师，竟然无中生有地变出了我的父亲，就像从帽子里变出兔娃娃一样。

“在哪儿？”我又问了一遍。

## 第十九章

“太可怕了，”安娜说，“我真的感到遗憾。”

“他们不知道他是从什么地方摔下来的，”大卫说，“他一定是漂过来的，他的脖子上还挂着一架笨重的旧照相机，他们认为是那家伙使他沉入湖底的，不然的话，他早就被人发现了。”他的双眼有些幸灾乐祸地看着我。

他能猜到那架不见的照相机，可真是够机灵的，因为我什么都没告诉他。他一定是在情急之中才想出这么一个理由来说服我：我知道那是谎言，他那样做是为了报复我。“他们看你的钓鱼许可证了吗？”我问。

“没有，”他说，装出一副惊奇的样子，“你想和他们谈谈吗？”

他可真是在冒险，他该更好地盘算一下，这会暴露他的整个虚假谎言的。也许那正是他需要的，也许那是一个故意捏造出来的恶作剧。我决定将计就计，表现出十分相信他的样子，看他怎样自圆其说，收拾残局。“不了，”我说，“你告诉他们，就说我太难过了。明天回到村子，我再与保罗谈谈有关安排的事。”安排，也就是他们所说的后事。“他曾希望被埋在这儿。”多么令人信服的细节，既然他能编造出来，那么我也能。我读过许多凶杀谜案小说，侦探、怪僻的隐士、兰花养植者、精明的蓝头发老妇人、带着大折刀和手电筒的姑娘，他们能推理出每一件事情。然而，现实生活不是小说，我想告诉他，你聪明过头了。

他和安娜彼此交换一下眼色：他们计划好了要伤害我。“好吧。”他说。

安娜问道，“你是不是……”然后她闭上了嘴。他们走下台阶，满脸失望，他们的陷阱没起作用。

我走进另一间屋子，从床垫下取出剪贴簿。屋里的光线还足以让我看清它们，但我还是闭上眼睛，用双手和手指尖抚摸着封面。其中一本很厚、很重，我随手拿起来，然后将它打开。我妈妈留给我的礼物就在里面，我能看到的。

剪贴簿的其余部分都是很久以前人们的照片，头发像射线和谷穗一样闪光，像一轮轮有着面庞的太阳。可那礼物本身只不过是一张边缘磨损了的松散纸页，上面涂有蜡笔画的人形。左边的女人有一个圆圆的大肚子：肚子里的孩子坐在里面向外凝望。她的对面是一个头上好似长着牛角、屁股拖着一根倒挂着的尾巴的男人。

这是我的画，是我创造的画。胎儿就是出生前的我，那男人是上帝。当哥哥冬天里知道了魔鬼和上帝后，我便画了上帝：假如魔鬼可以长出尾巴和角，上帝也同样需要它们，尾巴和角具有优势。

这就是那些画曾经有过的含义，可它们最初的含义，就如同石壁画的含义，如今已经消失。这些画是我的向导，她替我把它们保存了下来，它们同样也是“石壁画”，我必须借助神力才能读解它们的新含义。神灵，以及它们的显像，是不能见其真形的。你是人类，你只有在变形之后，才可以见到它们。首要的事情是，我必须把自己沉浸在另外的语言当中。

摩托艇发动着开走了。我把那张画放回剪贴簿，再把它放回床垫下。他们三个在山坡上践踏着草地，我独自一人呆在屋里。

他们把灯点上，还传来大卫笨手笨脚的声响，接着是纸牌的声音。大卫在玩单人纸牌游戏，接着又传来安娜的声音，她也要玩，于是他俩玩起了双人牌。他俩像赌徒一样熟练地甩着纸牌，输赢的时候叫喊出单音节的词汇。乔坐在靠墙角的长凳上，我可以听见他后背撞墙的声音。

对乔来说，他身上仍然可能存在着真实，他之所以能够身存真实，恰恰是因为他语言的缺失，而其他的人正在变成金属，电镀的皮肤，大脑已凝固成铜块，里面的元件和复杂线路已然成形。桌子上的纸牌标记着输赢。

我松开拳头，什么东西释放了出来，它又变成了手。手掌上布满了网络的纹线，有生命线，有表示过去、现在和未来的纹线，断开的纹线在我缩拢手指时便重合在一起。当心线和头线合为一根，安娜告诉我，你或是罪犯，或是白痴，或是圣人。怎么可能。

他们小声地说着什么，他们不会谈论我的事，他们知道我在听。他们躲避着我，他们觉得我不合时宜，觉得我应该被死亡充斥着身心，应该悲痛万分。事实上，什么也没死，一切都活着，一切都将活着。

# 第三部

# 第二十章

落日呈现出红色，清澈的郁金香颜色正逐渐变成肉色的网状，看起来好似蒙上一层薄膜。随后，夕阳余辉的线条，变成紫红色、紫色。透过窗子的天空，被窗棂和交叉的树枝分割成一块一块的，树叶与树叶重叠着交织。我躺在床上，身上裹着毯子，衣服堆在地板上。乔很快就会回来，他们不能总是拖延着避而不见。

含糊的说话声，收起纸牌的哗哗声，刷牙的唰唰声和漱口声。憋住呼吸和灯火熄灭的声音，灯灭了，手电光照射在天花板上。他打开门，站在那儿犹豫不决，手电射出的光好似更暗淡了。上午及午后，他不知道该怎样接近我。我假装睡着了，他摸索着进屋，苔藓一样地悄无声息，拉开拉链，脱下他身上的人类皮肤。

他以为我身处悲痛之中，他要回避我，蜷曲着身子与我保持一定距离。没想到我却主动抚摸他的身体，他立刻感到了惊讶，因为我还醒着。过了一会儿，他转过身来，身体僵硬，用胳膊搂着我，压在了我身上。我在他身上闻到了安娜的味道，防晒霜、胭红和烟味，这些味儿倒还可以忍受，要命的是其它的气味，各式各样的，床单味、羊毛织品味和香皂味，还有经过化学处理的皮革味，此刻，这些我决计忍受不了。我赶紧坐起来，将两腿吊挂在床外。

“你要干什么？”他说，耳语般地。

我拉着他的手。“不在这儿。”

“上帝啊！”他试图把我拉回床上去，但我紧紧地抵住双腿，将自己固定在床边。

“别说话。”我说。

他磕磕绊绊地爬下床，跟我走了出去，从这间屋子走进另一间，走过外间的地板。我打开纱门和木门，紧紧拉着他的手：我对外面的某些东西有抵抗力，可他却没有。我必须让他靠近我，就像身处镭辐射区之中。

我们走过大地，光着脚，赤裸着身体。月亮已经升起，灰绿色的月光下，他的身体闪着光，旁边的树木也闪着光，还有他的眼白，同样在闪光。他像瞎子一样，跌跌撞撞地跟着我走进阴影重重的树丛，他的脚乱踢、乱碰，他还未学会在黑暗中看清东西。我那双好似长有触角的脚和任意挥动的手探索着前方路径，鞋子成了触感和大地之间的阻碍物。突然，双重的撞击声，心跳加速：是兔子，它们在警告我们，也互相警告。远处湖岸边的猫头鹰，发出羽翅的拍打声或攫取到什么东西的声响。真是黑上加黑，心里的血在流淌。

我躺了下来，让我的左手握住月亮，让我的右手握住消失的太阳。他在我身边跪下，全身颤抖，身下和周围的落叶由于露水变得潮湿，要么就是湖水渗进了岩石和沙地。我们临近岸边，湖水的微波泛起涟漪。他需要长出更多的毛皮。

“那是什么?”他问，“怎么回事?”我双手搂着他的肩，月光照在他的后背上，他显得愚钝、模糊、轮廓可见但相貌难辨，头发和胡须如同鬃毛。他转过来俯下身子，眼睛若隐若现，浑身发抖，或是由于害怕，或是肌肉紧张，或是寒冷。我向下拉他，胡须和头发像蕨菜一样散落在我身上，嘴唇像水一样柔软。他重重地压在我身上，像一块几乎是有生命的温热的石头。

“我爱你。”他对着我的脖子轻声地说，就像老师和学生的一问一答。他磨动着牙齿说完，然后便自我封闭起来。他想让这事与在城市里发生的一样，具有巴洛克的涡形装饰以及计算机般的复杂，但我失去了耐心，因为性的乐趣是多余的，动物没有乐趣。我引导着他进入我的身体，恰好是周期的日子，我有些迫不及待。

他全身颤抖着，可我突然感到我失去的孩子在我的体内浮现，它从监禁它如此之久的湖里升浮上来，它原谅了我，它的眼睛和牙齿闪着粼光，两个半边部分紧扣在一起，像双手一样交叉，它就要发芽了，它就要长出叶子。这一次，我要自己来，我要蹲伏在角落的旧报纸上面，或者树叶上面，干树叶、一堆树叶，完美的清洁器。婴儿会像一个蛋似的滑落下来，或是像一只猫崽，我要把它舔下来，咬断脐带，让鲜血流回它应属的大地。月亮会是满月，是引力最强的时刻。天一亮，我就会看到它。它的身上是闪光的毛皮，它是一个神，我绝不会教它一个语词。

我用双臂搂着他，轻抚他的后背。我真的感激他，因为他给与了我需要的他的那一部分。我要把他带回木屋，冲破附在我们身上的那种深海潜水的压力，然后我让他走开。

“没关系吧？”他问。他压在我的身上，喘着气，好似融化了一般。“刚才没关系吧？”

他指的是两件不相关的事，但我回答的“没关系”，指的却是第三件事，一个没有提出问题的答案。没人能发现究竟，不然他们会再次对我施暴，把我绑起来扔进死亡机器、虚无机器，我的双腿被固定在金属架上，刀子被悄悄地拿起。这一次，我不允许他们再那样做。

“那就好。”他说。他用臂肘支撑着身体，用手指和嘴唇抚慰着我，抚慰着我的双颊，我的头发。“今天下午没什么，什么也说明不了，是她需要干那种事。”他翻身下去躺在我身边，紧挨着我的臂膀取暖，他又发抖了。“妈的，”他说，“冻死人了。”然后，他小心地问：“你感觉如何？”

这是爱，爱的仪式语言，他再次想知道，但我不能给他任何赎罪的满足，甚至谎言的满足也不能。我们都在等待我的回答。风吹拂着，那是树木的肺在呼吸，湖水拍打的声音环绕在我俩周围。

# 第二十一章

我醒来时已是清晨，我们又躺在了床上。他早已醒了，俯身在我的头部上方，我醒来之前他就一直盯着我看。他冲着我微笑，那是丰腴的笑，心满意得的笑，他的胡须翘起，喉头像一只鸣叫的蟾蜍，然后他低头吻我。他还是没有搞明白，他以为他赢了，他以为他的肉体行为会像一根绳索或一条系狗的皮带紧紧地缠在我的脖子上，这样他就能将我带回城市，把我拴在栅栏上，拴在门把手上。

"你睡过头了。"他一边说一边压在了我的身上。我注视着太阳，太晚了，几乎八点半了。我可以听见起居室里的金属撞击声，他们起来了。

"急什么呀。"他对我说，可我还是把他推开，急忙穿好衣服。

安娜正在做饭，她在平底锅里翻动着勺子。她身穿紫色束腰外衣和白色喇叭裤，一副城市打扮，脸上涂着厚厚的脂粉，好似戴着面罩。

"我想我应当做早饭，"她说，"这样你们可以睡个懒觉。"她一定听见了夜里的开门声和关门声，她的脸上挤出笑容，热情中包含着阴谋。我知道她脑袋里的电路在想什么：通过勾引乔，她要我俩走到一起。在这个世界上，每个人都想尝试挽救世界；男人以为他们可以用枪，而女人则用自己的身体。爱情征服一切，征服者热爱一切，文字缔造的海市蜃楼般的奇迹。

她把早餐端了出来，是炒好的罐装菜豆，以往的早餐不见了。

“猪肉、菜豆是音乐的佐餐，你吃得越多你吹奏得越响。”大卫像愚蠢的鸭子嘎嘎地叫着，很是快乐，一副模仿的满足。

安娜配合着他，真是相互合作的社区生活的典型。安娜用叉子敲着大卫的膝关节，说道：“嗨，瞧你能的。”随即她意识到这气氛有些不合时宜，便调整好上演悲剧的面具：“要多长时间，我是说村庄有多远？”

“我不大清楚，”我回答说，“不太远。”

我们收拾着行李，我帮他们把行李拿到下面的船坞上，还有我的行李，一箱子外来文字和看不懂的图画，一帆布背包衣服，我不需要别的什么了。他们坐在船坞上聊着什么，安娜吸着烟，这是她香烟“配给”的最后一支了。

“上帝啊，”她说，“回到城里，我可真高兴，又能囤货了。”

我再次踏上台阶走回去，确保他们没有忘记什么。松鸦鸟依然在那儿，从一棵树飞到另一棵树，它们传播着彼此能懂的信息，像部族间的语言。它们退到树枝的最高处，它们确认不了我是否可信。木屋是我们发现秘密的地方，等伊文斯来了，我要把它锁上。

## 第二十一章

“你们应该在他来之前把独木舟弄到岸上去，”我返回船坞对他们说，“它们应当放回到工具棚。”

“好的。”大卫说。他看了一下表，但他们却没有立即起身。他们把摄影机拿出来，讨论着电影，带拉锁的器材包就放在他们身边，里面有三脚架和装在铁筒里的一盘盘电影胶片。

“我想一两周后我们就可以开始剪接了，”大卫说，摆出一副专业的派头，“但我们首先得把它们存放到实验室。”

“还剩有一些胶片，”安娜说，“你们应该拍一些她的镜头，你们只拍我，却还没拍过她。”她看着我，烟雾从她的鼻子和嘴里冒了出来。

“这倒是个好主意，”大卫说，“我们全都被拍了进去，只是没有她。”他审视着我。“我们把她的镜头安插在哪儿呢？我们还没有什么性娱乐的镜头，可这种事情我是可以配合的，”他对乔说，“我们要你来操作摄影机。”

“还是让我来吧，”安娜说，“那样你俩就可以同时与她配合了。”他们都大笑起来。

过了一会儿，大卫和乔站了起来，他俩抬起红色独木舟，一人一头，把它抬上坡去。我和安娜在船坞上等着。

“我的鼻子爆皮了吗？”她问我，一面用手蹭了蹭鼻子。她从手提包里拿出一个圆圆的印有金色紫罗兰的化妆盒。她打开盒盖，打开了她的另一半自我，她的指尖在嘴角处揉着，先是左边，然后是右边；随后她又拿出一管粉红色口红，在脸上点几下，抹匀；这完全改变了她的面部，展现出她剩下的仅有的魔力。

安娜坐在一个背包上，好似坐在闺房的坐垫上，腮上的粉红和眼睛周边精心涂抹的黑色，像血一样红，像乌木一样黑。这是对有接缝和折页痕迹的杂志美人的模仿，而那杂志美人也是模仿了一个模仿了别的女人的女人，原型已无处可寻。光秃秃叶子状的天使，存在于上帝只是个圆圈的同一个天堂，是人们头脑里被监禁的公主。她被锁在里面，不许吃，不许拉，不许哭，不许生育，什么也进不去，什么也出不来。她脱下或穿上纸剪的娃娃服，在频频闪动的灯光下与男人的躯干雕像交媾，而那男人的脑袋却从房间另一端用内置玻璃围起来的控制室里向外窥视，她的脸扭曲成极度快乐和全然不顾的神情，就是这么一回事。她并不觉得无聊，她只是没有别的兴趣。

安娜坐在那儿，眼睛周围一圈黑晕，像烛光下的颅骨。她吧嗒一声关上化妆盒，在船坞上把烟捻灭。我想起她哭泣的样子，她爬上沙土山坡的样子，那是昨天发生的事，打那以后她的影像就定格在此了。机器是渐进的，它每次只吞食你的一部分，直至最后留下你的外壳。他们拍摄死的东西无可厚非，因为死亡之物可以保护自己，但半死就更糟糕。他们彼此间也这样做，只是他们没意识到罢了。

我拉开装着摄影器材的包的拉链，把电影胶片卷盘拿了出来。

## 第二十一章

“你要干什么？”安娜问道，却丝毫也不想阻拦我。

我往外倒出胶片，让它充分暴露在阳光下，让它螺旋般地坠落湖水中。“你最好别这样，”安娜说，“他们会杀了你的。”她并未阻止我，也没喊他们过来。

倒完胶片后，我又打开摄影机的后盖。由于胶片卷盘的重量，胶片打着卷儿沉到湖底的沙子上。拍摄下来的看不见的影像有如蝌蚪游进湖水中：乔和大卫站在被征服的原木旁，手持利斧，抱着肩膀；安娜一丝不挂地从船坞上跳进湖水，中指上举，千百个微小的裸体安娜不再被困于瓶中，不再被搁置在木架子上。

我审视着她，想知道她的影像消失会对她产生什么影响，可她那搪瓷面孔上的绿眼睛毫无变化地望着我。“他们会找你算账的，”她说，预言家一样地预示了将要发生的悲哀，“你不应该那样干。”

他们已走到山坡顶端，正返回来抬另一只独木舟。我飞快地跑向独木舟，急忙把它翻过来，往里边扔了一根船桨，然后拖着它沿着船坞向前跑去。

“嗨，”大卫喊道，“你要干什么？”他们几乎走到了近前，安娜望着我，咬着指关节，不知道是不是该告诉他们：如果她保持沉默，他们会把她当成同谋。

我先把独木舟的尾部推下水，蹲下去，再跳进去，独木舟顺势进入了湖中。

“她把你们的电影胶片扔进湖里去了。”安娜在我身后说道。

我把船桨划进湖水，我没有转身，但我还是感到他们朝水中凝视的样子。

“妈的，”大卫骂道，“妈的，妈的，哦，他妈的，该死的，你他妈的为什么不阻止她？”

我划了很远，直到沙岬处才转过头来。安娜站在那儿，双臂下垂，一副与己无关的样子。大卫跪在船坞边上，双手在湖水里捞着什么，抓起了一把意大利面条似的胶片，他明白一切都白费了，他们拍摄的所有一切都溜掉了。

乔没有在那儿。随即他出现在山丘的沙崖边上，他跑跑停停，气急败坏地喊着我的名字：如果他有石头，他一定会扔过来的。

独木舟向前滑行，它载着我俩，绕过那片倾斜的松树后就看不见他们了。他们要是把另外一只独木舟弄下来追赶我已为时太晚，也许他们根本就没有想到这一招，突然袭击会使人迷惑。我要去的方向很明确。我明白我一直在计划干这事，至于有多长时间，我说不清楚。

我靠近树丛向前划着，胳膊与独木舟保持一致，好像两栖动物一样。湖水在我身后合拢，未留下任何痕迹。陆地转弯，我们也随之转弯，待进入一个狭窄水域后，又是一片天地，我安全了，隐藏在岸边的迷宫中。

这里到处是圆礁石，它们在水下时隐时现，其褐色的阴影像云一样；或是说，它们十分凶险，是水中路障。水面两侧是坡地，岩石上是片片爬山虎植被。湖床，一度曾是陆地的湖床，向上倾斜着，湖水很浅，摩托艇都无法通过。又转了一个弯，我进入了一片水湾，即是那片被陆地环绕的沼泽，芦苇和猫尾草，冲破温热的湖水，从黑色的植物沉积物中生长出来，围绕在曾经是参天大树的树桩周围。这儿是我曾经扔过死物和洗涮听罐、罐子的地方。

我任独木舟向前漂去，根本没必要划桨。再往前，那些湖水升高前没被砍掉的树木困在水中，它们枝断叶残，呈灰白色，向一边倾斜着，扭曲的粗大根茎的外皮已然剥落，露出被湖水冲蚀后的白色。被湖水打湿的树干，成为一些植物的宗主国，它们以分解他物为食——月桂属植物，吃昆虫的茅膏菜，脚趾形状的叶子上布满红毛。洁白的花朵从叶苞处长出，水面残留着小蚊虫的尸体，正是花瓣的形变时节。

我躺在独木舟里静静地等待着。平静的湖水汇集着热量，鸟儿在鸣唱，这边是一只啄木鸟，那边是一只画眉。阳光透过树木在观望，环绕着我的沼泽在焖烧，衰退的能量在聚集，化作绿色火焰。我想起了那只惨死的苍鹭，现在它正变成昆虫、青蛙、鱼或其它苍鹭。我的身体也发生着变化，我体内的生物，植物形状的动物，在我体内长出细丝，我将使之完成由死到生的摆渡，我在繁殖。

由远至近的机动船声将我唤醒：它就在湖上行驶，那是伊文斯的船。我把独木舟靠上岸边，把缆绳拴在一棵树上。他们找不到我的，因为从那个方向他们看不到我。我必须亲眼看见他们随伊文斯一起离去，否则等我回去时，他们会从背后出现将我抓走。

我走进树林中四分之一英里处，极力地躲避树枝，每迈一步都小心翼翼，沿着这条秘密小径的残迹就能够走到“实验室”的木架处。如果不知道有这么一条小径，我就永远找不到“实验室”。当伊文斯的船驶进船坞后，我就在他们后面的不远处，旁边是那堆码放好的木柴。我将头低下，平躺下来，这样我就可以借助植物茎干的缝隙看到他们。

他们弯下腰，正往船上装东西。我不知道他们是否把我的行李也装了上去，我的衣服和尚未完成的画稿。

他们站在那儿与伊文斯交谈，声音很低，我听不见。但他们一定是在向伊文斯解释，他们会编造一个理由、一个意外，说我为什么没同他们在一起。他们也许在策划着一个怎样抓住我的战术，或者他们真的要离开弃我不顾，消失在城市的墓穴，把我当成走失了的羔羊遗弃，与我过时的衣服、言语，还有我，一同塞进他们的脑中遗忘吗？对他们来说，我很快就会像平头发式和世界大战歌曲一样古老落伍，会成为中学年级簿里被记住一半的脸，一个因俘获敌人而得到的勋章：值得纪念的东西，或者，也许连这些都算不上。

乔走到台阶上呼喊，安娜也在喊，她就像正起动的火车一样尖啸，他们在喊着我的名字。太晚了，我不再有名字了。这些年来我一直努力使自己文明化，但我没能做到，我一直生活在假象中。

乔绕到木屋的前面，我看不到他了。一分钟后，他又出现了，他摇摇晃晃地走下山坡，向他们走去；他双肩低垂，犹如斗败的公鸡。或许此刻，他明白了。

他们上了船。安娜踌躇了一会儿，朝我这边的方向转过头来，她的脸在阳光的照耀下是那样的迷惑，那么奇怪的凄凉：她看见我了吗？她要对我摆手说再见吗？紧接着，大卫和乔伸手将她拉到船上。从远处看，那姿态几乎就是在表达爱意。

他们的船倒退进湖湾，然后调头向前，马达轰鸣。伊文斯在船头掌舵，仍然穿着花格衬衫，看起来呆头呆脑，美国人的装扮，他们现在都是美国人。他们真的走了，走远了，我的耳朵里响着马达声，随后是一片寂静。我慢慢地站了起来，由于躺卧时间太久，我的身体有些麻木，赤裸的大腿上留下了树枝和树叶的印痕。

我走到山坡顶上，向岸边望去，看向他们消失的地方，一片空寂：再看一遍，确实如此。没错，只剩下我一个人。这正是我需要的，我要独自留在这里。从理性的观点来看，我的行为确实荒诞不经，可不再有任何理性的观点了。

# 第二十二章

他们把门都锁上了，工具棚的门和房屋的门。那一定是乔的主意，他可能以为我会划独木舟返回村子。不，那想法是病态的意愿。我真不应该把钥匙挂在挂钩上，我该把它们放进我的衣兜里。他们要是以为这样就能把我关在外面，那他们也太愚蠢了。用不了多久，他们就会到达村庄，驾车返回城市。他们现在会说我些什么呢？他们会说我逃走了，可实际上与他们一起离开才是逃走，留在这里才是真实。

我站在屋前的台阶上，前倾着身子，抓着窗框往屋里看。装着我衣服的帆布背包被送了回来，放在屋子里，与我的旅行箱一起放在桌子上，旁边是安娜读的凶杀谜案小说，那是她读的最后一本。冷淡的安慰毕竟也是安慰，死亡是有逻辑的，总是有什么动机。也许这就是她要读这些小说的原因，为了神学。

太阳西沉，天空暗了下来，一会儿可能要下雨。乌云正聚集在山坡顶端，好似铁砧一样不祥的锤头形状，会有一场暴风雨的，也许不会有。有时乌云在天空盘旋好几天，但它们只是逼近，却从不袭来。我得进屋去。我得破门而入闯进我自己的房子，就像他们唱着歌从窗户爬进爬出，胳膊桥梁一样地架着。

## 第二十二章

我们也曾经那样进出过房屋。

手推车就在木屋的边上，紧靠着柴垛，它总是放在那儿的，车上的两根木杆上钉着横档木板。我把它拉了过来，靠在那扇没有纱窗的窗户下的墙上。窗户被里面角落处的插销固定，我得打碎四块小玻璃。我用一块石头砸的，一边把头转向一边闭上眼睛，我怕飞溅的玻璃伤到我。我从锯齿状的窗户玻璃缺口处小心地将头伸进去，打开窗户插销，把窗户卸下来放到躺椅上。要是我能打开工具棚，我就会用螺丝刀卸下门锁，可工具棚没有窗户，里面有斧子、大砍刀、锯和金属工具。

我脚踩躺椅，跳到地板上，我闯进了我的屋子。我把碎玻璃扫走，又把窗户挂回到窗框上。这可真烦人，每次爬进爬出我都得卸下窗户。其它的窗户都有纱窗，我没法将它们割开。我可以用餐刀试一试：要是发生我必须赶紧逃出屋子的情况，最好选择一扇后窗，它们离地面更近。

我成功地把后窗打开，随后却不知道该干些什么。我站在屋子中央，仔细倾听：一片寂静，无风无浪，湖水和树木都屏住了呼吸。

为了使自己忙碌以打发时间，我把衣服从背包里拿出来挂在我屋里的衣钩上。我母亲的夹克又回来了，我最后一次看见它是在安娜住的房间，它现在被放到了我的房间。我的脚步声是唯一的声响，是鞋子踩在地板上发出的回响。

一定有什么事将要发生，但神力已经消失，手指像手套一样空荡，双眼不再有洞察力，没什么东西能指引我了。

我坐在桌旁，翻看着一本旧杂志：牧羊人为自己编织着袜子，风雨的吹打使他们的脸扭曲变形；妇女们身着紧身围腰，嘴上涂着口红，脑袋上顶着洗衣筐，她们的微笑展示出她们的牙齿和快乐；还有橡胶种植园和废弃的庙宇，丛林爬到了面目祥和的雕刻神像上。杂志封面上有环状的茶杯印记，是昨天或十年前印上去的。

我打开一听罐头，吃了两块切成一半的纤维丰富的黄桃，甜汁从勺子边缘流了下来。然后，我在躺椅上躺了下来，睡神降临，好像一块大大的黑色四方形，覆盖在我的脸上，我没有做梦。

我醒来时，屋外四射的阳光已经偏移到大西边；天色渐晚，一定是快六点了，到了晚饭时间。我们当中只有大卫有手表。饥饿在我体内涌起，那是被遏制的抱怨。我卸下窗户爬了出去，我的一只脚踏在不稳的手推车上向地面跳下，我没有站稳，膝盖擦破了一块皮。我应该做一架梯子，可没有工具，没有木板。

我走到菜园里。我忘了拿餐刀和碗，不再需要了，有手指头就足够了。我打开栅栏门走进去，鸡笼一样的栅栏墙把我圈了起来。栅栏外的树木蔫蔫巴巴地低垂着，菜园里的植物在灰色的阳光下苍白无力，空气也变得沉重、压抑。我开始拔洋葱和胡萝卜。

## 第二十二章

我终于哭了，这是第一次，我看着自己哭泣。我伏卧在莴苣旁，它们的花儿已经凋谢、结成种子，我的呼吸打了结，发紧的身体抑制着它，我的口腔涌出分泌物，发出鱼的腥味。可是，我并不悲哀，我在谴责他们，你们为什么要那样做？他们选择了那样做，他们可以支配自己的死亡，他们意识到该离去的时候他们就走了，但他们给我制造了障碍。他们并没有考虑我的感受，谁会在乎我。我感到气愤，因为这一切都是他们造成的。

“我在这儿，”我大声地叫着，“我在这儿！”感到失望，我的声音一次比一次高，可随之而来的是没有应答的恐惧，就像晚饭后我们捉迷藏，我藏得太隐蔽、太远，他们找不到我。周围的树干是如此相似，一样的大小，一样的颜色，无法找到返回的路，只好测定太阳的方位、确定方向，不管走哪条路，肯定会走到水边。真正的危险是感到恐惧，是来回来去地兜圈子。

“我在这儿！”可是，毫无反应。我抹去脸上咸咸的泪水，我的手指沾满泥土。

假如我愿意，假如我祈祷，我是有可能让他们返回的。他们现在就在这儿，我能感觉到他们正在等待，他们躲在视线之外的小径或栅栏外的高草中，他们抑制着自己不见我，但我会迫使他们走出来的，不管他们藏身何处。

我点燃炉火，在黑暗的屋子里做饭。没有必要再摆放盘子，我用勺子直接从锅里和平底煎锅里往嘴里填食。我把脏盘子攒起来，越攒越多，洗餐具的桶盛不下了，我就用绳子把它吊起放到窗外。

我再次爬出去，把罐头肉渣刮下来放到盘子里喂鸟。天空呈现出浓重的灰色，乌云低沉，逼近大地，阵风吹起，震颤着掠过湖面，雨点从南面的天空掉落下来，闪电忽隐忽现，听不到雷声，树叶哗哗作响。

我向坡上的厕所走去，强迫自己走得慢一点儿，把恐惧阻挡在远方，注视着它。进去后，我把厕所的门插上。门使我感到害怕，因为我看不透它们；风中的门能自己打开，这同样使我害怕。我顺着小径往回跑，告诉自己要抵御住恐惧，我已够大了，我老了。

神力会保护我的，但它不见了，它已经力尽、衰竭，就像一颗臭弹或划十字没有了作用。可这房子会保护我，它的形状正好用来抵御。爬进屋里后，我又把窗户挂到窗框上，把自己困在其中，困在一条一条木框的牢笼中。至于被敲碎四块玻璃的窗格，我得想办法堵住它们。我从《国家地理》和《麦克林杂志》上扯下几页纸，皱皱巴巴的，试图来遮挡，可根本不管用，洞口太大，纸页掉落在地。要是有钉子和锤子就好了。

我将灯点燃，风从破碎的窗户吹进来，灯光闪烁不定，变成蓝色。灯亮着，我看不见外面发生的事情，于是我吹灭了灯，坐在黑暗中，倾听着风的呼号，可雨仍然没有降下。

过了一会儿，我决定上床睡觉。我并不觉得累，我下午睡过了，可又没有什么事情可做。我在我的房间里站立了很久，不知道自己为什么害怕脱衣服：我是担心他们会返回来抓我吗？如果他们真的来了，我还是得很快地逃走。他们是不会在暴风雨中返回的，伊文斯清楚地知道，开阔的湖面会因闪电而成为最危险的地方，肉体和水都导电。

我拉开窗帘，为的是让更多一点儿的光亮照射进来。我母亲的夹克衫挂在窗户旁的衣钩上，夹克衫里面没有人。我把前额贴在夹克上，我闻到了皮的味道，我闻到了失去的味道，那是一种不可找回的感觉。我不敢继续想下去，我穿着衣服躺在床上。突然，雨点滴落在屋顶上，先是吧嗒吧嗒地，继而变成均匀的敲击，然后四周出现一片崩落的声响。我感到湖水在上涨，漫过岸滩，淹没山丘，树木像沙堆坍塌一样倒下，树根拔起，房屋偏离地基，船一样地漂浮着，来回摇晃。

午夜时分，寂静唤醒了我，雨停了。茫茫黑夜中，什么也看不见，我想活动一下我的手，可它们不听使唤。惊恐像波涛一样袭来，像失足一般跌倒，失去重心，像盔甲紧紧地束缚我，我的皮肤感到害怕，变得僵硬。他们要闯进来，他们要我打开窗户，打开门，他们自己进不来。我是唯一能帮助他们的人，他们得依赖我，可我再也不知道他们是谁了。不管他们是怎么返回的，他们不是从前的那些人，他们改变了自己。我愿意他们回来，我呼唤他们回来，他们应当回来，这合乎逻辑。然而，逻辑是一堵墙，是我建造的，它的另一面是恐惧。

雨水从树上滴落，砸在头上的屋顶，发出手指敲击的声响。我听到了呼吸声、屏住呼吸声、警觉之声，不是出自屋里，而是来自周围的一切。

# 第二十三章

早晨，我记起了窗户的轮廓，它慢慢地呈现在我眼前。我肯定一整夜都在注视着窗户，直到天亮才入睡。我马上想到这可能是个梦，是那种在清醒状态下产生的幻觉。

早饭我吃的是肉罐头。我把肉放到锅里热一下，然后煮了速溶咖啡。这间屋子有太多的窗户，我把自己挪到靠墙的长凳上坐下，这样我便可以看见每一扇窗户。

我把盘子和昨晚用过的餐具一同放进桶里，把剩下的热水浇到上面。然后，我走到镜子前开始梳头。

可我刚一拿起梳子，手中就突然涌起一股惊恐。神力以另外的形式出现了，它一定是在天空电闪雷鸣时从地下渗透上来的。我明白梳子是被禁止的，我还不可以在镜子中出现。我最后看了一眼镜中扭曲的玻璃脸：暗红皮肤上的淡蓝色眼睛，头发乱蓬蓬地在头上缠绕，反射的影像闯进我的眼睛和幻觉之间。我并不是为了看我自己，我是为了看而看。我把镜子翻过去，让它面朝墙壁，不再使我陷入镜中。安娜的灵魂被锁在金色的化妆盒里面了，我该砸碎的不应当是摄影机。

我取下窗户爬了出去，恐惧马上离我远去，就像掰开扼住喉咙的手。一定有什么禁忌：有的地方我可以去，有的地方我不能。我必须得仔细倾听，如果我信任它们，它们会告诉我什么是被允许的，什么是被禁止的。我应该让它们进来，那也许是它们给我的唯一机会。

有秋千和沙堆的围栏是被禁止的，不用手触摸我就知道。我向湖边走去，湖面平静，水面微波荡漾，薄雾从湖湾和小岛后面升起，它还没升起多高就被阳光给烤散了，太阳像穿过透镜的光，炽热明亮。水面上有什么东西闪着光，那是一只浮游的动物，或是一根失去生命的原木。没风的时候，动物们都从岸上跑到湖里来了。仲夏时节，空气中弥漫着泥土的味道。

我走上船坞：恐惧马上警告我说，不可以。我可以接近湖水，但不能走上船坞。我蹲在平坦的石头上洗着双手。如果我一切事情都按要求去做，如果我什么也不想，我会付出什么？它们索要什么？

当我确定猜到了要求是什么时，我走回木屋，爬了进去。早饭的火还在慢慢地焖烧：我往火里添了一根木柴，打开了我的图画草稿。

我打开旅行箱的搭扣，拿出图画和打字稿。《魁北克民间故事》这种书，在城里很容易搞到替代品，而我那些粗制滥造的公主们，还有金色凤凰，像木乃伊一样的鹦鹉，笨拙无比，毫无生气。画页在我手里褶皱着，我一页一页地把它们扔进火里，这样就不至于把火焖死。随后油彩颜料管和画笔也扔了进去，

## 第二十三章

它们不再是我的未来。一定有什么办法可以毁掉我的新秀丽牌旅行箱，虽说它无法被火烧掉。我在空中画出一把大刀，从旅行箱上砍过，它被抹掉了。

我从左手上褪下戒指，不再有丈夫了，他是我最终要抛弃的第二件东西。我把戒指扔进火里，火炉成了它的祭坛，它也许不会熔化，但至少它会被净化，上面的血会被烧褪。过去的每一件事情都该被清除掉，那些圆圈和不可一世的四方形纸页都将被烧掉。我从床垫下面摸出剪贴簿，把它们一一撕开——女士们，上面有饰边的瓷器脑袋的衣服图样，太阳们和月亮们，兔子和它们古老的蛋，我的虚假和平，他的战争，飞机和戴头盔的探险者。也许在世界的另一端，我哥哥会感到重负消弭，自由重现他的臂膀。甚至暗示我的线索和指南，神奇的双面女人和长角的神，它们也一定会被解读。还有墙上图画的女士们，她们长着西瓜般的乳房，穿着灯罩一样的裙子，全是我制造的赝品。

他们的东西也得毁去，墙上的地图被撕了下来，还有壁画图，那是父亲有意留给我的；再就是相册——里面记录有母亲不同时期的生活，禁锢的照片。我自己的脸打着卷儿变黑，父亲和母亲的模拟照变成了彻底的灰烬。我们该被分开了。我是个胆小鬼，我不敢让他们进入我的岁月，进入我的时空。现在，我必须进入他们的。

烧掉这些纸质品后，我砸碎了玻璃杯、盘子和灯罩。因为要烧掉所有的字需要太长的时间，所以我从每本书中撕下一页——鲍斯威尔的书和《斯德布利奇的谜案》,《圣经》以及《常见的蘑菇》和《木屋建筑方法》。我把不能打碎的东西，煎盘、瓷碗、匙子和叉子，都一一扔到地板上。随后我用“大刀”砍向地毯、床单、床和帐篷，每样东西只砍一刀，最后砍的是我的衣服，母亲的灰色皮夹克，父亲的灰毡帽、雨衣：这些外壳不再有用了，我得把它们全部丢弃，我需要清理出一个空间。

一切都不再完整，只有炉火我还让它继续焖烧。我手里拖着那块受伤的毯子，在我的毛皮长出来之前，我还得需要它。木屋在我身后咔嗒一声关闭了。

我脱下鞋，向湖边走去。雨后的大地，湿润、阴冷，还有许多小水坑。我把毯子放在石头上，走进湖水，平躺下来。全身浸湿后，我像剥壁纸一样把衣服从身上脱掉。衣服在我身边漂浮、膨胀，袖子里充斥着空气。

我躺在湖底的沙子上，头枕一块石头，像浮游生物一样天真无邪。我的头发在水中散开，移动着，在水中流动。地球在转动，像吸引月球一样吸附着我的身体；太阳在空中跳动，红色的火焰和光线从中射出，烧灼着包裹我体表的罪恶形态；干雨渗进我的体内，温暖着我滋养的血液蛋。我把头浸入水里，洗涤我的双眼。

岸上有一只潜鸟，它低着头，又突然抬起，鸣叫起来。它看见了我，却视而不见，它把我看成了陆地的一部分。

## 第二十三章

洗净自己后，我从湖里走上岸，让我的假身漂浮在水面上，那是我的衣物幌子。它在我上岸时产生的波浪冲击下，缓缓地撞击着船坞。

从前，人们象征性地把衣服当作供奉之物，不过衣服只能部分地满足神，而神总是在索取，完完全全地索取，它们要求一切。

太阳走完了一天四分之三的行程，我感到饿了。木屋里的食物是禁止食用的，我也不被允许走进那个栅栏围成的木制长四方形囚笼。罐头和瓶装食品同样是禁止的，它们是玻璃和金属。我走进菜园准备觅食，我蹲伏下来，身上披着毯子。我剥掉它们的外壳，嚼着里面的绿色豌豆，还有黄色的菜豆，我用手指把胡萝卜从地里挖出来，我得在湖里面把它们洗净再吃。一颗过季的草莓，我发现它隐藏在缠绕的杂草和吸根中。红色的食物，心的颜色，草莓是最妙的物种，是神圣的物种；随后我找到了黄色食物，又找到了蓝色食物，绿色食物是蓝黄两色的混合。我拔出一根甜萝卜，刮掉上面的泥土咬了一口，可它的皮太硬了，我没有足够的气力咬动它。

太阳落山时，我把洗过的胡萝卜从它们藏身的草丛中拿出来，狼吞虎咽地嚼了起来，还吃了半棵甘蓝。厕所是禁止使用的，所以我大小便于大地，然后用脚踢起泥土遮掩它们。所有的穴居动物都这么干。

我在柴垛旁挖了一个洞穴，在里面铺上枯树叶，在顶部架起枯树枝，上面交叉覆盖着新嫩的松针树枝。我蜷缩着身子躺进去，脑袋上裹着毯子。我的四周盘旋着蚊子，它们把毯子都咬透了。最好别打死它们，否则，血腥味会引来更多的蚊子。我像猫一样地睡觉，睡一会儿，醒一会儿，然后再睡。我的胃开始疼痛起来。我周围的空间发出沙沙响声；猫头鹰的叫声，它掠过湖面，又好像出自我心中，距离被缩短了。微风吹拂，细浪拍打着与湖岸交谈，湖水是多语言的大师。

# 第二十四章

射进洞穴顶部枝条缝隙的斑驳阳光使我醒来。我的筋骨酸痛，体内感到饥饿，肚子好似气球，我的胃变成了海上游动的鲨鱼的胃。天很热，太阳几乎照在了头顶上，我差不多把整个上午都睡过去了。我赶紧爬出洞穴，向提供食物的菜园跑过去。

栅栏门挡住了我。昨天我还可以进去，但今天不可以：神的禁忌范围在逐步扩大。我斜靠在栅栏上，由于雨水、露水以及湖水的渗透，我的双脚在泥泞的地面留下一行脚印。突然，我的胃感到一阵痉挛，我走到一旁，在高高的草丛中躺了下来。我的身旁有只青蛙，是豹蛙，它背部点缀着绿色的斑点，长着一双金环眼，它是我们的祖先。它体内有我，它浑身闪光，一动不动，只有喉头颤动不止。

我躺在草地上，双手支撑着头，试图忘掉饥饿。我透过网状栅栏的六角形洞孔往菜园里看：一行行、一片片、桩记、标示物。植物在茁壮成长，它们几乎在显而易见地生长，通过根须和肉质的茎秆吸吮水分，它们的叶子湿润光滑，阳光下绽出生机勃勃的绿色。杂草和种植的植物都一样，它们没有区别。地下，蚯蚓在蜿蜒穿行，粉色的动脉。

栅栏是坚不可摧的，除了杂草的种子、鸟儿、昆虫和天气外，它能把任何东西拒之在外。栅栏下面是一条两英尺深的阴沟，沟边插着碎玻璃、破罐子和破瓶子，上面覆盖着沙砾和泥土，土拨鼠和黄鼠狼无法在下面打洞。青蛙能跳进去，蛇能爬进去，但它们是未被禁止的。

菜园是花招，是诡计。没有栅栏，它便无法存在。

忽然，我明白那个禁忌了。它们不会存在于有界定的地方，不会在什么范围之内：即使我打开房门和栅栏门，它们也不会进入屋子和菜园。它们只在它们自身的空间内活动，它们不需要边界。我必须进入它们的地界领域，然后才能与它们交谈。虽然我很饿，但我必须抵御住栅栏的诱惑。我离栅栏太近了，我无法退回。

但一定有别的可以吃的什么，未被禁止的东西。我考虑着有什么可捕捉的东西：小龙虾、水蛭，但这附近没有。小径的两旁长着可吃的植物、蘑菇。我知道哪些蘑菇有毒，哪些是我们曾经采摘过的，有些可以生吃。

枝条上的山莓已经枯萎，所剩不多，但它们依然呈现出红色。我吸吮着它们，甜味、酸味强烈地刺激着我的口腔，牙齿发出咬嚼果核的声响。走进隧道般的小径深处，我感受到林木的凉爽，一边走一边寻找可吃的东西，任何东西。它们会提供食物的，它们总是赞成生存。

我找到了两株六叶植物，挖出它们的鲜嫩根茎，来不及把它们拿到湖边洗净就大嚼起来，泥土留在了我破损的指甲里。

我还找到了一些蘑菇，我要把那种致命的白色蘑菇留到我有免疫力、能抵御它们的毒性时再吃；黄色的可食蘑菇，呈黄色的手指头形状，只是它们中的好多蘑菇已经太老、褶皱太多，我只好掐几株稍嫩一点儿的。我在嘴里嚼了好一会儿才把它们吞下，它们尝起来有霉味，发霉的帆布味。我实在弄不清它们到底是什么味。

还有什么？还要什么？眼下足够了。我坐了下来，把自己裹在被草打湿的毯子里，我的双脚变得冰凉。我还得想办法弄些别的东西吃，也许我会用手捕捉到一只鸟或一条鱼，那倒很公平合理。在我的体内，它正在生长，人们有理由获取他们所需要的东西。如果我不给它养分，它就会汲取我的牙齿和骨骼，我的头发就会变稀，一把一把地往下掉。可我把它放到了我的体内，我就该培育它；长有尾巴和角的毛皮神，正在成形。神的母亲们，她们将感觉如何？声音和光从腹部向外闪耀，她们会觉得不舒服，会头晕吗？我的胃剧烈地疼痛起来，我弯下腰，将头抵在膝盖上。

慢慢地，我沿着小径往回走。我的眼睛看见了变化：我的双脚升腾，离地有好几英寸，它们交替向前行进；我变得像冰一样清亮、透明，我的骨骼和体内的孩子透过我的肉体的绿色网络显露出来，阴影部分是肋骨，果冻状部分是肌肉；树木也发生同样的变化，它们微微发光，树心透过树干和树皮向外闪光。

林木跳跃起来，它巨大无比，呈现出被他们砍伐前的样子：束束阳光被冻结，石砾漂起、融化，所有的一切都化作水状物，岩石也是如此。有一种语言没有名词，它只用动词来表示较长的片刻时间。

动物们不需要语言交流，你是一个词，为什么要说话

我靠在一棵树上，我是一棵倾斜的树。

我再次分裂，进入灿烂的阳光，我全身崩溃，头抵大地

我不是一个动物，也不是一棵树，我是树和动物在其中生长和活动的东西，我是一个地方

我必须得站起来，我站了起来。穿过大地，刺破地表，我站立着，然后是又一次的分裂。我把毯子披在肩上，头向前倾。

我听见了松鸦鸟的叫声，它们叫啊，叫啊，好像发现了敌人或食物。它们就在木屋附近，我走上山坡向它们走去。我看见它们在树林中，在树间飞扑着，空气把自己弄成了鸟的形状，它们持续地鸣叫着。

突然，我看见了她。她站在木屋前，一只手臂伸向前方，仍然穿着那件灰色皮夹克；她的长发，三十年前我还没出生时的发式，披在肩上；她半转着身子，我只能看见她的侧脸。她

一动不动，她正在喂松鸦鸟：一只鸟停落在她的手腕上，另一只停落在她的肩上。

我停下脚步。一开始，我只感到惊奇，没有其它感觉：那是她应该呆的地方，她一直就站在那儿。我瞪着双眼，那景象一动不动，我感到一阵恐惧，我怕得浑身发冷，我害怕那景象不是真的，是我的眼睛剪贴成的纸娃娃，是我烧掉的照片，如果我一眨眼她就会消失。

她一定感知到了，感知到了我的恐惧。她轻轻地转过头，朝我这边观看，望着我的身后，好像知道我身后有什么东西，可她却看不太清楚。松鸦鸟又叫了起来，从她身上飞去，翅膀的影子在地上荡起涟漪，她不见了。

我走到她站过的地方。松鸦鸟在树上朝我呱呱地叫着，喂鸟的盘子里还剩下一点儿食物，还有一些被它们碰到了地上。我眯起眼睛看着它们，试图想看到她，试图想看清哪一只鸟是她。鸟儿们跳跃着，扇动着羽毛，转过头来，先用一只眼睛看我，然后用另一只。

# 第二十五章

又是白昼，我的身体从睡眠中跳了出来。我听到的是摩托艇的声音，进攻的声音。几乎太晚了，我醒来时，他们已减慢速度驶进小湾，他们就要靠上船坞了。我双手、双膝着地，从洞穴中爬出，身上还披着毯子，我的棕色方格子伪装。我弯着腰跑回树林深处蹲伏着，然后蠕动着爬进灌木、榛木丛中，在那儿我可以看到岸边。

他们可能是被派来找我的，也许是应他们三个的要求来找我的。他们可能是警察，或是观光者、好奇的旅游者。伊文斯会在杂货店里讲述我的事，整个村子都会知道。或者战争开始了，他们入侵了，美国人入侵了。

他们是不可信的家伙。他们会误认为我是人，一个裹着毯子的裸体女人：很可能这就是他们来这儿的原因。如果什么东西脱缰跑掉了，没有了主人，为什么不拥有它。他们不会知道我到底是什么。如果他们能猜到我的真实形态，我的身份，他们会向我射击或者用大头棒猛击我的头颅，把我的双脚绑起倒挂在树上。

他们笨拙地从船上走下，一共四五个人。我看不清他们，

## 第二十五章

看不清他们的脸，灌木丛的枝干和枝叶挡住了我的视线，但我能闻到他们，闻到他们那令人恶心的气味：那是难闻的空气，汽车站的污浊味和尼古丁烟味，脏兮兮的胡须的口臭味以及铜丝和钱币的酸臭味。他们的皮肤是红色、绿色的方块和蓝色的长条，我立刻想到那是假皮肤，是伪装的外表。他们真正的皮肤在衣领上方，白色的、拔过毛，头顶是一撮一撮的毛发，那是斑驳的毛皮和非毛皮的混合，像发霉的香肠或狒狒的屁股。他们正在进化，他们进化成了一半的机器，剩余的肉体，萎缩、染有疾病，像满是疮孔的阑尾。

有两个人爬上山坡，向木屋走来。他们边走边谈，他们的声音很清晰，可一进入我的耳朵，听起来就只是外国电台的声音。那声音不是英语就是法语，我无法确认它是我听过或知道的什么语言。伴随着嘟哝声和嚓嚓的脚步声，他们从门或开着的窗户走进屋子，传来靴子踩在碎玻璃上的嘎吱声。其中一个人大笑起来，发出好像用钉子在石板瓦上划出的尖音。

其余三人还站在船坞上，他们在呼喊：他们一定发现了我的衣服，其中一人蹲跪在地上。那是乔吗？我试图勾勒出他的模样，但这无济于事，他不会帮我的，他会站在他们那一边，可能是他把钥匙交给他们的。

那两个人走出木屋返回船坞，他们的脚发出咚咚声，他们的假皮肤在摇摆飘动。他们聚集在一起，像快转的磁带叽喳嘶嘶地说着什么，叉子和匙子在他们的胳膊末端兴奋地挥舞。也许他们认为我已溺水死亡，这可是他们犯的最大的错误。

别出声，我对自己说。我紧紧地咬住我的胳膊，可我还是没能控制住自己，笑声从我的喉头喷射出来。这笑声使我吃惊，我赶紧闭嘴，但为时已晚，他们听见了我的笑声。胶底靴发出跺脚一样的声响，他们的防弹脑袋一起向我这边移动。他们可能是谁，大卫和乔，村子里的克劳德，伊文斯，间谍马尔姆斯特罗姆，美国人，人类，他们到这儿来是因为我不出卖这块地方。我并不拥有它，我告诉他们谁也不拥有它，你们没必要杀死我。兔子的选择：先蹲伏不动，在他们没有看到你时，突然逃跑。

我比他们占有优势，提前跑，还没穿鞋。我悄无声息地跑着，躲避着树枝，跑向通往沼泽的那条小径，独木舟就在那儿，我会轻而易举地首先抵达那里。在宽阔的湖面上，他们可以用摩托艇把我劈成两半，可如果我进入沼泽，藏身于死树根中间，我就会安全，他们得涉水来抓我，沼泽地异常松软，他们会像推土机一样深陷进去。在我身后，他们冲撞着跑来，皮靴咚咚作响，语言在嚎叫，电子讯号在他们中间往来传送，呼呼、呼呼，他们用数字交谈，用理智的声音交流。他们的身上叮当作响，携带着武器和电镀铁器。

他们还是呈半圆形包围了上来，而且越发逼近，就像五根金属手指收拢成一个拳头。我弓着身子向前跑去。还有其它的计策：爬到树上去，可时间来不及，也没有足够高的树。躲藏在大石头后面，晚上可以，现在不行，附近并没有大石头，它们在我需要的时候竟然把自己陷进泥土里面去了。我没有选择的余地，只能指望飞翔；尽管我在祈祷，可神力依然抛弃了我，什么都不站在我这边，甚至太阳也不是。

我掉头跑向湖岸，那儿有一处高堤，坡很陡，主要是沙子。我跑到它的边缘，用膝盖和胳膊撑着身体滑了下去，身后划出两道沟印。我希望他们看不到这痕迹。我用毯子蒙着身体，这样白色的裸体就不会显露出来。我的脸紧贴着树根受到侵蚀的那一面蹲伏着。扭曲的杉树。我的一只脚被划破了，还有胳膊，我感到血流了出来，好似树的液汁一样。

叮当声和叫喊声从我身边席卷过去，向前，远去，又逼近。我一动不动，决不能认输投降。他们返回到林中重新聚在一起：谈话，笑声。也许他们带来了食物，盛在有盖的大篮子和保温瓶里，也许他们是来野餐的。我的心紧缩，又松弛，我仔细地倾听。

发动马达的声响刺痛着我。我爬上高堤，蹲在树干的篱笆后面，要是我在湖岸上，他们就会看见我。噪音从山岬后涌出，他们箭一样地疾驰而过，他们离我如此之近，我甚至可以用石子打中他们。我数了数，确信他们肯定是五个人。

这就是他们的行径，他们不让你有片刻平静，他们不允许你拥有他们没有的东西。我在高堤上歇息，用嘴舔舐着伤口，我的皮肤上还没有长出毛，还没到时候。

我择路返回木屋，心里却蔑视着神灵，尽管它们可能救了我。我一瘸一拐地走着，脚上还在流血，但血流得少多了。我不知道他们是否设下陷阱，我得避开我的穴居。被困的动物会咬断自己的胳膊和腿以求生存，我想我大概也能如此。

我没有时间感觉饥饿，甚至饥饿已离我远去，它没有执拗过我；我一定已经习惯饥饿了，不久我就能完全不用进食而存活了。过一会儿，我要查看另一条小径，它的尽头是石头尖岬，那儿有蓝莓树丛。

当我走近工具棚时，恐惧，即神力又出现了，它就在我的脚底下，从地下涌出，无声地哼叫着。我被禁止踏上小径，两旁的树木都被金属工具碰触过，它们伤痕累累，那是用斧子和大砍刀开辟出的路径，是用刀完成的使命。他的工作是错误的，他确实是个勘探者，他熟悉这些树，给它们命名并量化它们的数目，这样其他人就可以砍伐它们，挖掘它们。他现在一定是明白了这一点。我退到一旁，避开曾经被脚践踏的地方，向湖边走去。

他背对着我站在栅栏旁，正向菜园里张望。临近黄昏的阳光斜射在山丘的树干上，洒落在他的身上，使他看起来好似笼罩在一团橘色雾气中，他像水中的物体摇曳着。

## 第二十五章

他已经意识到自己是一个闯入者：他盖房屋，建栅栏，燃炊火，辟路径，这一切都是在亵渎神灵。现在，他自己建造的栅栏正在拒绝他，就像逻辑排斥爱情。他想让这一切都结束，让界线消失，让树林回到被他砍掉前的样子，他想做出补救。

我喊了声父亲。

他转向我，那不是父亲。那是父亲看到的东西，那是你独自一人长久滞留此地会遇到的东西。

我并不害怕，如果我害怕它，那可太危险了。它那黄色的眼睛盯视着我，狼一样的眼睛，就像夜晚汽车灯前受到惊吓的动物的眼睛，空洞地闪烁着。它是反映物。它既不喜欢我也不讨厌我，它告诉我它没有什么可告诉我的，它就是它自己。

随后它的头转向一旁，笨拙地，几乎一瘸一拐地移动着：我不喜欢它，我是大地景物的一部分，我可以是任何东西，一棵树，一具鹿的尸骸，一块岩石。

我看得出来，虽然它不是我的父亲，但它是我父亲变化而来的。我知道，他没死。

一条鱼从湖里跳了出来

鱼的思想在跳跃

一条鱼跳跃着，是两侧画有斑点的木刻鱼，不，是画在悬崖石壁上的头上带角的红色鱼——保护神。它悬挂在空中，肌体变成圣像。他又发生了形变，返回水中。他能有多少种变形。

我注视着它大约有一个小时。然后，它垂落变软，一个个圆圈变大，它又变成了一条普通的鱼。

我走近栅栏，脚印还在那儿，并排印在泥地上。我的呼吸急促起来，这是真的，我看见了它。可脚印太小了，上面还有脚趾。我把自己的脚踏上去，发现那正是我自己的脚印。

# 第二十六章

晚上，我又挖了一个洞穴，它更靠后，更加隐蔽。我什么也没吃，只是躺在石头上，还喝了些湖水。晚上我做了一个梦，一个有关他们的梦，梦见他们活着和变老时的情形。他们乘船，一只绿色的独木舟，驶出小湾。

早晨醒来时，我知道神灵终于走了，它们回到地下，回到空气中，回到湖水里，回到我召唤它们之前的所在。禁忌已过时失效。现在，我可以去任何地方了，我可以进入木屋、菜园，我可以行走在小径上。我是岛上唯一幸存下来的人。

它们曾到过这儿，对此我深信不疑。我看见了它们，它们和我交谈过，它们使用的是它们自己的语言。

我已不再感到饥饿，但我还是步履艰难地走回木屋，又从窗户爬进去，打开一听黄菜豆罐头。为了生存，我接受它们的恩惠。我盘腿坐在靠墙的长凳上，用手指夹出里面的菜豆，我每次只吃几粒，一开始吃太多对我的身体可不大好。地板上散乱着一堆破烂和受损的东西，那是我干的吗？

大卫和安娜在这里住过，他们曾睡在那边的卧室。我记起了他们，但有些朦朦胧胧，还搀杂着一丝怀旧之情，就像回忆起我曾认识的人一样。此时，他们正居住在城里，身处另外的时代。我也记起了他，我的假丈夫，好像更清晰一些，我对他没什么感觉，只是有点儿伤心。他不是我信任的那种人，他只是一个普普通通的人，人到中年，不甚优秀，自私善良，但我接受不了平常和一般，更容忍不了没有必要的残忍和谎言。我哥哥很早就意识到了这种危险。为了给自己洗礼，要么参加战争，要么被毁掉。当然，可能还有别的选择。

不久就是秋天，然后是冬天。八月下旬，树叶变黄，一进十月就下雪了，一直下到白雪掩埋了窗户和屋顶，湖水冻得结结实实。或许在那之前，他们会合上大坝的水闸，让水位提高，因此我要日日小心观察，也许这就是他们乘摩托艇来这儿的原因，他们不是为了抓我回去，而是要警告我。不管怎样，我不会永远留在此地的，这儿没有足够的食物。菜园不会绿多长时间了，听罐和瓶子里的食物也快吃光，连结我和食物工厂的纽带已经断裂，我没有“钱”了。

如果他们真的是来寻找我的，他们回去也许会说他们看见了我，也许会说他们认为他们看见了我。如果他们不是寻找者，他们什么也不会说。

现在，或明天，假如我吃饱并有了足够的力气，我就把拴在沼泽里的独木舟划出来，只需十里的水路，我就可以划到村子，然后我再回到城市，回到全身都是威胁的美国人中间去。他们仍然没有被消灭，他们正在向前挺进，该有人来对付他们。

不必效仿他们，他们也许就可以被监视、被预测、被遏止。

此时，没有神灵在帮助我，它们的可疑性再次显露出来，就像耶稣基督只是一个理论。它们退却了，退回到过去，进入头颅中，那是同一个地方。它们不会再出现在我的面前，我承担不起。从现在起，我要过一种正常的生活，我要以它们的虚无来界定它们，以爱的失败去爱，以曾经的失去和放弃重新获得力量。我为它们感到遗憾，它们只给予一种真理，一个方面。

没有绝对的解决方法，没有完全的复活。我祈祷着，让我们的父亲，让我们的母亲，为我降临吧，可祈祷并不起作用：他们在缩小，他们又长大，他们还是变成他们以往的样子，人。我从未认定他们有什么与众不同，但他们的全部的天真单纯却被我所继承。

我第一次费力地设想，像他们那样生活会是怎样的情形：我们的父亲，在战争期间和国家处在贫困的年代里，把自己的生活局限在一个岛上，不仅保护我们也保护他自己。他一定煞费苦心地维持着他那理智和仁慈秩序的幻想，也许他并没有做到这一点。我们的母亲，收集着季节、天气和她的孩子们的脸。这些细心的记录使她忘掉了其它事情，忘却了她所遭受的痛苦、孤独或其它在历史中消失的事情。对此，我可能永远不会知道。此时他们已离我远去，更像以往一样，他们属于他们自己。

我把还剩下一半的罐头放到桌上，小心翼翼地走过地板，赤裸的双脚躲避着上面的碎玻璃。我把镜子翻转过来：里面的生物既不是动物也不是人，它并没有长出毛皮，只是一张脏乎乎的毯子，它的双肩佝偻地收缩，深陷的眼窝中的蓝眼睛冷酷地凝视，嘴唇不由自主地一张一合，好像是某种广告套路，头发混着乱草，嘴里说着胡话或闭口无言。能让别人开口，说的话能被理解：这就是他们的正常健全的定义。

此时此刻，真正的危险来自医院或动物园；当我们不再有能力应付事情的时候，我们就会作为不同类别的群体和个体被送往那里。他们永远不会相信这是一个自然的女人，一个自然状态下的女人；他们会把它看作沙滩上一具晒得黝黑的肉体，被水浸湿的头发像围巾一样在摆动。不仅如此，它的脸上还污泥斑斑，条痕遍布，皮肤上层层积垢，痂结累累，头发像破损的浴室防滑垫，塞满了树叶和乱草。一种全新的杂志的中间插页画。

我大笑起来，那声音好像什么动物被杀戮时发出的声音：一只老鼠？一只鸟？

# 第二十七章

这一点最为重要，拒绝自己成为受害者。除了拒绝，我别无选择。我必须要作出改变，放弃以往我是弱者无能的信念；正因为如此，我什么都做不了，当然也就不会伤害任何人。谎言总是比事实更具灾难性。文字游戏，还有输和赢的游戏结束了。此时，除了不得不杜撰的东西外就没别的什么了，撤退已不再可能，另外的一条路是死亡。

我把毯子扔到地上，走进被我弄得乱七八糟的房间。里面有我残存的衣服，虽说上面被"刀"砍过，但我还能穿。我有些笨拙地穿上衣服，对纽扣已感陌生，我再次进入自己的时代。

然而，我身上携带着那个从遥远的五个夜晚前开始的时间旅行者，将成为一个要学习原始生活的家伙，金鱼形状的它正在我的腹中经历着水状的变化。潜在的文字沟壑已经在它的原始大脑上形成，好像未曾涉足的路径。它不是神灵，或者说它根本就不存在，就连这一点我也无法肯定。我真的无法知晓，太早了。可我依然这样假定：如果我死了，它也会死；如果我觉得饿，它也会与我一起感觉饿。它也许是第一个，第一个真正的人。它一定要降生，它被赋有生存的权利。

船驶来时，我正在菜园里。不是伊文斯的船，是保罗的船，船身厚重，速度缓慢，上面粉刷着白色油漆，是他自己造的船。保罗坐在老式发动机旁的船尾，船头坐着乔。

我走出大门，躲在树后，小径旁是簇簇的白桦树，不必惊慌，不必跑开，只需小心一点即可。

发动机关闭，船头撞在了船坞上。保罗站起来，用一根桨撑着船靠上船坞。乔走下船，把船拴好，向岸上走了几步。

他喊着我的名字，然后停顿一下，"你在这儿吗？"他声音的回响：这儿吗？这儿吗？

他肯定一直在村子里等待着，搜寻者一定告诉他他们看见了我，也许他就与他们在一起。大卫和安娜乘车离去时，他留了下来，或者他乘车与他们一起回到城里，然后又搭车返回，步行回来。重要的是他在这儿，一个调停者，一位大使，向我提出某种条件：其它什么形式的监禁，还是新的自由？

我望着他，我对他的爱，像第三只眼睛一样毫无用途，或者仅仅是一种可能。如果我同他一起走，我们就得交谈，木头房屋已过时、遭淘汰，我们不能再像以前那样彼此逃避着过虚假平和的日子，那是过去的日子，我们得重新开始。对我俩来说，调解的语言文字是必要的。我们可能会失败，这是或早或晚的事，这是痛苦或多或少的事。这纯属正常，就像此时发生的事。我不知道这样做是否值得，我甚至不知道我是否该信赖他，他可能是作为诡计的一部分被派来的。但他不是美国人，

# 第二十七章

我能看出这一点。他什么也不是，他只被塑造了一半。为此，我就可以相信他。

相信就得放下过往。我紧绷着身体，向前倾斜，走向要求和询问。然而，我的脚并未移动。

他又在呼唤我，站在既不是水中也不是岸上的船坞上。他双手叉腰，踌躇着左右不定；他头向后仰，眼睛四处巡视。他的声音带有恼怒：他不会等很长时间。但此时此刻，他在等待。

湖水很平静，树木围绕着我，它们索要却什么都不给予。

# 译后记

加拿大作家玛格丽特·阿特伍德（Margaret Atwood）的小说《浮现》（*Surfacing*），作为《阿特伍德作品系列》的一册，将由上海译文出版社出版，真是可喜可贺。

《浮现》的大陆中译本，此前分别由中国文联出版公司（1993）、译林出版社（1999）、南京大学出版社（2008）分别出版，此版本是第四个版本。一部加拿大小说，能够出版四次，跨度近三十年，实属难得。当然，这也反映出作家阿特伍德小说的影响力和受读者欢迎的程度。

阿特伍德作品的影响力具有全球性，尤其在英语国家，即使在非英语国家，她的作品依然可以在书店里找到。不仅如此，一些英语国家还开设了“阿特伍德作品展览馆”，至于网上的宣传、介绍就更多。不可否认，这一切或归功于加拿大政府的努力（加拿大驻华使馆文化处是推介加拿大文化和作品的官方机构）或文学思潮（女性/权主义）和商业行为的推动，但作家、作品本身的魅力和吸引人之处，是不容置疑的。

玛格丽特·阿特伍德是个特立独行的人，这从她本人的全名就可一见：Margaret Eleanor Atwood CC OOnt FRSC FRS。如此含义复杂的名字，绝非“吸人眼球”，它与作家本身的“文道”紧密相连，这就是“女性主义”，起码它能让人们关注女性主义、女性主义作家和作品。阿特伍德是位女性作家，自然地被认为是女性主义作家，甚至是女权主义作家，虽说如此的逻辑判定或许偏颇，但通常地，她的作品确实是被冠以女性主义文学的光环的，而事实上她的作品确实也反映了诸多女性主义的诉求。不管怎样，文如其人，小说《浮现》的故事以及人物确实不乏“特立独行”，而且小说所揭示出的意义或也是“特立独行”。小说《浮现》出版于二十世纪七十年代，它脱胎于那个时代的历史背景和文学思潮，但今天怎么看这部小说，也许有着不同的意义。

（一）

小说的故事情节十分简单。女主人公，即“我”，是位城市白领，收到家乡来信说“父亲失踪”，便与男朋友乔和一对夫妻，大卫和安娜，一同乘车返回“寻找”。这一过程中，家乡的变化，包括人和物，对“我”的内心产生了强烈的视觉和心理冲击，而这种冲击不时地唤醒内心的回忆，使得曾经的过往重复地浮现于脑海，并经历不断的审视。虽说父亲的“失踪”，在“我”努力的寻找中被确认为“死亡”，但最后，在父亲的死亡、与男友的感情破裂、安娜和大卫婚姻和爱的扭曲、工作的不顺、城市生活的压力、湖区水位的“上涨”和“美国人入侵”的面前，“我”的精神发生了崩溃，产生了“神灵”幻觉，于是便逃离人群，妄想过一种与现实相隔绝的生活。可是，“神灵”并不可靠，没有将“我”引向“真实”，“精神崩溃”的“我”反而认识到了自身需要“独立”的真实、可靠。

具体而言，小说以女性“我”的视角，通过对朋友夫妻和现任男友的情感剖析，对父母的情感认识，对前夫的“爱、恨”交织，对希特勒和美国人以及依附美国人群的批判，对间接造成父亲死亡的“神灵”的否定，对女性独立的认同，对生死观念的态度，对宗教和神灵的不赞成，对职业的需求，等等，反映了妇女在权利、义务、家庭、爱情、婚姻、性、就业、独立等方面的缺失和遭受的困难。换言之，小说几乎涵盖了所有的女性主义者对这个世界的诉求和主题，简直就是一本迷你的女性“遭遇”大全，虽然它的目的不是为了解决某个具体问题，但却提供了新视角让人们思索。

然而，小说毕竟是故事叙述，不是教义说教，但在小说《浮现》中，它从头至尾都在故事叙述中穿插着说教般的审视和评论，通过“我”的回忆和现实相冲突的情形逐步使“我”认识到自己所处的“不公正境遇”，从而在小说的结尾处意识到“真实”的降临，那就是自身的“独立”。这也是阿特伍德将本小说命名为《浮现》的原因，即从故事开始的一系列“浮现”回忆到故事结尾对“假象”的证伪；从前的一切“回忆”，都是“假象”，它们在“浮现”的过程中逐渐遭摒弃，直至最后“我”

凤凰涅槃，开始新人生。事实上，抛掉浮现的“假象”外衣以及意识到“真实”所在的“独立”，是经历了诸多的“变化”冲击和对“回忆”的再认识后才完成的蜕变，可以说是一种逻辑的证实。

（二）

女主人公“我”回到家乡，一路上遇见许多“变化”，其中第一件事就是道路的变化——旧路停用，铺就了新路。这意想不到的变化，令“我”心生不适和不解，因为它与记忆中的旧路行车情景大不相同。其实，道路的不同，只是个缩影，只是一系列“变化”的开端。随后我们看到，其他的城市、商业元素，不断地出现在家乡，比如出租水上飞艇、原木减少，人们进城、从事旅游业、使用电器等等。实际上，家乡外观的变化，是社会前进和城镇化变化的现实，却与“我”内心中保留的“原始自然”旧貌和怀念之情产生了小小的不和谐。

更严重的是，所见的人群，发生了更大的变化，带来了更大的冲击。其中之一是语言使用的变化。比如“我”来到杂货铺，不知道该说哪一种语言，结果闹出了自我尴尬的窘迫。语言的变化反映了“人”的变化，即语言改变了人，从前说法语的人，变成了现在说英语的人。不仅如此，人的外貌也发生了变化。男人们留着“猫王”式的新发型，身穿美国人的格子衬衫；女人穿着暴露和新潮的服装，不再遵守老牧师的宗教穿衣规范。人们的生活习惯，比如不再本分、守旧地用木柴却用电炉煮茶等等，同样发生了巨大变化。看起来正常的一切，在“我”的眼中，出现了难以接受的情形，这与其说是与回忆的旧事相冲突，还不如说是终究没能逃离城市生活的禁锢和影响。

造成这些“变化”的一个很大原因，是美国人的存在。虽说这种观点未免绝对化，但它反映了“我”对美国人的态度，而且这种态度是随故事情节的发展渐变的——从路途中表现出的中性不满，到在湖区“查找”父亲时遇到“美国人”的内心痛恨，到最后“逃离人群”后对他们的极端仇视。具体而言，它反映在美国人赖在“当地”不肯离去，以各种名目比如“提升”湖的水位、伐木、走私、杀死鸟类、钓鱼等手段侵害这个国家的资源，甚至以“购买”父亲的房产建立“前哨”进一步掠夺，最后不惜通过杀死“我”来达到目的。

除了家乡外貌和周围人群发生变化外，最重要的是，“我”的内心在面对这些变化时同样也发生着变化，而“浮现”出的各种回忆，在“我”的再一次审视中，不断地给予修正、再认识，直至给出正确、准确的答案。

小说中的“我”面临的一个重大问题便是婚姻和家庭。不幸的是，“我”的婚姻失败了，草率结婚，草率离婚，因而患上了“婚姻恐惧症”：

"……但在我嫁了他，他娶了我，我们同时对那张纸承担责任义务后，他变了。我仍然不明白为什么在那张纸上签了名就会有什么不同，他开始要求这个，要求那个，他需要取悦。"

婚姻过后，便是孩子，而"我"同样遭受到了伤害，前夫通过婚姻得到了孩子后，"我"的心态发生了变化。

"我必须作出它不曾存在的样子，因为对我来说它不可能存在，它被人从我身边夺走，被带走，被放逐。我生命的一部分，就像一个连体双胞胎婴儿那样被人从我身上扯掉，我自己的肉便失去了。它消失了，再重现，我必须忘却。"

可以说，"我"的婚姻失败，是时代的错误，是城市的错误，是女性自我意识觉醒的错误。与此相反，安娜的婚姻，恰恰是没有女性自我意识的觉悟。

安娜和大卫的婚姻，看起来十分完美，对此安娜的解释是"顺其自然""相互承诺"。可实际上，"完美"的背后是安娜遭受欺辱的另一面，日常生活中她要忍受大卫的语言暴力和嘲讽，比如"傻安娜的屁股被扎了一针，三天后才哼哼唧唧地喊疼"。而且，大卫给安娜制定了许多变态要求，比如通过化妆让安娜时时刻刻看起来像一只雏鸡，"他订了几条规矩，如果我违反其中一条，我就会受到惩罚……"最后，安娜在大卫威胁之下迫不得已接受拍摄自己裸体的屈辱。他们的所谓完美婚姻，绝对是一种"假象"。

令人讽刺的是，安娜与大卫"爱"的关系十分畸形。安娜之所以事事屈从大卫，骨子里却是出于爱，尽管这种爱具有毫无平等的受压迫成分在其中。它表现在小说中安娜怀疑大卫有婚外情时的态度上：

“但安娜感到的远不止是悲哀，她感到绝望。她用她的肉体，她唯一的武器，为她的生命战斗。他是她的生命，她的生命就是战斗：她要与他战斗，因为假如她屈服投降的话，力量的平衡就会被打破，他就会离她而去。她要继续这场战争。”

在此，安娜宁愿与大卫一起战斗，也不愿意与他对着干，盲目的爱蒙住了她的双眼。在那个年代，女性对婚姻和爱大多出于对男性的依赖，即便小说中的“我”，当年同样是无比崇拜前夫而匆匆走进婚姻殿堂的。

婚姻和爱的伴随者，性，在小说中也有大量提及，而且也表现出不平等的情形。比如大卫就鼓吹性自由来诱惑女主人公，“他认为我们都应该是相互乱搞的人，应当分享彼此的快乐”。当“我”拒绝大卫时，他竟然抛出“这是二十世纪”的怪论来佐证。所谓“性”平等，同样是一种“假象”，对此“我”给予了坚决的反击。

“爱没有恐惧，性没有风险，这就是男人真正想要的东西。我想，他们差不多成功了，他们的想法几乎得以实现，可就在最后一刻，他们的魔术师假把戏被揭穿，像窃贼偷盗未遂，又失败了，我们采用了别的招儿。爱，随时要有所防范。”

女主人公与男友乔的关系，同样是不完整的，因为“我”

遭受过婚姻创伤，两人的结合或是说出于经济原因和人性的需求更为恰当，并没有爱情基础。但是，作为男性的乔，依然把婚姻和性看作一种“手段”来束缚“我”。

“他还是没有搞明白，他以为他赢了，他以为他的肉体行为会像一根绳索或一条系狗的皮带紧紧地缠在我的脖子上，这样他就能将我带回城市，把我拴在栅栏上，拴在门把手上。”

相反，在“我”看来，婚姻结合的基础是爱。当乔向女主人公求婚时，“我”感到十分好笑，因为乔把顺序给搞颠倒了。首先乔应该问“我”是不是爱他，这才是婚姻中最重要的因素。即便第一次婚姻失败了，但“我”当时是爱着对方的，而且后来的离婚还给“我”带来从未有过的伤感和痛苦。这表明，无论是爱、婚姻还是性，“我”的观点是相互的。

至于职业，即“我”那个不得已从事的所谓艺术，其实就是普通的图书插页绘画。那个年代，根本就没有什么女性艺术家，女性能够从事的无外乎是做一些辅助性的设计工作。而且，女性的思想、观点和情趣，完全得不到发挥，受制于出版商和男性。“我”的职业，已经沦为生存的附庸，缺乏创造力、想象力和自我意识。

对于家庭和父母的情感，“我”最初的态度趋于中性，因为接到来信后“我”并没有立即返回家乡，而是推迟了一段时间。“我”认为父母难以理解自己的做法，因为他们隔离在时代以外——母亲记载毫无用途的日记，以喂松鸦鸟为乐趣，经常消失在林中，隐瞒自己的疾病；父亲自己盖房子，建菜园，勘探树木，用瓶瓶罐罐养小动物，怀有老年人有用的错觉。正是这种代沟，让女主人公决定不参加母亲的葬礼，而且当发现母亲的日记空空如也、没有自己的记载时，“我”也是恼火不已。相比之下，另外三人对父母的态度则更加冷漠，甚至无情：“乔从不提及他的母亲和父亲，安娜说她的双亲是小人物，而大卫把他的父母称作猪。”

可是，伴随着不断、重复的回忆，她发现自己的城市生活糟糕一片，自己的感情理想趋于破灭，自己身陷无助的境地，在精神崩溃的最后时刻，她幻想出了母亲和父亲的影像，寻找着精神的慰藉和归宿。

“我们的父亲，在战争期间和国家处在贫困的年代里，把自己的生活局限在一个岛上，不仅保护我们也保护他自己。他一定煞费苦心地维持着他那理智和仁慈秩序的幻想，也许他并没有做到这一点。我们的母亲，收集着季节、天气和她的孩子们的脸。这些细心的记录使她忘掉了其它事情，忘却了她所遭受的痛苦、孤独或其它在历史中消失的事情。”

至于父亲的死亡，简单来说是偶发事件，但从“我”的推理中，不难看出它背后的必然。就是说，“我”千辛万苦最终寻找到的“死亡”，却是出自一系列“变化”而来的结果。这种变化，不仅是身处自然的变化结果，而且也是面临外界冲击的变化结果。

客观地来看，父亲独自一人生活在小岛和林中，为了生存或嗜好，他“退而不休”地四处寻找“石壁画”，不得不与外界发生联系，并且在这一过程中不幸坠湖而亡。另一方面，在“我”看来，父亲久居林中，患上了“疯病”，出现了“神灵”幻觉，在寻找“神灵”居所时，出现了意外，消失不见。

推理的逻辑，演变成脑中的幻象。于是，父亲的“神灵”幻觉，赋予“我”以“神力”，使“我”能看透美国人，看透虚假的爱，看透过往的一切，也使“我”出现“幻觉”，出现精神崩溃。幸运的是，物极必反，“我”透过“神力”，终于意识到了“不能依赖外人”的假象，以及必须自己“独立”的真实。

（三）

阿特伍德小说的语言风格，可以说是复杂、多变，不乏美的表达。在小说《浮现》中，语言使用的一个明显特征是代词的用法。开篇，以代词“我”为叙述者起始，一述到底，既拉近与读者的距离，也表明所讲所述的真实。最不同寻常的，是代词He/His，She/Her，They/Their等的出现场合。这些代词，常常在上一个事件或故事还没有完全结束时，就出现来引出另外的一个事件或故事，非常符合小说的题目，即“浮现”。不仅如此，在评论某件事情时，也会突然蹦出某个代词所引出的对相关事件的评论。当然，作家有时会颇具调侃地给出解释，但经常地，读者得继续阅读，通过前后内容才得以判断、区别。另外，个别代词，比如it，指代性比较含糊且广泛。总而言之，小说中的代词，如同构成机器的各种小零件，它把整篇小说完整地串联在一起。

事实上，上述代词给读者带来的阅读不适，恰恰是阿特伍德小说的写作特点之一，它呈现出明显的意识流风格，具有联想叙事特征，只不过小说的故事情节稍显简单，时间和空间跨度的往返相对清晰，大体上容易理解。这种跳跃式的联想叙述，一遍又一遍地强化主人公“我”所遭遇到的不幸，一次又一次地逼迫“我”临近内心崩溃，直至最后“失常”。其间，还夹杂着诸多美好回忆、相关的事件解析、诸多不解之谜的证实，比如说照片、我的图画、哥哥的图画、父亲的图画、石壁画、大妈的“力量源泉”、“神灵”等等，所有这一切串连起来构成一幅宏观与微观合璧的完整故事。可以说，点缀在小说各处的故事、情节、人物背景、地点背景、动物背景、人物对话、风俗、习惯、宗教、神灵，通过“我”的叙述、审视和评判，有机地结合在一起，形成了“粘贴式”的现代写作风格。

传统意义上说，小说的美，最明显地体现在语言的表达上。在小说《浮现》中，一些章节的最后一段，常常是优美的景物和心理描写，文字特别优美，读者享有身临其境的触动。同时，也起着承上启下的功能，还有着特别的象征寓意，比如第一章、

第四章、第七章的结尾：

“……我感到被剥夺了什么，好像我只有遭受痛苦和折磨的旅程后，才能真正地抵达这里；同样，我们第一眼看到的湖光景色，好像确实应该透过泪水和挨过呕吐的晕迷，才算得上是真正意义地看到，就像只有赎罪后才能看到蔚蓝和清爽一样。”

“……又起风了，微风吹拂着我们，流动的空气忽热忽冷，树上的叶子在我们身后婆娑作响，荡起声音的涟漪；湖水发出冰冷的光芒，镀锌的月亮在微微细浪上被晃得支离破碎、残缺不全。潜鸟的叫声使我浑身颤抖，每一根毫毛都倒竖起来。它的回应声此起彼伏，包围着我们，这里的一切都处在回声之中。”

“太阳已经西沉，我们在黄昏中慢悠悠地往回划着独木舟。远处传来潜鸟的叫声，蝙蝠从身旁嗖嗖地掠过湖面。此刻，湖水一片平静。湖岸上的一切，灰白色的石头和枯树，在大自然的黑色镜子上重重叠叠。我们的周围，是那无限空间或根本不存在空间的幻影，是我们自己，是我们似乎可以触摸到的、依稀可辨的湖岸，是介于虚无之间的湖水。独木舟的倒影与我们相伴而行，船桨在湖水里形成叠影。我们仿佛在空中飘荡，身下没有支撑，我们悬浮在空中，向家的方向飘去。”

这里，三个段落分别象征着“真实”“答案”和“归宿”。具体而言，“真实”指任何结果或目的，其路途必然不平坦，必然是遭受痛苦之后才能够达到；而“答案”或不能来自于自然，因为它只是“回声”，不能“给予”；至于“归宿”，陷入虚无，只有方向，没有终点，因为“我”寻求家的理想，尚在途中。这三个象征，与小说结尾的“结论”相一致、相呼应。

此外，作家在小说中使用了大量的比喻、象征用法，大大提升了语言丰富性和美感。以鱼为例：

“有两家小饭馆出售同样灰黑色的牛排汉堡，上面淋着黑糊糊的肉汁和罐头豌豆，看起来水汪汪的、十分苍白，像**鱼**的眼睛。”

“树林那边的天空，一条条**鲭鱼**样子的云彩扩散开来，有如颜料滴洒在潮湿的纸页上。”

“大树有如**鲸鱼**那样所剩不多了”以及美国人“友好得像**鲨鱼**”。

“一条**鱼**浮出水面，那鱼儿跃起，清晰可见，就像吧台上面镶有框边的一幅**鱼**的照片在空中移动。”

“**鱼**是一个整体，我再也不能杀死它了，我没有权力那样做。”

“另外的植物，白色的茎弯曲得像个问号的，昏暗的阳光下看起来像**鱼**的颜色的，死的植物，都不能吃。”

“**鱼**的思想在跳跃

一条**鱼**跳跃着，是两侧画有斑点的**木刻鱼**，不，是画在悬崖石壁上的头上带角的**红色鱼**——保护神。”

“我身上携带着那个从遥远的五个夜晚前开始的时间旅行者，将成为一个要学习原始生活的家伙，**金鱼**形状的它正在我的腹中经历着水状的变化。”

同样，苍鹭、河狸、潜鸟、国旗、衣服、照片、耶稣、花草、鸟儿、头颅、北方等等，也有大量类似的比喻和象征的语言表达。

（四）

作家阿特伍德想要通过小说《浮现》告诉我们什么？我们今天读《浮现》，会有哪些启迪？虽说千人千面，但从小说《浮现》的第三部分，即结尾几章，我们或许能从中找到些许答案，起码可以回味和思考。回味我们过往的“浮现”故事，思考我们未来的人生。

表面上看，“我”是在寻找“失踪”的父亲，可实际上，“我”是在寻找一种摆脱城市生活的新生活。虽说家乡的“自然”是我曾经的向往，但最终脱离人和社会的自然是不存在的，父亲那种躲避式的“自然”生活，最终也摆脱不掉象征现代的“照相机”无疾而终。

小说的最后，当“我”陷于“精神崩溃”之时，不远的栅栏处出现父亲的影像，一个幻影。

“他已经意识到自己是一个闯入者：他盖房屋，建栅栏，燃炊火，辟路径，这一切都是在亵渎神灵。现在，他自己建造的栅栏正在拒绝他，就像逻辑排斥爱情。他想让这一切都结束，让界线消失，让树林回到被他砍掉前的样子……”

在此，即便是“与世隔绝”的父亲，多少地还是破坏了自然，更别说“美国人”的闯入了：

“他们要像六十年代那样抬升湖的水位……树木躺在湖水里就会自行腐烂。自然的花园消失了，幸存下来的只有那间原木屋。山丘将变成被枯树包围的贫瘠沙岛。”

显然，“躲避”不是一条好的出路，因为“变化”的东西无孔不入。但像母亲那样地生活，一生忍受着痛苦，老实、无为地为别人忙碌，同样也不是一个好的选择。

至于情感问题，在经历了“精神崩溃”的打击后，“我”并没有屈服。“我”重新认识、解读着与乔的关系：

“我望着他，我对他的爱，像第三只眼睛毫无用途，或者仅仅是一种可能。如果我同他一起走，我们就得交谈，木头房屋已过时、遭淘汰，我们不能再像以前那样彼此逃避着过虚假平和的日子，那是过去的日子，我们得重新开始。”

虽然“我”“精神不正常”地与周边人群格格不入，并且难以融入周围环境，但我依然要“独立”地活下去，像个斗士一样。对于摆脱不掉的美国人，“我”重新审视了“我”的态度：

“……我再回到城市，回到全身都是威胁的美国人中间去。他们仍然没有被消灭，他们正在向前挺进，该有人来对付他们。不必效仿他们，他们也许就可以被监视、被预测、被遏止。”

还有，“独立”的人格和精神是需要有人来继承的，“我”体内的那个连自己都尚不完全确定的新生命，它或许预示着新人类、新女性的到来。

“可我依然这样假定：如果我死了，它也会死；如果我觉得饿，它也会与我一起感觉饿。它也许是第一个，第一个真正的人。它一定要降生，它被赋有生存的权利。”

还有，对于幻觉的“神灵”，“我”终于认识到：

“此时，没有神灵在帮助我，它们的可疑性再次显露出来……它们退却了，退回到过去，进入头颅中，那是同一个地方。它们不会再出现在我的面前，我承担不起。从现在起，我要过一种正常的生活，我要以它们的虚无来界定它们，以爱的失败去爱，以曾经的失去和放弃重新获得力量。”

总之，“拒绝自己成为受害者。除了拒绝，我别无选择。我必须要作出改变，放弃以往我是弱者无能的信念”。在此，我们可以推断出，过往的“我”，“浮现”中的“我”，完完全全是受害者的“我”，而觉悟后的“我”，才是真正的“我”，不再成为受害者，不再成为弱者。

仅从文本来看，阿特伍德想要告诉我们的答案，或是“我”的出路，或许得落在乔的身上：

“他又在呼唤我，站在既不是水中也不是岸上的船坞上。他双手叉腰，踌躇着左右不定；他头向后仰，眼睛四处巡视。他的声音带有恼怒：他不会等很长时间。但此时此刻，他在等待。”

在这里，乔是个信号，是个途径，位于两个极端的中间，虽然他本人是踌躇犹豫的，但起码他的行为是在呼唤，是一种可能。它与安娜的畸形“战斗”和父亲的虚假“逃避”这两个极端，即隐喻着城市和自然的对立，有着完全不同的趋中的调节、和谐倾向。

至于自然，或是不能提供任何答案的，它是“周围一切的回声”，因为“湖水很平静，树木围绕着我，它们索要却什么都不给予”。

最后，需要说明的是，鉴于译者水平有限，译文中难免出现理解或表达的错误，在此恳请读者给予批评和指正。

图字：09－2023－0451号

**图书在版编目（CIP）数据**

浮现/（加）玛格丽特·阿特伍德（Margaret Atwood）著；蒋立珠译．—上海：上海译文出版社，2023.5
（玛格丽特·阿特伍德作品系列）
书名原文：Surfacing
ISBN 978－7－5327－9133－0

Ⅰ.①浮… Ⅱ.①玛… ②蒋… Ⅲ.①长篇小说－加拿大－现代 Ⅳ.①I711.45

中国国家版本馆CIP数据核字（2023）第066731号

**浮现**
［加］玛格丽特·阿特伍德 著 蒋立珠 译
责任编辑/杨懿晶 装帧设计/尚燕平

上海译文出版社有限公司出版、发行
网址：www.yiwen.com.cn
201101 上海市闵行区号景路159弄B座
苏州市越洋印刷有限公司印刷

开本 850×1168 1/32 印张 8.75 插页 5 字数 132,000
2023年7月第1版 2023年7月第1次印刷
印数：0,001—6,000册

ISBN 978－7－5327－9133－0/I·5675
定价：78.00元